不可思議国の探求者・木下杢太郎

観潮楼歌会の仲間たち

Shigetaka Marui
丸井重孝

短歌研究社

疾風怒濤の時代の木下杢太郎
(東京帝国大学卒業アルバムに使われた写真)

目次

はじめに　15

第一章　生い立ち
一　生家「米惣」　21
二　文学的・美術的雰囲気の中で　23
三　杢太郎の煩悶時代　24

第二章　疾風怒濤の時代
一　鷗外との出会い　31
1　東京帝国大学入学　31
2　鷗外への接近　33
3　観潮楼歌会への出席　36
二　「五足の靴」の杢太郎　40
1　靴を履くにあたって　41
(1)　吉井勇の手紙　41
(2)　杢太郎の参加　43

(3) 旅費について　46
2　靴を履いて　48
(1) 旅行の行程と杢太郎　48
(2) M生（杢太郎）の登場する記事より　49
① 天草から大江へ　51
② 熊本　54
③ 京都　55
(3) 杢太郎の執筆した記事より　58
① 平戸　59
② 大江村　60
③ 有馬城址　63
④ 柳河　65
3　靴を脱いで――白秋と杢太郎　67
(1) 旅の総括　67
(2) 幻の処女詩集　70
(3) 詩集『邪宗門』　73
(4) 南蛮情調詩と白秋　76
(5) 続「詩集『邪宗門』」　79

(6) 疑いとあこがれ 81
三 新詩社連袂脱退事件と「明星」廃刊 85
1 連袂脱退の原因 86
2 連袂脱退の真相考 90
3 「明星」廃刊 93
4 新詩社を脱退しなかった平野萬里 95
(1) 萬里と与謝野夫妻 95
(2) 萬里の歌集 98
(3) 萬里と「スバル」創刊 102
四 杢太郎と観潮楼歌会 104
1 杢太郎の詠草歌 105
(1) 杢太郎の全詠草歌 105
(2) 明治四十一年十月三日の詠草歌 107
2 平出資料に見る杢太郎 110
(1) 平出資料について 110
(2) 明治四十二年三月六日の歌会 111
① 出席者の相互選歌・被選歌数 113
② 兼題と各作者別詠草数 113

③　三月六日の高点歌　115
(3)　杢太郎にとっての観潮楼歌会の意味　117
五　パンの会の時代　119
1　パンの会の概要　119
2　パンの会の発足　125
3　啄木と杢太郎　128
(1)　啄木の見た杢太郎　128
①　啄木の上京と杢太郎との出会い　128
②　大きくなくて、偉い人　133
③　もう敵ではなくなった　136
(2)　啄木とパンの会　140
4　吉井勇と杢太郎　142
(1)　短歌による応酬　143
(2)　小説「荒布橋」をめぐって　147
(3)　歌集『酒ほがひ』の口絵　153
5　「スバル」創刊と杢太郎　154
(1)　啄木の意向　154
(2)　「スバル」明治四十二年三月号の編集　156

(3)「うめ草」 160
(4) ペンネーム「木下杢太郎」 163

6 「屋上庭園」と杢太郎 165
(1)「屋上庭園」創刊の計画 166
(2) 発行資金 167
(3) 表紙 168
(4)「屋上庭園」創刊号発刊 170
(5)「屋上庭園」の廃刊 171

7 杢太郎と大逆事件 174
(1) 時々訪ね呉れたる人 179
(2) 啄木と杢太郎とのズレ 183
(3) 啄木の最晩年の年賀状—埋まらなかったミゾ 185
(4) 啄木の死と杢太郎 187
(5) 杢太郎における「国家と個人」考 188
(6) 紀行文「海郷風物記」 192
(7) 平出修と杢太郎 194

8 戯曲「和泉屋染物店」 197
(1) 初出誌と単行本の対比 198

(2)「和泉屋染物店」執筆の動機　203
(3) 詩「杜鵑」　205
9　杢太郎にとって大逆事件とは　208
10　パンの会の終焉　209
(1) パンの会の終焉　209
① 終焉への道　209
② パンの会とは何だったのか　211
③ パンの会の会場の現在地　214
(2) 終焉の後　215
① 交友関係の変化　216
② 執筆活動　219
③ 医学者としての出発　221

第三章　海外生活

一　満州へ行くにあたって　227
二　茂吉と杢太郎　236
1　「アララギ」と杢太郎　237

2 「アララギ」に掲載された杢太郎の作品 241
3 「満州通信」 244
4 詩集『食後の唄』 251
5 茂吉が杢太郎から受けた影響 257
6 歌集『赤光』についての杢太郎の評 264
7 歌集『赤光』『あらたま』の挿絵 266
三 欧州留学 267
1 杢太郎と茂吉の留学先 268
2 留学先にて 271
3 杢太郎・茂吉の留学の成果 272
(1) 真菌(糸状菌)分類法の確立 272
(2) 西洋ユマニテの発見 273
(3) キリシタン史への関心 275
(4) 茂吉の場合 277
第四章 ユマニテの確立
一 留学後の杢太郎 281

1　日本文明の未来　283
2　キリシタン史研究　284
二　かつての盟友との留学後の交流　285
1　白秋・勇との交流　286
2　茂吉・萬里との交流　288
3　萬里と杢太郎の生地・伊東　290
4　杢太郎の啄木回想　295
5　白秋の死　298
三　杢太郎作詞の校歌　300
1　伊東小学校々歌　300
2　青島東亜医科学院、歌—茂吉の仲介　302
四　最晩年の杢太郎　311
1　昭和二十年の「日記」から　311
(1)　破局の予感と軍部批判　316
(2)　病の自覚症状の中での軍部批判　319
(3)　空襲下の授業と読書・絵画　320
(4)　古典尊重の姿勢　321
(5)　軍部を追い返した杢太郎　323

2　現代語狂言「わらひ蕈」　325
3　李太郎死す　328
おわりに　330
あとがき　333
主な参考文献　336
太田家の系譜　340
木下杢太郎略年譜　342

凡例

一　引用文献については、原則として新字体を使用した。ただし仮名遣いについては原文どおり引用した。

一　人名については原則として常用漢字表に従ったが、現在人名漢字として認められているもの（鷗・萬・廣・眞・圓など）については正字を使用した。

一　木下杢太郎の本名は太田正雄であり、医学関係では一貫して本名を使用している。また文学・絵画などでは多くのペンネームや雅号を使用しているが、それらを作品や時代によって区別して表記することは煩雑になる可能性があるので、本書では一貫して「木下杢太郎」を使用した。

一　『木下杢太郎日記』はドイツ語・フランス語・英語等で書かれている箇所も多いが、その訳については、太田慶太郎・太田哲二訳『木下杢太郎日記　外国語の翻訳』第一巻～第五巻（杢太郎記念館）によった。なお同冊子は現代仮名遣いで書かれているため、本書での引用はそれに従った。

一　本文中の年号については原則として元号を使用した。ただし、巻末の「主な参考文献」「太田家の系譜」「木下杢太郎略年譜」では西暦を併記した。

装幀　間村俊一

装画　木下杢太郎「百花譜」神奈川近代文学館蔵
「いいぎり」「おしろいばな」「おおまつよいぐさ」
「むらさきえのころ」「からすうり」「茶」
（『百花譜』岩波書店刊より）

不可思議国の探求者・木下杢太郎

――観潮楼歌会の仲間たち――

丸井重孝

はじめに

「好きな詩人は?」と聞かれると、たいてい「木下杢太郎《もくたろう》」と答える。とたんにけげんそうな顔をされる。どうしてあんな地味な人を、というかのようだ。

これは平成二十二年に出版された池内紀『文学フシギ帖』(岩波新書)の「杢太郎のエロス」の冒頭である。確かに木下杢太郎は根強いファンがいる一方、今日ではあまり知られていない存在である。しかし杢太郎が森鷗外から影響を受けるとともに、北原白秋や斎藤茂吉などに大きな影響を与え、与謝野寛・与謝野晶子・石川啄木・吉井勇・平野萬里等々の歌人たちとも深い親交があったことを鑑みると、特に短歌をたしなむ人々にとって放っておけない存在なのではないだろうか。

そこで本書では森鷗外の主宰していた「観潮楼歌会」を通って行った歌人たち、とりわけその歌会で出会った仲間といってよい同年代の歌人たちとのかかわりを中心に、杢太郎の生涯を追ってみた。

木下杢太郎とはどんな人なのだろうか。何をした人なのだろうか。まず知りたいところであ
る。だがこれがなかなか難しい問いなのである。何と言えばよいのか、簡単に述べることができ
ないのだ。医学者であり、文学者であり、画家であり、評論家であり……などと言っても要領を
得ない。そこでまず冒頭、辞書的な内容になるが、杢太郎の医学・絵画・文学などについての業
績、及びユマニストと言われた生き方について概観してみよう。

木下杢太郎は本名を太田正雄と言い、明治十八年（一八八五）八月一日、静岡県賀茂郡湯川村
（現伊東市湯川）に、父・太田惣五郎、母・いとの七人兄弟姉妹の末子として生まれた。家は「米《こめ》
惣《そう》」という商店を営んでおり、伊東でも屈指の裕福な家であった。

杢太郎は家の人たちから医者になれと言われ、小学校を出ると東京に出た。独逸学協会中学・
一高・東京帝国大学医科大学（現東京大学医学部）を出て、皮膚科の医学者となった。フランス
留学中に「真菌分類法」を確立し、これが世界的業績として認められ、後にフランス政府からレ
ジオン・ドヌール勲章を授与された。痣の研究にも取り組み、「太田母斑」と呼ばれる病気の新
しい概念を特定した医学者として病名に太田の名が冠されている。今日なおDr.Otaの名は世界
中の皮膚科の医師が知るところである。また五十二歳のときに東京帝国大学教授になるが、そこ
で最も力を入れたのがハンセン病の研究であった。かつてハンセン病は不治の病とか遺伝すると

か言われ、絶対隔離政策がとられていた。しかし太田正雄（杢太郎）は隔離と外来診察との併用を訴え、絶対隔離には反対の立場を取った医学者であった。また遺伝病ではなく極めて感染力の弱い感染症であるから薬で治るはずであり、薬の開発こそ医学者の使命であると主張した。そして自ら伝染病研究所で薬の開発に取り組んだが、完成を見ないまま昭和二十年（一九四五）十月十五日、胃癌のため六十歳で亡くなった。絶対隔離に異を唱える人など少なかった時代にそのことを指摘し研究に励んでいたことは、人道的な意味において今日なお高く評価されている。

そのように医学者として卓越した業績を挙げたが、本人ははじめは医者になることを拒んだ。画家になりたかったのである。結局、家人の反対により画家になる願いは叶わなかったが、絵は死の直前まで描き続けた。特に有名なのが身の周りの草花を描いた「百花譜」といわれる植物画である。死の二年半ほど前から描き始め、二年四か月ほどの間に八百七十二枚も描いている。昼間は現職の東京帝国大学教授なので絵など描いている暇はなく、ほとんど夜、灯火管制の下で描き続けたものと言われている。

「杢太郎」は文学活動で使ったペンネームである。明治四十年に与謝野寛主宰の新詩社に加わり、南蛮風異国情調豊かな詩を「明星」に発表し注目された。その後は尊敬する鷗外の主宰する観潮楼歌会に参加するとともに、「スバル」を中心に作品を発表したり、「パンの会」の中心人物として活動したりした。

とはいえあれほど嫌だった医学も、本格的に始めたら面白かったようである。大正五年、満州の南満医学堂教授就任後は医学が中心となり、日本の文壇からは遠ざかっていった。執筆活動は続けていったが、詩・小説・戯曲などは激減し、評論・随筆・翻訳・キリシタン史研究などが中心であった。すなわち杢太郎の創作的な作品はほとんどが二十歳代の産物であったと言っても過言ではないだろう。

本書ではさらに満州・ヨーロッパと七年半に及ぶ海外生活によって古典の重要性、文明の淵源・源泉を研究することの大切さを自覚した杢太郎が、「ユマニテの人」と呼ばれるにふさわしい価値観を確立していったことを取り上げた。「ユマニテ」とは「古典を学ぶことにより、人間として最も大切な『人間性』や『慈悲の精神』を心に育てる」(新田義之「杢太郎のユマニスム」『木下杢太郎―郷土から世界へ―』杢太郎会　平成七年)ことを意味し、「観潮楼歌会の仲間たち」と杢太郎が違う生き方をした証となる概念と言えよう。杢太郎の生涯を考えるとき、筆者はそこにこそ杢太郎の「不可思議国」探求の結実があり、特に晩年、苦悩しつつも時代の相に左右されずに生きた杢太郎の思索や行動の核があったと考える。

第一章　生い立ち

一　生家「米惣」

杢太郎の生家「米惣《こめそう》」は天保六年（一八三五）の創業である。明治四十年（一九〇七）築の総欅造りの店舗は、「伊東市立木下杢太郎記念館」（国認定登録有形文化財）として現存している。また天保六年築の住まいは「木下杢太郎生家」（伊東市指定文化財）として隣接して残っている。江戸末期から明治期にかけて湯川村や隣の松原村（いずれも現伊東市）はカツオ漁が全盛期を迎え、村は活気づき、景気もよかった。「米惣」の目と鼻の先は海である。江戸（東京）とを往き来する廻船が発着するところであり、新奇な商品が次々と店に運び込まれてきた。当初は米や塩を商っていたが、杢太郎の生まれた頃の「米惣」は、呉服・雑貨・荒物・書籍など、何でも売っている今で言えば百貨店、あるいはスーパーマーケットのような店としてたいへん繁盛していた。品物とともに文化や情報も伊東において真っ先に入ってきた家でもあった。時代の流れに乗って成長し、進取の気風溢れる家であったといえよう。

杢太郎は、自分が芸術を好むことについて、「我々の通つて来た時代」（全集第十三巻）に、「文学芸術に対する愛はやはり或る遺伝的の素質と境遇とに原《もとづ》く」と記し、さらに次のように続ける。

年の間隔のやや違ふ予の姉、兄たちにもさう云ふ素質があつた。彼等は予の青年時代に予の文学を好むことを嫌つたが、予の之を好むに至つたのは彼等が既にさう云ふ雰囲気を予の周囲に作つたのが原因の一半になつてゐる。

予と十幾つか年の違ふ姉たちは巖本善治の学校に学び植村正久の弟子であつた。予はそれが為めに、まだ小学校に行かない前から『女学雑誌』などを見たことがある。（中略）東京或は横浜から毎夏帰省する姉たちは薄暮の海岸で英語の歌を歌つて聴かせてくれた。予のエキゾチスムはこの時に育まれた。

すなわち杢太郎の育った家「米惣」、そして勤勉に家業を営む両親、聡明な兄や姉たちに自らが芸術を好む端緒があったことを捉えているのである。杢太郎の豊かな感性は郷土伊東の風土とともに、彼を取り巻くこのような環境によって育まれたと言ってよいのではないだろうか。

二　文学的・美術的雰囲気の中で

独逸学協会中学時代の級友としては、長田秀雄・山崎春雄などが挙げられる。

明治三十一年に予は上京して独逸協会の中学に入つた。そこで長田秀雄と知りあひになつた。予は「少年世界」から移つて「文庫」に就いた。（中略）実際「文庫」には発行期日を待ち兼ねるほどの愛執を持つてゐた。（中略）長田秀雄とは毎日交遊して、我々は一かどの文学青年になつた。

（「我々の通つて来た時代」全集第十三巻）

このようにして文学仲間を得て交流していくが、さらには愛読雑誌が「明星」に移っていったことが分かる。

中学の二年か三年の時から、長田秀雄等と「渓流」といふ蒟蒻板雑誌を作つたことがある。「文庫」、後には「明星」が我々の愛読の雑誌であつた。

（「『パンの会』と『屋上庭園』」全集第十五巻）

一方絵画の面で杢太郎に影響を与えたのが山崎春雄であった。前掲の「我々の通つて来た時代」に「中学時代には予は然し文学よりも絵画を愛した」とあり、さらに次のように言ってい る。「当時の交遊のうちに山崎春雄君が有つた。油絵に巧みで、日本の当時の大家の間で、黒田清輝氏を夙く理解した。同君は読書家で、大学の図書館で印象派に関する洋書を博く漁つて其趣味をわれわれに伝へた」(「北原白秋氏のおもかげ」全集第十八巻)と、山崎の才能と彼から影響を受けたことを伝えている。

しかし杢太郎が一高に進学しようという時に問題が起きたことを、長兄・賢治郎は「弟正雄行状記」(旧全集第十二巻付録　岩波書店　昭和二十六年)に次のように記している。

　彼はいふ、医者といふものは切つたり張つたり血を見ねば止まぬ業務であり、家にその伝統のないものはその惨忍さに堪へきれぬ。自分は絵ならば命を賭けて一家をなす自信がある。依つて美術学校に進みたいと。無論彼の主張は通ほらなかつた。

三　杢太郎の煩悶時代

こうして美術学校を諦め一高第三部に入学した杢太郎は次のように言う。

明治三十六年予は東京の第一高等学校に入つた。予は画工たらむと欲したが果さなかつた。故にその代償として文学に耽つた。（中略）

この三年の間は所謂青年の「煩悶時代」であつた。（「我々の通つて来た時代」全集第十三巻）

家族が医学の道へ進むことを強要したことに対して自らは芸術を愛し、画家になりたい、文学の道に進みたいと願い、「煩悶」は続くが、『木下杢太郎日記』第一巻を読むと、その揺れ動く心情が克明に伝わってくる。この時代の杢太郎の日記は、日記とはいえかなり長文のところもあり、読み応えがある内容である。ここではそれを追うことは控えるが、一例を挙げておこう。明治三十七年一月二日の日記である。

迷へりしはわれの医士たらむか画工たらむかの疑なりき、その時決せざりしは医の業は、われの嫌ふ所、われの恐るゝ所、わが主張に反する所なり。画工たるはわれの好む所、（中略）左れども、之れがアウトリテイトたるを得るは至難にしてわが才の存否も不明なり、（中略）医の業たる、大学の潮流に乗ずれば大なる困難もなくやがて普通一般となる可し社会上の地位も得る可しと、あゝ今のわれなりしならば、此時直ちに画工たらむと決す可かりしなり、左れど今は此時の思想ほど明白ならず、（中略）

我は国家の為めに生きざらむ、数人の為めに生きざらむ、われは自己の為めに生きむ！これ一部にして且全部なり、而してわれの取る可きものは夫れ文学?!……?!……

画家を専門にやっていくには自信がない。医者ならば資格は自然に手に入り、社会的地位も保証される。しかし家人の意思通りになるのも我慢ならない。我を通すなら文学だが、それも?付きである。いずれに決するか勇気の持てない杢太郎の心情を窺うことができる。

しかし一年後の明治三十八年一月一日、杢太郎は決断をする。「わが心中二つの像のうち、絵画をばすつ」と。さらに二月二十八日の日記には次のように言う。

わが家郷は絶大なる好意と費用とを以てわれにのぞむ、もしわれにして此好意に対する感謝を尤も明らかに尤も速かにあらはさむと欲せば最も平坦なる道をとり一家の計をなすにあり、これ家郷の望む所なれば也、されどかくの如くんばこれわが自覚を如何にせむや。

こうして悩みながらも家人の思いも汲み医学の道を進むが、「絵画は捨てる、文学はやる」が杢太郎の決断であった。

しかし東京帝国大学進学を前に問題は起きた。長兄・賢治郎は言う。

今度は独逸文科へ転じたいといつた。こちらは勝手な真似をすれば学資を送らないといふ手で押しかへした。どうやら彼は諦めた

（「弟正雄行状記」）

悩んだ杢太郎は、信頼する一高のドイツ語の岩本禎先生に相談するが、先生は「此事を聞いて大に心配せられ、たつて反対された」（『木下杢太郎選集』序　中央公論社　昭和十七年）。また次兄圓三が失意の杢太郎を慰め説得したことについて、杢太郎研究の第一人者である野田宇太郎は次のように言う。

高校時代に杢太郎が岩本禎の指導で愛読するようになっていた『イタリヤ紀行』の著者ゲーテの例を持ち出して、詩人ゲーテは医学も学んだ自然科学者であったからこそあれほどの偉大な文学者ともなり得たのだから、大学で医学を学ぶことも必ず君の将来のプラスになるだろうと極力説得したということである。

（『木下杢太郎の生涯と芸術』平凡社　昭和五十五年）

圓三は杢太郎の次兄である。東京帝国大学工科大学（現東京大学工学部）を卒業後鉄道技術者になるが、関東大震災後、帝都復興院総裁・後藤新平から土木局長に抜擢された。区画整理・道路の拡幅・橋の設計・地下鉄路線の提案等を行い、現在の東京の街をデザインした人物と言っても過言ではない。杢太郎が敬愛した兄であり、内面的に最も強い影響を受けた人物である。圓三の説得に杢太郎の心が大きく動いたことは想像に難くない。

第二章　疾風怒濤の時代

一　鷗外との出会い

1　東京帝国大学入学

杢太郎は明治三十九年九月、東京帝国大学医科大学（現東京大学医学部）に進学した。ここに至るまでの懊悩についてはすでに述べたが、杢太郎が、ただ単に学費差し止めや兄の説得に屈したというような外的要因だけで医科大学進学を決意したとは考えにくい。杢太郎の内面を衝き動かすような内的要因もあったに違いない。後年杢太郎は「森鷗外先生に就いて」（全集第十五巻）に、次のようなことを書いている。

大学生の仲間のうちには僕より才能が優り、又読書力も強く、文芸の事を解する人も有つたが、それ等の人々は僕と同じ感を持たない、極めて平明なヂレツタントであつた。

この「極めて平明なヂレッタント」であった仲間とは、中学・高校時代の親友であり、杢太郎が一目置いていた山崎春雄を挙げることができよう。自分より画才のある山崎が迷うことなく医科大学進学を決めたのであった。それなのに自分が医学を捨てるという決心は、杢太郎にはつかなかったに違いない。『鷗外・茂吉・杢太郎—「テエベス百門」の夕映え』（書肆山田　平成二十年）において岡井隆は次のように言う。

山崎は医師免許証もとらず、また終生、医学博士号取得のための手続きもとらなかった。熊本医大や北海道大学で、数々の解剖学的、人類学的研究をしているにもかかわらず、である。（中略）おそらく山崎は、四十三年卒業して基礎医学へ入り、やがて大正二年熊本医大へ赴任するまでに、ほぼ、文学からは手を引いていたと覚しい。絵は画き続けていたようだが、それも北大へ赴任するときに焼いてしまったと伝えられる。

山崎春雄を追うことが本書の趣旨ではないので、これ以上の追究は控えるが、山崎は杢太郎とは別の道を歩んだことになる。

こうして東京帝国大学医科大学の学生としての生活が始まったが、杢太郎の関心は医学には向かなかった。「見るもの聞くものきらひな事ばかりであつた」（『木下杢太郎選集』序）という。

2 鷗外への接近

杢太郎を代表するこの頃の詩に「海の入日」（全集第一巻）がある（初出は「入日」）。これは「明星」の明治四十一年十一月号（終刊号）に「過ぎし日」の総題のもと「十月」などとともに載った五編の中の一つである。「十月」の前に「以下四十年の秋のころ作れる」と詞書がある。

浜《はま》の真砂《まさご》に文《ふみ》かけば
また波《なみ》が来《き》て消《け》しゆきぬ
あはれはるばるわが思《おもひ》、
遠《とほ》き岬《みさき》に入日《いりひ》する。

起承転結でまとめられ、頭韻を踏んだ「絶句」を想起させるこの詩は、後に詩集『食後の唄』に収められたが、そのときは自身による序文がついており、この詩が杢太郎の郷里、伊豆伊東の海岸で作られたことが分かる。伊東市立木下杢太郎記念館にほど近い砂浜に詩碑が建てられている。

問題は「浜《はま》の真砂《まさご》」に杢太郎は何を書いたのか、それを消してしまう波とは何を象徴しているのか、さらに「わが思《おもひ》」とは何なのか、杢太郎の生涯を窺わせる示唆に富んだ詩である。思うに、杢太郎が書いたのは「文学や絵画に生きたい」という願いではなかっただろうか。しかしそれが取り上げられる度に家人の反対に遭い波に消されるように夢は潰されていく。杢太郎の「思《おもひ》」のように輝く夕日は「遠《とほ》き岬《みさき》」に沈んでいく。「夢と断念」という日常と非日常の出会うところに「夕日」の不可思議な輝きがある。

そのような悩みを解決すべく、杢太郎は鷗外のお墨付きを頂いて家人の反対を押し切りたかったのであろう。杢太郎は意識的に鷗外に近づいていった。

僕はそして森先生に近づいて行つた。初めは好き機会をねらつては、こちらから能動的に近づいたのである。僕の先生から聴かうと欲した所は、万事を捨てゝ文芸の事に従へといふ言葉であつた。而して先生は一度もそれらしい言葉をば言はれなかつた。

さういふ心持で僕はスバルの時代を送つた。

（「森鷗外先生に就いて」全集第十五巻）

これは「欲した所」についての杢太郎の総合的な所見であろう。杢太郎が問うたという具体的な日時については、鷗外や杢太郎の日記にも記されていない。

明治四十年、杢太郎は長田秀雄に誘われ新詩社に入会したが、杢太郎が鷗外を初めて見たのは、「大方新詩社の会合の時であつたらう」（「森鷗外先生に就いて」）という。そして杢太郎が鷗外に意識的に近づいたのは、同年末の上田敏が洋行するに際して催された送別会の時だったと続けている。

僕は（当時医科大学の二年生であった）実はさう深く識つてゐたのでもなかつたが、テオドオル・シトルムやリイリエンクロオンの詩の好いことを話しかけると、博士も例の如くにこにことうち頷かれて、物の二十分ばかり話相手になつて下さつた。今考へて見れば是れは大成功の事だ。

やがて杢太郎は、明治四十一年一月に北原白秋ら七名とともに新詩社を脱退した。そして「中央公論」などに作品を発表するようになり、文学活動は一層活発になった。

こうして学業を怠りがちになっていた矢先、杢太郎が鷗外に近づく決定的な出来事が起こったのである。鷗外の日記に杢太郎が初めて登場するのは、この時、すなわち明治四十一年九月二十四日木曜日である。そこには「平野久保に伴はれて、太田正雄来訪し、高橋順太郎に再試を請ふことを委托す」（『鷗外全集』第三十五巻）と書かれている。

杢太郎は三年生に進級のとき高橋順太郎教授の薬物学の試験日を一日間違えたのである。友人の平野久保（萬里）に相談したところ、追試験をしてもらうために、鷗外に高橋教授との交渉をしてもらうことがよかろうということになった。そして萬里に連れられて鷗外宅を訪れたのである。萬里は鷗外の長男於菟と乳兄弟の関係にあり、森家とは特に親しかった。翌二十五日の鷗外の日記には「太田が為に高橋に説けども聴かれず。よりて太田に願書を青山胤通に呈せしむ。聴かず」と書かれている。

こうして結局交渉は不調に終わり、李太郎は原級留置の憂き目を見ることになったのである。多少面識があったとはいえ、李太郎の窮状に対して真剣に対応してくれた鷗外に李太郎の信頼感が高まったのは言うまでもないだろう。

3　観潮楼歌会への出席

鷗外と近づきになった李太郎は、やはり萬里に誘われて、十月三日土曜日、初めて観潮楼歌会に出席した。鷗外の日記には、「短歌例会を催す。太田正雄、古泉千樫、服部躬治の三人始て来ぬ」と記されている。こうして観潮楼歌会の一員となった李太郎だが、同年代の粒揃いのメンバーが参加しており、ここでの出会いが李太郎にとって大きな意味を持つこととなったのである。

観潮楼歌会については説明を要するまでもないだろうが、その動機や目的などについて簡単に触れておこう。観潮楼歌会は本郷駒込千駄木町の森鷗外邸（観潮楼）で開催された歌会であるが、「千駄木歌会」「短詩会」等様々な呼称があった。八角真「観潮楼歌会の全貌（二）」（角川「短歌」昭和三十三年十二月号）によれば「観潮楼歌会」の名が初めて登場するのは、明治四十一年七月四日の『啄木日記』であるという。当時対立関係にあった二派、根岸短歌会の代表者伊藤左千夫と新詩社の主宰者与謝野寛、それに中間派である「心の花」の主宰者佐佐木信綱の三者を鷗外が招いて、いわゆる「国風新興」を図るために開催したのであった。記録が曖昧なため、開催時期や回数等については不明な部分も多いが、毎月第一土曜日に行われ、明治四十年三月から明治四十三年六月頃まで続いたという。

観潮楼歌会への杢太郎の参加にかかわる具体的な内容については後述するとして、八角真の「観潮楼歌会の全貌」（角川「短歌」昭和三十三年十月号）、「観潮楼歌会の全貌（二）」及び「『観潮楼歌会』の資料二、三」（明治大学教養論集第一四六巻 昭和五十六年）をもとに、杢太郎の出席状

【表二】「観潮楼歌会」への杢太郎の参加日とその日の出席者

回	年・月・日	杢太郎以外の参加者	計
1	41・10・3	森鷗外、賀古鶴所、佐佐木信綱、伊藤左千夫、与謝野寛、平野萬里、吉井勇、北原白秋、石川啄木、古泉千樫、服部躬治	11
2	42・1・9	森鷗外、伊藤左千夫、与謝野寛、上田敏、平野萬里、吉井勇、石川啄木、古泉千樫、斎藤茂吉	9
3	42・2・6	森鷗外、佐佐木信綱、伊藤左千夫、与謝野寛、平野萬里、吉井勇、北原白秋、古泉千樫、斎藤茂吉、平福百穂	10
4	42・3・6	森鷗外、佐佐木信綱、伊藤左千夫、平野萬里、北原白秋、古泉千樫	6
5	42・4・5	森鷗外、上田敏、佐佐木信綱、伊藤左千夫、与謝野寛、平野萬里、吉井勇、北原白秋、平出修、古泉千樫、斎藤茂吉	11
6	42・9・5	森鷗外、佐佐木信綱、伊藤左千夫、与謝野寛、平野萬里、森田草平	6

【表二】杢太郎と参加者の交流の記録

人名＼資料	杢太郎日記（明治42年）	知友書簡集	杢太郎書簡（全集23巻）
森　鷗外	6	1	4
佐佐木信綱	1		
与謝野　寛	6	18	2
上田　敏	3		
平野　萬里	9	1	1
吉井　勇	23	12	1
北原　白秋	28	13	1
石川　啄木	15	2	
斎藤　茂吉	1	39	2
平出　修	2	1	
古泉　千樫	1		
平福　百穂	1		

況やそこで出会った人々についてまとめてみよう。

【表二】のように杢太郎は観潮楼歌会に六回出席しているが、「観潮楼歌会の全貌（二）」によれば一回でも参加したことのある人を含めると二十一名になる。そのうち杢太郎がこの会を通して出会った人は、前表から十六名であることが分かる。これらの人々を、『木下杢太郎日記』第一巻、『木下杢太郎知友書簡集』上巻、『木下杢太郎全集』第二十三巻に照らし合わせ、掲出回数を調べ【表二】にまとめてみた。なお、『木下杢太郎日記』第一巻は肝心な明治四十年と四十一年の分が欠落しているので、杢太郎が観潮楼歌会に参加していた明治四十二年について調べた数字である。

これら十二名のうち、日記に一回しか

出てこない者は、単に観潮楼歌会の参加者を列記した中に見られただけである。これを見る限り観潮楼歌会で出会った十六名の中で、同時期に親しく交流した形跡があるのは、森鷗外・与謝野寛・平野萬里・吉井勇・北原白秋・石川啄木・平出修の七名であり、斎藤茂吉とは後年深くかかわったことが分かる。もちろんこれ以外にも手紙や交流はあったに違いない。資料にないからと言って交流がなかったと言い切ることはできないが、傾向を知ることはできよう。

ここで注目しなければならないのは、これらの人物のうち与謝野寛・平野萬里・吉井勇・北原白秋の四人は、明治四十年七月から八月にかけて九州方面等を旅行した「五足の靴」の旅に同行した仲間であることである。つまり杢太郎を含めた五人は、すでに観潮楼歌会以前にかなり親しい間柄だったのである。石川啄木は新詩社の同人であったから当然名前は知っていたに違いない。だがこの歌会で出会ったことにより、親密な関係になったことは確かであろう。なお『木下杢太郎日記』には、アララギ系の人物についての記述が極めて少ない傾向がある。だが斎藤茂吉とは書簡の交換の多いことから分かるように、この歌会を機に生涯かかわり合うこととなったのである。

以上のように見てくると、本書のサブ・テーマの焦点が絞られてきたと言えよう。森鷗外・与謝野寛は別格として、「観潮楼歌会の仲間たち」というと、平野萬里・吉井勇・北原白秋・石川啄木等、そしてやや年長だが平出修・斎藤茂吉を挙げることができよう。このあと記述を進めていく中で、杢太郎が以上のような人物とどのようにかかわったのかが焦点となっていく。

二 「五足の靴」の杢太郎

観潮楼歌会出席者のうち、与謝野寛・北原白秋・吉井勇・平野萬里・太田正雄（木下杢太郎）の五名は、「五足の靴」の旅を通して親しい間柄であったことはすでに述べた通りである。明治四十年七月二十八日、新詩社の主宰者である寛を筆頭に前掲の五名は東京を出発し、次頁の旅程図のように一か月ほど九州を中心に旅行をした。その紀行文は「東京二六新聞」に順次送られ、「五人づれ」の名で二十九回に亘って掲載された。

五足の靴が五個の人間を運んで東京を出た。五個の人間は皆ふわふわとして落着かぬ仲間だ。彼らは面の皮も厚くない。大胆でもない。しかも彼らをして少しく重味あり大量あるが如くに見せしむるものは、その厚皮な、形の大きい五足の靴の御陰だ。

この特徴ある書き出しの紀行文は、平成十九年、『五足の靴』という書名で全文が岩波文庫より出版された。執筆者は章ごとに変わるが署名はなく、誰がどの章を書いたのかはほとんど特定されていない。本文中においても五人の名前はK生・M生などとイニシャルでしか記されていない。以下本書における「五足の靴」の引用は全て同書による。

1　靴を履くにあたって

(1)　吉井勇の手紙

伊東市立木下杢太郎記念館に一通の手紙が常設展示されている。これは昭和三十一年、JR伊東駅北側の伊東公園に木下杢太郎の記念碑ができたとき、吉井勇が「木下杢太郎碑に対して」と題して寄せたものであり、B4判の四百字詰め原稿用紙一枚半ほどに書かれている。やや長くなるが全文を掲げてみよう。

木下杢太郎君と私とは、明治四十年八月の九州旅行以来急に親しくなつた友達である。この九州旅行は、後に「パンの会」に拠るエキゾチシズムの運動の因ともなつてゐる。南蛮切支丹の異国情調を文学に取り

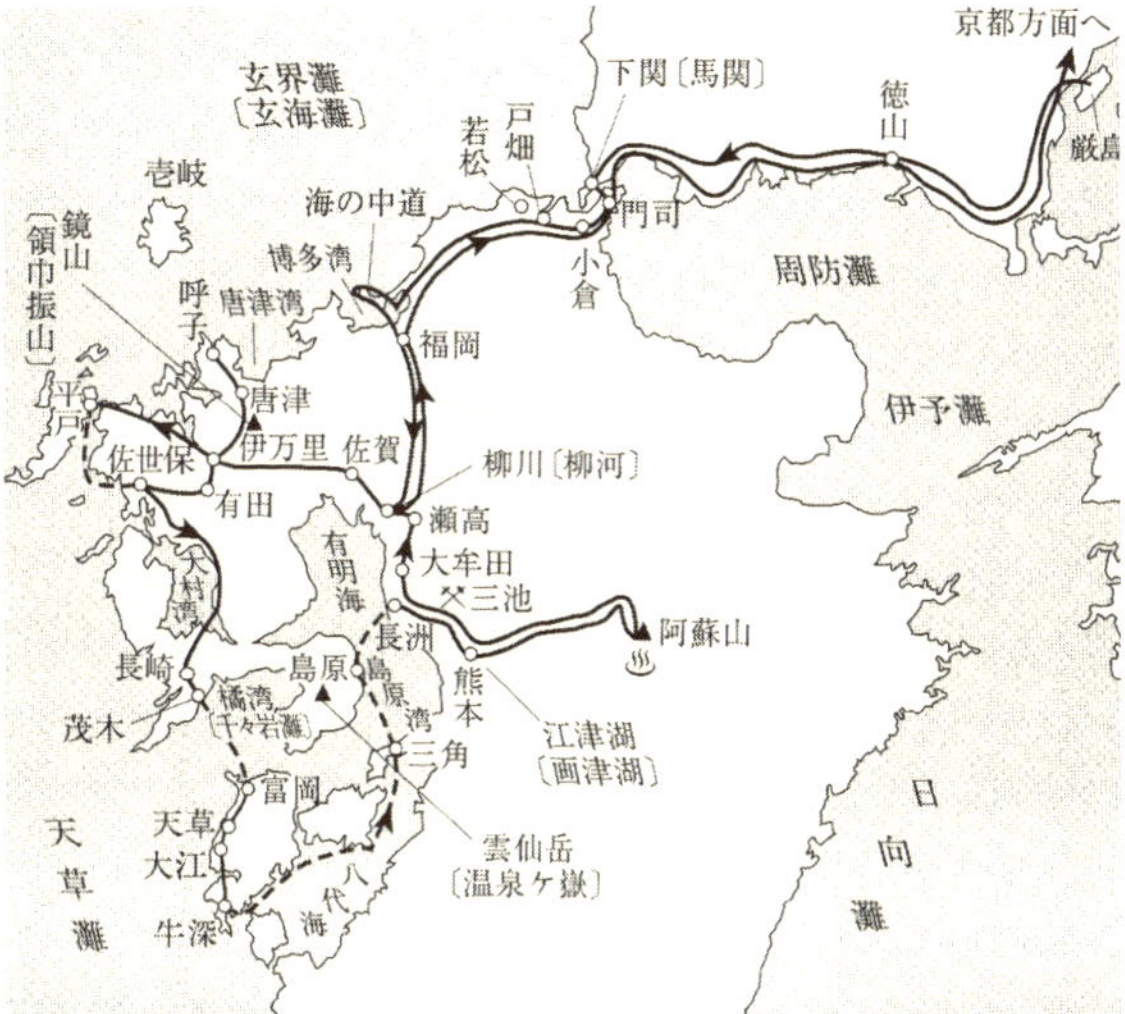

入れた重大な意義を持つてゐる文学行動であつて、しかもその口火を切つたのは実にわが木下杢太郎君なのである。

その時吾々同行の者が交互に書いた「五足の靴」と題する紀行文は、三十数回に亘つて東京の或る新聞紙上に連載せられたが、しかし悲しいことには今日では、その「五足の靴」の持主も大部分この世を去つてしまつて、僅に生き残つてゐるのは私一人「一足の靴」になつてしまつた。しかもその「一足の靴」も長い間人生の険しい道を歩みつゞけて来たために、無残にも底の革は摺り切れてしまい《ママ》、ところどころに穴があいて、もうこれ以上運命の風霜に堪へられない位ふるびてしまつた。

今日もここにその古靴を穿いて現はれ、老残唯一人の友としてこの碑の前に立ちたかつたのであるが、比叡颪は肌へに寒く、病後の身を如何とも仕がたかつた。即ち京の陋居から歌一首を碑前に送り、わが友木下杢太郎君の在りし日のことをしのぼう《ママ》と思ふ。

パンの会の頃をそぞろになつかしみ
　京のわび居に友を思はむ

昭和三十一年十月二十一日　　京都、紅声窩にて　　吉井　勇

記念碑の除幕式に招待をされたものの、病状優れず欠席を知らせてきたものである。勇はこの四年後、帰らぬ人となった。

勇は「五足の靴」の旅を契機として杢太郎と親しくなり、新詩社脱退・観潮楼歌会・パンの

会・「スバル」の時代と行動を共にした、まさに盟友中の盟友である。その勇が晩年になって杢太郎を語るとき、まず「五足の靴」の旅を取り上げ、その意義と杢太郎の存在に言及していることに注目したい。この「文学行動」に際し、杢太郎はどのように「口火を切った」のだろうか。

(2) 杢太郎の参加

当時の五人の年齢・所属・「明星」初出をまとめると【表三】の通りである。

杢太郎が「明星」に初めて作品を発表したのは明治四十年三月号であり、「蒸気のにほひ」という小品（文章）であった。白秋・勇・萬里がすでにそこそこ注目される存在であったのに対し、杢太郎は習作的な詩や小品を発表し始めたばかりであった。その新参者の杢太郎が、「五足の靴」の旅に参加できたのはどうしてだろうか。また計画当初、メンバーに選ばれていなかった杢太郎がこの旅の仲間に加わることが決まったのは、いつのことなのだろうか。

【表三】「五足の靴」の旅の参加者

	歳	所属	「明星」初出
与謝野寛	34	新詩社主宰	明治33・4
北原白秋	22	早稲田大学文科	明治39・4
吉井勇	21	早稲田大学文科	明治38・5
平野萬里	22	東京帝大工学部	明治34・7
木下杢太郎	22	東京帝大医学部	明治40・3

（年齢・所属は野田宇太郎『日本耽美派文学の誕生』による）

与謝野寛は新詩社の若い同人

たちと度々旅行に出かけており、前年にも白秋・茅野蕭々・勇の四名で南紀を旅行している。その余勢をかってこの旅行を思い立ったのであろう。しかし行き先は当初九州ではなく越後・北海道であり、参加者は南紀旅行に参加した四名であったことが、明治四十年三月号の「明星」社告により明らかである。その後「明星」六月号では目的地を九州に変更し、参加者は寛・白秋・勇・萬里に佐賀の中川紫川も同行する旨が示された。杢太郎の名はまだ見られない。國生雅子著『五足の靴』解題─南蛮文学の誕生─」(野田宇太郎文学資料館ブックレット／二〇〇七・七)によれば、七月八日付け白仁秋津(本名・勝衛)宛の白秋書簡に記された旅程に鹿児島に替わり天草・島原が組み込まれており、杢太郎の参加が決まったのはこの頃ではないかと推測されている。その名が文書に明記されたのは、「明星」八月号である。すなわち杢太郎の参加はかなりぎりぎりになって決定したのである。

以上のようにこの旅の計画が「明星」の「社告」として示されていることからみて、目的が単なる親睦旅行でないことは明らかであろう。特に明治四十年の「明星」七月号・八月号に掲載されたこの旅行に係る「謹告」の末尾に、「此段該地方の新詩社同人及文芸同好諸君に謹告致し候」と記されていることに注目しなければならない。当時の文学界は自然主義の全盛期を迎え、「明星」は退潮傾向にあった。その劣勢を挽回するための地方営業とでもいうべき目的があったといえよう。だが杢太郎が参加したことによって、この旅の性格は変わってしまったのである。杢太郎だけが事前に下調べをして出掛けたからである。

わたくしは旅行に先つて、上野の図書館に通ひ、殊に天草騒動に関する数種の雑書を漁り、且つ抜書をして置きました。二三年前ゲエテのイタリア紀行を読み、それに心酔してゐましたから、さういふ見方で九州を見てやらうといふ下心でした。

（「明治末年の南蛮文学」全集第十八巻）

すなわち前掲の手紙において勇が「口火を切ったのは実にわが木下杢太郎君なのである」と述べていたが、この「杢太郎の予習」が意味を持つことになったのであり、杢太郎の参加によって、「南蛮遺跡探訪」という旅の性格が決定づけられたのである。濱名志松編著『五足の靴と熊本・天草』（国書刊行会　昭和五十八年）には次のように記されている。

吉井勇氏に、九州旅行のことを私がよく聞きただした時、

「木下杢太郎君がとにかく一番熱心で、九州のキリシタン遺跡や、天草の乱のことなどよく調べていて私など木下君から教えられたものです。いつも旅行では、杢太郎君がリード役でした」

（中略）すなわち引率団長寛に、旅行コースの企画白秋、キリシタンに関する調査について、リード役をつとめたのは杢太郎、の図式であったようである。

なお杢太郎が上野の図書館で調べたことを記した「『上野図書館』ノート」が一冊、神奈川近

代文学館に所蔵されている。メモ的なものであり、かなり読みにくいが、「天草一揆」「有馬日記」「天草軍記」等々多くの文献名とページと思われる数字、『西洋紀聞』等からの抜き書きが記されており、杢太郎の並々ならぬ意欲が感じられる。またその中に「巴尓湀摩」「加比丹」などの言葉が出ている。杢太郎は旅の中で南蛮風な言葉を集めたとよく言われるが、すでに旅に出る前から興味を持って言葉を収集していたことが分かる。

(3) 旅費について

一か月に及ぶ九州旅行となると費用もずいぶん要したことと思われるが、『五足の靴と熊本・天草』には、次のように書かれている。

白秋がこれも白仁勝衛にあてた六月二十一日書簡で「実は貧乏旅行ゆゑ旅館ならずとも御しるべの御宅にても御やどをねがひ候、よろしく御尽力ねがひ候」とあり、また七月八日の書簡で「旅費は東京より往復五十円位のつもりに候が如何なるべく候や、……」とあり、だいたい予算は各人五十円の予定であったことがわかる。

新詩社主宰の寛、酒造業を営む商家の生まれの白秋、伯爵家出身の勇、母親が森鷗外の長男の乳母を務めた萬里、そして、伊豆伊東の素封家「米惣」の生まれである杢太郎、いずれもお金に困るような面々ではなさそうだが、誰もが簡単に工面できたわけではないようである。例えば萬里の場合、前掲の「野田宇太郎文学資料館ブックレット／二〇〇七・七」に、東京帝大の工科大学長に「学術研究旅費金三十四円」の貸付を申し出た「旅費借用証」（平野千里氏所蔵）が紹介されている。

では杢太郎はこのお金をどのようにして準備したのだろうか。それを示す貴重な資料が伊東市立木下杢太郎記念館に常設展示されている。生家「米惣」商店の「金銀出入帳」（明治三十九年十月〜明治四十四年五月）である。出発直前の七月二十一日の欄に「出金六拾円　正雄　旅費トシテ送ル」と明記されており、時期的に見て「五足の靴」の旅のために送金されたと推定できる。明治三十八年当時、国家公務員だった次兄圓三の俸給が四十三円五銭という記録も残っているが、国家公務員の俸給がかなり高額であった時代であることを考慮すると、杢太郎が送ってもらった六十円がいかに大金であったかが分かる。「一万倍していただくとほぼ今の相場です」（小野友道『太田正雄&木下杢太郎―医学の業績、そして五足の靴―』杢太郎会シリーズ第二十五号　平成二十二年）ということからみても、当時そのような大金を一度に出すことができた家庭というのは、めったになかったと考えてよいだろう。これはあくまでも推測だが、杢太郎がこの旅行のメンバーに加わることのできた要因として、彼の能力に対する評価はもちろんであろうが、このような経済的な事情があったことも考えられるのではないだろうか。

ではいったい彼らはいくら使ったのだろうか。これについては、『五足の靴と熊本・天草』に次のように記されている。

昭和二十七年、吉井勇が天草に再遊の時聞いた時は、「予定より少なかったが、はっきり覚えていない」と、言われたが、昭和三十二年の『私の履歴書』（日本経済新聞）に各自の割前が、「三十五円だった」とある。旅行のことについては『明星』に予告もしてあったし、各地でも歓待を受けたり、白秋の家に泊ったりして支払いが少なくなったからであろう。

2　靴を履いて

(1)　旅行の行程と杢太郎

これまで主として靴を履く前の五人づれについて述べたが、いよいよ靴を履いて旅に出た一行について、杢太郎という視点を中心に述べてみよう。「南蛮遺跡探訪」という性格を持ったこの旅において、リード役を果たした杢太郎だが、彼の関心事や存在感・役割・他とのかかわりなどはどのようなものだったのだろうか。

そこで注目したい点が二つある。一つは杢太郎が固有名詞で記事の中に登場してくるのはどの章かということであり、もう一つは杢太郎が執筆した章がどこかということである。それらを追うことにより、杢太郎という視点からこの旅の様子が見えてくることが期待できるからである。

七月二十八日、東京を発った一行はいつどこを訪れ、どこに泊まったのだろうか。このことについての記載が「東京二六新聞」の記事にはない。したがって推測するしかないが諸説あり、研究者の間でも統一見解はみられない。新聞掲載日から逆算して、寛らが東京に着いた日を八月二十七日から二十九日とする説もあるが、最近の研究では白秋の白仁秋津宛書簡等をもとに、八月二十二日帰着と推定しているものが多い。

「東京二六新聞」に掲載された小題目・掲載日・推定旅行日・推定宿泊地、及びM生（杢太郎）の登場する章・登場回数、杢太郎が執筆したと思われる章を一覧表にまとめると【表四】のようになる。

(2) M生（杢太郎）の登場する記事より

『五足の靴』の本文中では、個人名はイニシャルで記されている。K生は寛、M生は正雄（杢太郎）、H生は白秋、B生は萬里、I生は勇であると推定されている。

M生（杢太郎）は文章中に計二十三回出てくる（二生・五生も含む）が、その章と回数は【表四】のとおりであり、大きく三つに分けることができる。一つは天草から大江に至る南蛮遺跡探訪のところであり、この旅の山場ともいえる場面である。特に「⑫大失敗」では七回も出ていることが注目される。二つ目は熊本・阿蘇登山のところである。登場回数は少ないが、見落とせないところと言えよう。三つ目は帰路に立ち寄った徳山から京都である。白秋はそのまま柳川に残り、萬里は一足早く京都を経て東京に戻ったので、この徳山・京都は寛・勇・杢太郎だけの三人旅である。そのようなこともあってM生はもとより各人とも登場回数が多い場面である。いずれにせよ固有名詞で登場するということは、一行の中でそれだけM生の比重が増しているわけであり、これらの章には注目しなければならない。

【表四】「五足の靴」の旅の行程表

東京二六新聞		推定旅行日		M生登場回数	執筆者杢太郎
小題目	掲載日		推定宿泊地		
⑴厳島	8.7（水）	7.30	下関		
⑵赤間が関	8.8（木）				
⑶福岡	8.9（金）	7.31	福岡		
⑷砂丘	8.10（土）	8.1	柳川		
⑸潮	8.11（日）	8.2	柳川		
⑹雨の日	8.12（月）	8.3	佐賀		
⑺領布振山	8.13（火）	8.4	唐津		
⑻佐世保	8.15（木）	8.5	佐世保		
⑼平戸	8.16（金）	8.6	平戸		◎
		8.7	長崎		
⑽荒れの日	8.19（月）	8.8	天草・富岡	1	
⑾蛇と蟇	8.20（火）	8.9	大江	2	
⑿大失敗	8.21（水）	8.9		7（三回は二生）	
⒀大江村	8.22（木）	8.10	牛深		○
⒁海の上	8.23（金）	8.11	島原		
⒂有馬城趾	8.24（土）	8.12	熊本		◎
⒃長州	8.25（日）				
⒄熊本	8.26（月）			1	
⒅阿蘇登山	8.27（火）	8.13	阿蘇・垂玉	1（五生とある）	
⒆噴火口	8.28（水）	8.14	阿蘇・栃木		
⒇画津湖	8.29（木）	8.15	熊本		
㉑三池炭坑	8.30（金）	8.16	柳川		
㉒みやびを	9.2（月）				
㉓柳河	9.3（火）	8.17	柳川	1	○
㉔徳山	9.5（木）	8.18	徳山	3	
㉕月光	9.6（金）	8.19	（車中泊）	1	
㉖西京	9.7（土）	8.20	京都	2（一回は二生）	
㉗京の朝	9.8（日）	8.21	車中泊	1	
㉘京の山	9.9（月）			1	
㉙彗星	9.10（火）			2	

※「東京二六新聞」の「小題目・掲載日・推定旅行日・推定宿泊地」は國生雅子著「『五足の靴』解題」（野田宇太郎文学資料館ブックレット／2007.7）、を参考とした。「執筆者杢太郎」のうち◎は本人が書いたと証言している章であり、○は◎とともに本書において「杢太郎の執筆した記事」として取り上げた章である。

① 天草から大江へ

この紀行文は全体的傾向として自然・風物・出会った人々などを対象とし、見聞したことを中心にまとめられている。しかしこの天草から大江に至る場面は、仲間内の葛藤なども綴られており趣を異にしている。五人が足の早い者と遅い者に分かれて行動しているのである。前者はK生（寛）とM生（杢太郎）であり、「⑾蛇と蟇」に次のように書かれている。

> 足早き人K生M生はずんずん先へ行く、目的はパアテルさんを訪《おとな》うにある。足遅き人I生H生B生は休み休みゆっくり後から来る、目的は言うが如くんば歴史にあらず、考証に非ず、親しく途上の自然人事を見聞するにある。

さらに次の「⑿大失敗」でも二生（K生・M生）は別行動をしている。

> 三生は橋に凭《もた》れて暮れゆく雲を見る、二生は富岡に倣《なら》って駐在所を訪《と》うたが留守だ、昔の大庄屋の家へ出かけ天草の乱の考証中である。ここは面白い、宿《とま》ろうというH生の提議もパアテルさんには敵《かな》わん、

これら「⑾蛇と蟇」「⑿大失敗」を書いたのは内容からみて、遅れてついて行く三生のうちの

誰かであろう。すでに述べたように上野の図書館で下調べをして旅に参加した杢太郎にはキリシタンについて調べたいという明確な目的意識があり、それに同調している寛とともに「ずんずん先へ行」ったのであろう。そのことに興味の無い三生とは別行動となってしまったに違いない。道に迷い、険しい峠を越えて「いい加減に御免を蒙りたい」と靴に語らせたり、「ここ（高浜）に泊まろう」と白秋が提案したりしても、早くパアテル神父に会いたいという寛と杢太郎に圧倒されてしまっている様子が伝わってくる。そして白秋は次のような詩を作った。

わかうどなれば黒髪の
香をこそ忍べ、旅にして
わが歴史家のしりうごと、
『パアテルさんは何処に居《を》る。』

南の海に白鳥の
軀《むくろ》うかぶと港みて
舟夫《かこ》らはうたふ。さりながら、
『パアテルさんは何処に居る。』

遍路か、門《かど》に上眼《うはめ》して

もの〳〵しげにつぶやくは、
『さて村長《むらをさ》よ、』またしても
『パアテルさんは何処に居る。』

葡萄の棚と無花果《いちじく》の
熱きくゆりに島少女
牛ひきかよふ窓のそと、
『パアテルさんは何処に居る。』

かくて街衢《ちまた》は紅き灯に
三味もこそ鳴れ、さりとては
天草一揆、天主堂、
『パアテルさんは何処に居る。』

旅に来たのだから、若者ならば美しい乙女に心をときめかせたり、自然・人事を見聞したりしたいのに、歴史家のように天草一揆のことを調べたり、天主堂を探して「パアテルさんはどこにいるのですか」と聞いて回ってばかりいる。そのようなK生・M生の二人を、パアテルさんに興味の無い白秋が皮肉っているのである。それでもなお、

M生はなに大丈夫、あの山の峰の森が切れている、あの切目へ出る筈だといって先へ立って無二無三に行く。

その後一行は道なきところに迷い込んだり暗闇の中で怖い思いをしたりするが、最終的には巡査に出会って救われる。ドラマチックな展開となるが、牽引役杢太郎の南蛮遺跡探訪への並々ならぬ意欲を感じる場面である。

② 熊本

「⒄熊本」にM生は一回しか出てこない。しかしそこでM生の発した「実に長崎に似ているなあ」という一声の重要さを指摘したのは鶴田文史である（『西海の南蛮文化探訪「天草 五足の靴物語」』近代文芸社 平成十九年）。この紀行文を考える上で「重要な意味を持つ」と言う。

名も知らぬ石橋を渡ろうとした時、M生は突然、『実に長崎に似ているなあ』と叫んだ。多くの氷水の露店が並んでいる辺《あたり》、川の面に夕暮の残光が落ちかかっている辺、洋館めいた家が立っている辺《へん》、一寸《ちょっと》髣髴としてその面影を忍ぶ事が出来る。長崎、長崎、あの慕かしい土地を何故《なぜ》一日で離れたろう。顧みていい知らず残り惜しい。

この記事を書いたのは杢太郎ではないだろうが、この記事の筆者は杢太郎の叫んだ一言をとらえ、長崎の街の美しさを思い出している。そして長崎に一日しか滞在しなかったことを悔やんでいる。一行にとって長崎はこの旅において大きな期待を抱いていたあこがれの地であったに違いない。にもかかわらず長崎についての記述が紀行文では欠落してしまっている。その長崎の様子がM生の発した「実に長崎に似ているなあ」という一声をもとに蘇ってきているのである。なお、欠落してしまった理由は、「(27)京の朝」に書かれている。

I生はこの朝の心地よさに、作りさした手帳の詩を仕上げる。詩は長崎の遊郭稲佐《いなさ》の街を日中に通過した時の写実だ。この紀行には『長崎』の条《くだり》を書くべきK生が懶《なま》けたために今まで書かずにおいたが、稲佐は長崎港の対岸にある街で、久しい間露国の水兵を専ら華客《とくい》とする遊郭であった。

こうして「(17)熊本」や「(27)京の朝」を読むと、K生が懶けてしまったために欠落した「長崎」で彼等が何に惹かれ、どんな行動をしたのかが垣間見えてくるのである。

③　京都

「(26)西京」にM生に関する次の記事がある。

浴後門を出でて足に任せて歩む。月が淡く屋の上に匂うて、秋のように快い晩だ。M生はテオドル、ストルムの詩を歌う。

けふのみぞ、けふのみぞ、
　かくわれはうつくしき。
あけむひは、あけむひは、
　ものなべてきえゆかむ。
ひとときよ。このときよ。
　きみこそはわがみにしあれ。
さだめかな、しぬべしと、
　しぬべしと――われひとり。

この詩はシュトルムの小説『みづうみ』（インメンゼー）の中で、ジプシーの少女の歌う「竪琴ひきの少女のうた」だが、それを杢太郎が歌っていたわけであり、それを寛、または勇が書き留めたものと思われる。平川祐弘はこの杢太郎の訳について「原詩の調子を伝えて見事であり、日本語の詩としてもすぐれている」（「西欧抒情詩の一波動　シュトルムと日本の詩人たち」「国文学解釈と鑑賞」昭和四十三年七月号）と評価している。

旅から帰って杢太郎は「緑金暮春調」など数々の抒情詩や象徴詩を発表していくが、シュトルムの影響があることがこの紀行文に見出せるわけである。それを裏付けるように後年杢太郎は次のように述懐している。

其旅行から帰つたのちわたくし（当時大学の二年生であつた。）は多くの小詩を作つた。テオドル・シユトオルムの好きな時分であつたから、その影響を脱することが出来なかつた。

（「南蛮文学雑話」全集第十三巻）

M生が登場する場面として、京都ではもう一つ㉗「京の朝」の記事にも注目したい。

余らは起きて戸を明けた、山々には夜来の雲がまだ目を覚さずに寝ている。雲の上に額を出した山はどれも広重の絵によくある群青色だ、久振《ひさしぶり》に此様な冴えた山の色を見て渇した者が水を得た心地がする。M生は顔も洗わずに早《はや》写生帖に向う。

このように杢太郎が夢中になって写生帖に向かったのはここだけではない。絵が得意な杢太郎はこの旅行中にたくさんのスケッチを残している。明治四十年の「明星」十月号・十一月号に計十六葉の絵を載せているが、それらは現在日本近代文学館に所蔵されている。それ以外にも神奈川近代文学館にスケッチブックが残されている。今なら写真やビデオに収めるところだろうが、デッサン力に優れていた杢太郎は行く先々で絵を描いたのである。

(3) 李太郎の執筆した記事より

すでに述べたように「五足の靴」の紀行文は「東京二六新聞」に「五人づれ」の名で掲載され、執筆者は明記されていない。したがってどの章をだれが書いたのか特定できない。だが李太郎は大正七年十二月に「アララギ」に掲載された「満州通信」第二十七信(全集第九巻)に次のように記し、改稿した二編を載せている。

その時の新聞の切抜は大部分散佚しましたが、幸にも僕の書いたもののうちで「平戸」と「有馬城址」との分だけが今手許に残つて居ります。

このことから「(9)平戸」と「(15)有馬城址」の二編は李太郎の筆によるものであることは明らかである。

だが以上二編以外にも李太郎の筆による章はあるに違いない。ではそれはどこなのだろうか。野田宇太郎は『日本耽美派文学の誕生』(河出書房新社　昭和五十年)において、「(13)大江村」「(14)海の上」「(23)柳河」「(26)西京」「(29)彗星」の五編も李太郎の筆によるものであろうと推測している。

本項では以上のうち「(9)平戸」「(13)大江村」「(15)有馬城址」「(23)柳河」について、李太郎の関心事や態度・注目すべき点、さらには李太郎の筆によることを示す根拠などを述べてみよう。

① 平戸

平戸で一行は寛と同じく落合直文の門弟であったという下島氏を訪ね、その地を案内してもらっている。そこで杢太郎は何を見、何に興味を惹かれ、どのような行動をしたのだろうか。注目したい点が二つある。

一つは画筆に秀でた杢太郎の目である。下島氏に案内され遺跡を訪ねているが、杢太郎は遺跡を残した阿蘭陀人への感慨はあまり示さず、遺跡に夕日のあたる美しさに心を惹かれている。

「阿蘭陀塀」というものを見た。当時の蘭人が築いたものだそうだ。（中略）それからまた阿蘭陀井戸だの、阿蘭陀燈台だのを見た。後者は海に突き出た一角に昔築いた石垣が乱れているばかりだけれどもこれに夕日が燦然とあたる時には、大《おお》いに画家の眼を喜ばしむるに足るものがある。

杢太郎がこの旅行中多くのスケッチを残したことはすでに述べたが、ここでも杢太郎の画才が発揮されているのである。「画家の眼」というのは、もちろん「杢太郎の眼」である。「平戸」に関するスケッチとしては、明治四十年の「明星」十月号に「平戸の海岸」、「平戸海岸阿蘭陀人築造の燈台跡」の二葉が掲載されている。

もう一つは、知的探求心の強い杢太郎ならではの記述である。

今日町を歩きながら、出来るだけ外国語の日本化したのを捜そうとしたが、あまり集らなかった。昔は長崎に多かったろうが、文明の伝播の早い今日は、かえって比較的に不便なこの地あたりに最も多く残っているらしい。ボーウラ（南瓜《かぼちゃ》）コブノエ（蜘蛛の巣）トッチンギョウ（木の梢）の如きはその二三の例だ。

南蛮風な言葉の収集はこの旅の杢太郎の目的の一つだったと思われるが、山本太郎をして「言葉のハンター」（『杢太郎と白秋』杢太郎記念館シリーズ第十四号　昭和五十八年）と言わしめた杢太郎の面目躍如たる感がある。探求心旺盛な杢太郎の姿がここに見て取れるのではないだろうか。

②　大江村

この章は憧れのパアテルさんに出会う場面であり、「南蛮遺跡探訪」という性格を持つこの旅の山場ともいえる場面である。一行は天主教会を訪れパアテルさんに会い、十字架など秘蔵の品々を見せてもらったり、この地のキリシタンの歴史などを教えてもらったりして、見聞を広めている。

しかし文中に次のような記述がある。

あまり『パアテルさん』のことに引絡《ひきから》まっているとまた一行の人から諧謔詩などを書かれるから、今度はこの村の有様を記そう。

このことからこの章を書いたのは寛か杢太郎のどちらかであることは明白である。白秋に諧謔詩を書かれ皮肉を言われたのはこの二人だからである。ではどちらなのであろうか。文章中に次のような記述がある。

殊に長崎、平戸、天草辺から入って来た日本化した外国語などは、ほとんど注意されずに消えてゆくらしい。もしこんなことを調べるつもりで九州下《くんだ》りまで旅する人があったらきっと失望するだろう。

この文章に着目して、太田鈴子は次のように言う。

これは、平戸の記事中にことばに触れた記述のあったことを思い出させる。これらのことから、あるいは〈十三〉大江村も、杢太郎が書いたのかと想像される。

（『木下杢太郎と五足の靴』杢太郎会シリーズ第五号　平成元年）

また野田宇太郎もこの章は杢太郎の筆によるものであろうと推測し、その夜泊まった宿、会津屋の楼上から眺めた市街の家々の屋根の棟木が、多少上に湾曲しているという建築様式にも筆者が注意を怠っていないことを特筆している。

ところでこの紀行文には書かれていないが、杢太郎は大江を後にして牛深へ行く船を待つ間に、親友の山崎春雄に葉書（八月九日付け）を書いている。この旅の記録を補塡する上でも、また杢太郎の文学活動を理解する上でも重要な意味を持つ葉書なので、全文を次に掲げよう。

どうも近頃不充分なる供給の上を渡り歩いてゐるもので往々Tokyo-wehが起つて困る。長崎ではアチヤ街をトマトをくい《ママ》乍ら歩いて面白かつた。それから高波と蒸気の臭とに揺られてうんざりの上に、昨日は荒れ路を八里歩いた。けさこの村の天主教会を訪ねたところ、牧師先生大に心置なく接遇してくれて　壁くるすやなんかをみた。悲劇天草四郎がつくりたくなつた。肥田野によろしくいふ《ママ》てくれ。いま汽船を待ちつつあるのだ。天草大口《ママ》村　こゝで多分一揆が始まつたらしい。不景気な漁村だ。

（全集第二十二巻）

一行にとって重要な「長崎」に関する記述がこの紀行文に欠落していることはすでに述べたが、「長崎ではアチヤ街をトマトをくい《ママ》乍ら歩いて面白かつた」などという記述は、彼等の行動を補塡する意味で貴重である。またこの手紙からも一行がパアテルさんに逢うことができたことを読み取ることができる。だがここで特に重要なのは「悲劇天草四郎がつくりたくなつた」という一文である。杢太郎はこの旅を通して詩人として開花していったわけだが、この記述は杢太郎がすでに散文に興味を示していることを物語っている。このように散文を志向している点が白秋とは異なるのである。南蛮風異国情調という同じような出発点に立つ詩人でありながら、その詩風に違いが生ずる一因となると考えられるのである。

③　有馬城址

この章は島原にある城址を歩きながら天草四郎への思いを述べたものであり、明らかに杢太郎の記述によるものである。

有馬城はかなり大《おお》きかったらしい。旧記には原城、丙《ひのえ》城《じょう》の二箇所に分れていたように書いてある。

だが今日多くの研究者が指摘するように、有馬城という城は存在しないし、丙城（日野江城）・原城もかなり離れた位置にある別の城である。五人が訪れた城は島原城だったのであり、杢太郎が島原城と有馬城とを間違えたのである。

後年、杢太郎は次のように語っている。

その間に或日ふと雑誌を読むと、芥川龍之介君の南蛮文学の批評が出て居り、それがわれわれの過去の南蛮文学と比較せられ、われわれのものは無知な異国趣味、ロマンチシズムであつたと酷評せられてゐました。

（「明治末年の南蛮文学」全集第十八巻）

この中に杢太郎の間違いも含まれるのであろうが、芥川の批評は後年だから言えることであり、「五足の靴」の時代には天草の乱の考証はまだほとんどなされていなかったのである。杢太郎の調査ミスというより、調査には限界があったためと言えよう。

それよりここで重要なのは、前掲の山崎春雄宛の葉書に「悲劇天草四郎がつくりたくなつた」と書いた杢太郎が、彼の名作のひとつに数えられる戯曲「天草四郎と山田右衛門作」につながるような内容を記していることである。

自分は天草四郎の事跡には既に成心を持っている。始めはただ想像に過ぎなかったが、今は必然そうなくてはならなかった事実のように思われて来た。自分は天草四郎を一の天才と見るに躊躇せぬ。そして彼はまた其時代の精神に触れて……否《いな》現時吾らが感じているような近世的の鬱悶を持っていたに違いないと思う。(中略)彼は最後に誇らしき天命に従って天草の蒼民の心を救おうと決心した。

「天草四郎」の作品化を意図した杢太郎が「近世的の鬱悶」を感じている自らの心情を、天才天草四郎の心情に重ねていることが分かる。そして一揆の総大将を引き受けた天草四郎の心情を、旅行前に旧記を繙いた杢太郎は「天命に従って」と理解しているのである。

とはいえ「天草四郎」という題材はなかなか作品化されず、「天草四郎と山田右衛門作(習作)」として「中央公論」に発表されたのは、旅行後七年を経た大正三年七月のことであった。

そしてこの作品はその後二度修正されている。一回目は大正十一年の「明星」八月号に「天草四郎と山田右衛門作」として発表され、二回目は昭和十七年の『木下杢太郎選集』（中央公論社）発行に際して「増補天草四郎」として収録された。「五足の靴」の旅行から何と三十三年後のことである。大正五年満州に渡り、「之（筆者註・南蛮趣味）とまつたく縁を切つた」（「南蛮文学雑話」全集第十三巻）とあるように一時関心が薄れた時期があったにせよ、「天草四郎」というテーマは三十年以上にわたって杢太郎の心の中に生き続けていたことが分かる。

そこで一つ湧いてくる疑問がある。それは「杢太郎はクリスチャンなのか？」という問いである。しかし答えは「ノー」である。第一章に述べたような幼児体験・「五足の靴」の旅・ヨーロッパ留学・キリシタン史研究等々、キリスト教との出会いは数々あったにせよ、杢太郎は自身が洗礼を受けることについては関心が無かったようである。

④　柳河

この旅において、白秋の生家のある柳河を一行は二度訪れている。九州の旅の初めに訪れたのが柳河であり、そのときの様子は「(5)潮」に書かれていた。そして九州の旅の最後も柳河であった。まさにベースキャンプとでもいうべき地である。「(23)柳河」は次のような美しい文章で始まる。

柳河は水の国だ、町の中も横も裏も四方に幅四五間《けん》の川が流れて居《お》る。それに真菰《まこも》が青々と伸びている、台湾藻の花が薄紫に咲く、紅白の蓮《はす》も咲く、河骨《こうほね》も咲く、その中を船が通る、四手網《よつで》の大きなのが所々に入れられる、颯《さっ》と夕立が過ぎた後などはまるで画のようだ。

この一節を評して岩波文庫『五足の靴』の「解説」において宗像和重は次のように言う。

暑い夏の盛りからすでに初秋の気配を漂わせている時の経過をも彷彿とさせて、『五足の靴』のなかで最も美しい場面の一つ、といって過言ではない。

この章にはH・I・Bの三生が買い物に行った後のことが詳しく書かれており、執筆者はK生かM生に違いない。植物に詳しく、絵画的な素養を感じさせる内容に杢太郎らしさを窺うことはできるが、野田宇太郎は一行の接待をする「婆やさん」に着目し、この章が杢太郎の筆によるものであろうと推察している。

東京で白秋の世話をしてゐた「婆やさん」も五人の顔見知りの珍客のサーヴィスのためにわざわざ東京から来てゐる。その「婆やさん」と一番親しかつた白秋の友人はM生（太田正雄）であつたやうである。この項もどうやらそのM生の筆と思はれる。（『日本耽美派文学の誕生』）

3　靴を脱いで—白秋と杢太郎

一か月近い旅は終わった。五人は摺り減った靴を脱いだわけだが、個々人にとっても、日本の近代文学史にとっても収穫の多い旅となったのである。ではその収穫とは何だったのだろうか。ここでは白秋と杢太郎との関係を中心に述べてみよう。

(1)　旅の総括

四十年の夏、新詩社の同人の寛、万里、勇、正雄、白秋は九州旅行の途次長崎に一泊し、天草に渡り、大江村のカトリックの寺院に目の青い教父《パアテル》と語つた。この旅行から何を彼等は齎らしたか。浪漫的のほしいままな夢想者であつた新人、彼等は我ならぬ現実ならぬ空を空とし、旅を旅として陶酔した。中にも北原白秋は「天草雅歌《あまくさがか》」を、邪宗の「鵠《くぐひ》」を、正雄は「黒船」を、また「長崎ぶり」を、その阿蘭陀船の朱の幻想の帆と載せて、ほほういほほういと帰つて来た。

（北原白秋「明治大正詩史概観」『白秋全集』21）

これは「五足の靴」の旅を総括するときによく引用される、白秋のあまりにも有名なくだりである。

一方杢太郎も後年、次のように述べている。

その歳の七月下旬から一箇月ばかりの間、先生のほかには平野、吉井、北原の三君と共に九州の旅行をなした。僕に取つては得る所甚だ多いものであつた。此間に僕はひそかに皆の詩の作りざまを見習つた。少し皮肉に言ふと、いかに感興を誇張すべきか、いかに雅語を散布すべきかなどといふ技巧である。そしてそれからは専ら新体詩を作つた。又僕が予め上野又大学の図書館で調べて行つた天草一揆に関する史話が、我々の仲間の後年の南蛮熱の源となり、僕自己としては一生の足枷までになつた。

（「与謝野寛先生還暦の賀に際して」全集第十五巻）

また次のようにも述べている。

九州から帰つてわたくしは明星に「長崎ぶり」とか「黒船」とか「桟留縞」とかの短詩を寄せました。其翌月、北原白秋君があの「邪宗門」に出て来るけんらんたるかずかずの異国情調的の詩を発表しました。これがわれわれの間の「南蛮文学」のはじまりでした。

（「明治末年の南蛮文学」全集第十八巻）

この旅を通して「皆の詩の作りざまを見習つた」ことにより、杢太郎は詩作に自信を得たのである。またこの両者の文章から分かるように、この旅を通して「南蛮文学」は萌芽を見たのである。

ここで注目したいのは、白秋も杢太郎もこの旅行の成果を語るとき、お互いの詩を取り上げ讃え合っていることである。五人それぞれが収穫を得た旅であったには違いないが、特に白秋と杢太郎がこの旅を通して最も華々しい成果を得たことを物語っていると言えよう。なお面白いと思うのは、意図があったかどうかは分からないが、白秋も杢太郎もお互いに讃え合ってはいるが、まず自分の成果を先に掲げていることである。どちらが先でもよいと言えばそれまでだか、野田宇太郎は『日本耽美派文学の誕生』において次のような指摘をしている。

この一行中で其後実際に「南蛮文学」を起した者は、太田正雄と北原白秋の二人であつたが、世間的には北原が明治四十二年に早くも処女詩集『邪宗門』を出版したために、太田の名は割合に人に知られる面がすくなかつた。しかし事実は太田正雄の進歩性とロマンティシズムがこの「南蛮趣味」を異国情調の運動まで発展せしめることとなつたのである。（中略）「長崎ぶり」とか「黒船」とか「桟留縞」は、彼の詩として当然白秋の『邪宗門』の南蛮情調詩に先行するものとして、また芸術的にも白秋の初期の南蛮情調詩より高く評価さるべき作品であり、それが白秋の九州旅行の作品の発表より一ヶ月前の十月号「明星」に発表されてゐることも注意せねばならない。

また同書において、野田は次のような指摘もしている。

白秋は昭和十六年『白秋詩歌集』(河出書房版)を刊行するに当り、その第一巻の後記で「象徴詩集『邪宗門』は一面又南蛮文学の先駆を為した。弱冠の私はこの詩集によつて初めて個の風体を確立した」と書いてゐる。これは白秋によく見られるやや気負つた書き振りであり、正雄が晩年に近まるに従つて、この若年時代を極めて謙虚にしか書かなかつた態度とは対照的であるが、これだけを読むと、我国の南蛮情調文学は白秋一人に依つて開拓されたかの如き誤解をまねくおそれもある。しかし『邪宗門』が南蛮文学の先駆をなしたといふ事実は、それが単行本として明治四十二年(一九〇九)に発行されただけに、一応間違ひではないといへるが、所謂南蛮的ボキャブラリーの活用は(中略)正雄の方が早く、白秋の『邪宗門』が先駆をなしたことと、白秋一人が先駆者ではなかつたことを混同してはなるまい。

詩集『邪宗門』の出版もあり、南蛮文学の先駆者として白秋が取り上げられることが多いが、野田は白秋のみならず、いやそれ以上に杢太郎を高く評価していることが分かる。

(2) 幻の処女詩集

では杢太郎は詩集を出版しようとしなかったのであろうか。いやそうではない。白秋の『邪宗門』にはやや遅れたものの処女詩集『緑金暮春調』を出版する準備を整えていたのである。現に出版を予告する広告が、「朱欒」明治四十五年一月号から三月号に掲載された。さらに「朱欒」大正二年二月号及び「スバル」大正二年二月号にも掲載された。出版社は籾山書店、装幀は富本憲吉、発売は四月上旬と謳われていた。広告は巻頭部分に一ページ全体を使って掲載されており、杢太郎及び出版社の意気込みが感じられる。なおそこに書かれている「地下一尺集」とは、杢太郎の文芸著作の総称であり、『緑金暮春調』は「第二」と位置づけられている（「朱欒」第二巻の広告では何と「第一」となっていた）。

そこまで準備されたにもかかわらず、出版されなかったのはどうしてなのだろうか。何か事情があったに違いない。そのことについて、昭和五年第一書房より刊行された『木下杢太郎詩集』の「序」（全集第一巻）に次のような記述がある。

> 十数年前、『緑金暮春調』の名のもとにその一部をまとめようと考へた時には、その編輯の工合、製本の体裁、挿入の絵画などにもいろいろと工夫があり、計画がありました。今はただ博物館員の心持で、冷い硝子戸のうちに分類整頓するだけです。

要するに杢太郎が自らの処女詩集の編集・製本・挿絵などに凝ったため、採算が合わなくなってしまい、結果的に出版社のほうで引き受けなかったのである。そしてその中身で

「朱欒」「スバル」に１ページ大で掲載された処女詩集『緑金暮春調』の出版予告。

ある数々の詩は、博物館員のような冷めた心境で『木下杢太郎詩集』に載せたのである。発表から二十三年も経ており、あまりにも時期を逸した掲載と言わざるをえない。

だが不思議なことに、今筆者の手許には木下杢太郎の『緑金暮春調』（大雅洞開雕）という一冊の詩集がある。実はこれは野田宇太郎が杢太郎の死後、その意を体して昭和四十七年に編纂発行したものである。わずか百二十五部の限定販売のため、今では手に入りにくい本であるが、紺を基調色とした唐桟縞・一部革張りの見事な装幀である。もちろん杢太郎が作りたかった本と同じかどうかは分からないが、野田のこの詩集に寄せる止むにやまれぬ思いが伝わってくる感がある。

『緑金暮春調』は、杢太郎が最初に刊行しようとして、既に「スバル」には予告もされたが、装釘のことなどで惜しくも実現しなかった幻の処女詩集である。

（中略）

この『緑金暮春調』は当然白秋の処女詩集『邪宗門』と比肩し、白秋の独壇場の如く一般に考えられるようになった南蛮詩や印象派風の象徴詩が、むしろ杢太郎によって初めて完成されたことを証明するだろう。

（野田宇太郎『木下杢太郎の生涯と芸術』平凡社　昭和五十五年）

「五足の靴」の成果の結晶とでも言うべきこの詩集を出しそびれたことが、詩人・木下杢太郎の生涯に大きな影響を与えたと言っても過言ではあるまい。

(3)　詩集『邪宗門』

ところで筆者には気になるキャッチフレーズがある。

「言葉のハンター杢太郎、言葉のコレクター白秋」（『杢太郎と白秋』）

「杢太郎は発明し、白秋は謳った」（『日本耽美派文学の誕生』）

などである。おそらく両者が近いことを言っているのであろうが、何を意味しているのだろうか。これを裏付ける杢太郎の文章がある。

わたくしは寧ろ材料を集める方で、どうもうまくそれが詩に醱酵しませんでしたが、北原白秋君はそんな語彙を不思議な織物に織り上げました。白秋君の詩には思想的聯絡がなく、所謂言葉のサラドといふもので、我々は之を刺繡の裏面の紋様にたとへました。

かういう《ママ》風なわけでわれわれの南蛮趣味は学問的でも、考証的でも、また純粋のものでもなく、専ら語彙の集積でした。

（「明治末年の南蛮文学」）

例えば詩集『邪宗門』の冒頭を飾る「邪宗門秘曲」の第一〜二連は次の通りである。

われは思ふ、末世《まつせ》の邪宗《じやしゆう》、切支丹《きりしたん》でうすの魔法《まはふ》。

黒船《くろふね》の加比丹《かひたん》を、紅毛《こうまう》の不可思議国《ふかしぎこく》を、

色赤《いろあか》きびいどろを、匂《にほひ》鋭《と》きあんじやべいいる、
南蛮《なんばん》の桟留縞《さんとめじま》を、はた、阿剌吉《あらき》、珍酡《ちんた》の酒を。

目見《まみ》青きドミニカびとは陀羅尼《だらに》誦《ず》し夢にも語る、
禁制《きんせい》の宗門神《しゆうもんしん》を、あるはまた、血に染む聖磔《くるす》、
芥子粒《けしつぶ》を林檎のごとく見すといふ欺罔《けれん》の器《うつは》、
波羅葦僧《はらいそ》の空《そら》をも覗《のぞ》く伸《の》び縮《ちゞ》む奇《き》なる眼鏡《めがね》を。

これを読んで一目瞭然なのは、杢太郎がハンティングしてきた言葉がちりばめられていることであり、この傾向はこの時期の他の詩にも窺うことができる。杢太郎はそれらが「思想的聯絡がなく」「刺繡の裏面の紋様」のようだと指摘している。この譬えについて白秋贔屓の中には不快感を示す向きもあるが、どうだろうか。杢太郎は次のように言う。

「解釈」の積極的意義は「美所の発見」といふことであると信ずる一人である。(中略)若し夫れ「邪宗門」の欠点に至つては他に之を論ずる人があるだらう。

(「詩集『邪宗門』を評す」全集第七巻)

そのように杢太郎の評は否定的なものではなく「美所の発見」であり、「欠点の指摘」ではな

かったと考えてよいだろう。林廣親は次のように言う。

いかにも巧みな比喩で、なるほど白秋詩の魅力は、ひとたびその中に踏み込めば、読者の官能を麻痺させて止まない詩語の迷路の魅力といってよいでしょう。美的陶酔の世界を作り出して、その夢想に身を預けきるのが白秋の詩です。

（「杢太郎詩の魅力について」『木下杢太郎―郷土から世界人へ―』杢太郎会　平成七年）

だが言葉には共通したところがあるとはいえ、白秋と杢太郎は同じではない。大事なのは前掲の「明治末年の南蛮文学」の引用部分に続けて杢太郎が「上田敏氏の『海潮音』、蒲原有明氏の『春鳥集』がわれわれに大きな影響を与へました」と述べていることであろう。その影響がどのようなものであったかについてはすでに多くの研究者によって明らかにされており言を俟たないが、白秋の「明治大正詩史概観」（『白秋全集』21）にも詳述されている。ここでは明快なまとめとして「邪宗門秘曲」に言及した渡英子の見解を紹介しよう。

この詩（筆者注「邪宗門秘曲」）にも『海潮音』の影響が濃い。ロセッティの「小曲」の〈小曲は刹那《せつな》をとむる銘文《しるしぶみ》、また譬ふれば、過ぎにしも過ぎせぬ過ぎしひと時に、劫《ごふ》の「心」の　捧げたる願文にこそ。〉の詩趣が白秋の創作の前段階にあると見てよいだろう。

しかし白秋の「邪宗門秘曲」には読む者の心を騒立たせる何かがある。〈われは思ふ〉につづく、きらびやかで禍々しい名詞の羅列が畳みかける韻律の官能性は読む側の皮膚下にまで及ぶ。上田敏はロセッティの原詩を創作のレベルで和訳したが、白秋はこの詩の発想を契機に、杢太郎が集めた語彙をちりばめて、みずからの詩を書いたのである。

（『メロディアの笛─白秋とその時代』ながらみ書房　平成二十三年）

まさに「言葉のハンター杢太郎」であり「白秋は謳つた」のである。白秋と杢太郎はやがて各々変わっていくが、「五足の靴」から帰った後の初期段階において、二人の間には非常に大きな相互刺激があったに違いない。

(4)　南蛮情調詩と白秋

これまで白秋の「明治大正詩史概観」（『白秋全集』21）や杢太郎の「明治末年の南蛮文学」（全集第十八巻）などをよりどころに、野田宇太郎の説を主たる論拠として白秋と杢太郎のかかわりについて述べてきた。「南蛮文学」に対する杢太郎の功績についての考え方として大筋では間違いではないだろう。しかし筆者にはいま一つ釈然としないものが残っている。それは「南蛮文学」という言葉の曖昧さに起因している。どのような作品を「南蛮文学」と言い、どのような初期作品があるのかが判然としないのである。ここでは平井照敏の「近代南蛮文学の出発─木下杢太郎の位置─」（「青山学院女子短期大学総合文化研究所年鑑1」平成五年）をもとに考えてみよう。平井は「キリシタン関係をテーマにした、特に宗教的・思想的宣伝意図を持っていない創作文学」のうち「小説、戯曲、詩歌等、それもとくに近代に限って考え」たいとした上で、「キリシタンに関する題材は、基盤となるカトリックの未熟さとキリシタン史研究不足のため、明治末年にいたるまで、創作活動の対象とはなりにくかったのであった」と指摘している。

そして『邪宗門』以前の作品中主要なものとして、

・明治二十四年「紫海の嵐」磯貝雲峰

・明治四十年「史劇がらしや」藤沢古雪

の二作品を挙げている。いずれもあまり知られていない作品であり、「白秋・杢太郎が実質的最先端に位置するといってよい」と評価している。要するに平井の指摘によれば「南蛮文学」の範疇に属すると考えてよい作品はすでに「五足の靴」以前にもあったのである。

そうだとすると白秋が『邪宗門』に使用している南蛮風な言葉は、全て杢太郎がハンティングしてきたものとは限らないのではないかという疑問が湧いてくる。白秋のような感覚の鋭い詩人なら当然南蛮風な言葉に接していたことが考えられるからである。ちなみに『邪宗門』を繙いていくと「解纜」という詩がある。この詩には「阿蘭船《おらんせん》」「天主《てんしゅ》」「伴天連信徒《ばてれんしんと》」「磔《はりき》」「南蛮《なんばん》」「羅馬」などの南蛮風な言葉が出てくる。『白秋全集』1には「明治三十九年七月」と創作年月が記されており、「五足の靴」の旅に出る一年も前に作られた詩であることが分かる。だが同書によれば、初出の詩とは異なりその「全体の三分の一ほど字句を変えている」という注がある。そこで初出誌である「明星」の明治三十九年八月号に当たってみた。長くなるので次に第三連のみを同誌から引用しよう。

解　纜（第三連）

解纜す、大船あまた。――
黄髪《わうはつ》の伴天連信徒《バテレンしんと》蹌踉《さうらう》と
闇穴道《あんけつたう》を磔《はりき》負ひ駆られゆく如《ごと》、
生《なま》ぬるき悲痛《ひつう》の唸《うなり》順々《じゅん〱》に、
流血《りうけつ》背より黒煙《くろけぶ》り動揺《どうえう》しつゝ、
印度はた、南蛮《なんばん》、羅馬、目的《めど》はあれ、
唯《ただ》、生涯《しやうがい》の船《ふな》がかり、いづれは黄泉《よみ》へ
消えゆくや、――嗚呼午後七時――鬱憂《うついう》の心の海に。

このように初出誌にも「伴天連信徒《ばてれんしんと》」「磔《はりき》」「南蛮《なんばん》」「羅馬」などの言葉が使われているのである。つまり白秋は「五足の靴」の旅に出る一年も前にこのように南蛮情調詩を創作していたわけである。そして「五足の靴」の旅において「言葉のハンター」杢太郎から南蛮風な言葉を大いに吸収して「邪宗門秘曲」など『邪宗門』にある数々の南蛮情調詩が開花したものと思われる。

とはいえ「南蛮文学」に対する白秋の独自性もまた拭いがたいものがあることを重松泰雄は指摘している。「『天草雅歌』は、多少杢太郎の感化の窺はれる反面、未だ基本的には、独自の風格を有し、切支丹南蛮文学として極めて個性的な作品である」とし、次のように述べている。

「南蛮文学の先駆」者としての栄誉は、白秋の自負にも拘らず、「邪宗門」特に「天草雅歌」における白秋と、当時、別に自らも新様の南蛮詩風を樹立した南蛮趣味探究者杢太郎とが、互ひにこれを折半して担ふべきものであると思ふのである。

（「『邪宗門』の南蛮詩と杢太郎」「語文研究第四・五号」九州大学国文学会　昭和三十一年）

杢太郎の先駆性を高く評価する野田宇太郎の説を尊重しつつも、白秋の立場をも配慮した考え方と言えるのではないだろうか。

(5)　続「詩集『邪宗門』」

さて話を杢太郎の『邪宗門』評に戻そう。杢太郎は明治四十二年五月一日発行の「昴」に掲載された「詩集『邪宗門』を評す」（全集第七巻）の中で次のように述べている。

「邪宗門」の詩は主として暗示《サジエスシヨン》の詩である。感覚及び単一感情の配調である。故に其技巧は直ちに十九世紀後半の佛国印象画派、殊に、新印象派《ネオインプレツシヨニスト》、即ち点彩画派《ポエンチリスト》の常套の手法を回想せしめるのである。殊に、此作者が視官を用ふることが尤も多いことに依つて一層其然るのを覚える。佛国の彼の派に於て、其絵画が思想でも、形式でも、理想でも、情熱でも、想像でも三次の物象の再現でもなくて、単に光線《エエテル》の振動、原色の配整であつたやうに「邪宗門」も亦哲学でも系統的人生観でも、「悪の華」でも、現実暴露でもなくて、単に簡単なる心象《しんざう》及び感情の複雑なる配列である。（中略）作者は自然から其好む元素を選び来つて、詩章に織つて読者の前に開展した。而してそれ以上何等の説明を為やう《ママ》とは欲しない。唯朧げなるものを暗示するのみである。故に読者は各自の聯想作用を此織物に結び付けなくてはならぬ。

すなわちここでは二つのことを指摘しているのである。

一つは白秋の詩のきらきらする言葉にはフランスの印象派画家の点彩画を思わせるものがあるということだ。日本人の多くは印象派のルノアールやセザンヌやゴッホなどをあまり知らない時代である。そういう時代に杢太郎が白秋の詩の中に印象派画家の特色を見出しているのである。

もう一つは『邪宗門』の詩は「単に簡単なる心象《しんざう》及び感情の複雑なる配列」であり「唯朧げなるものを暗示するのみである。故に読者は各自の聯想作用を此織物に結び付けなくてはならぬ」として、フランスのいわゆる象徴派の詩の表現技法を白秋の詩の中に見出しているのである。

このように杢太郎は白秋がヨーロッパの優れた文化である絵画や詩の技法を消化して取り入れていることを讃えているのである。「五足の靴」の旅を通してより一層親しい間柄になり、その後も行動を共にしている親友の処女詩集の書評であるから、ともすれば主観的な讃辞を送りたくなるところであろう。だが杢太郎のこの書評は極めて鋭く、冷静かつ客観的であると言えるのではないだろうか。

(6) 疑いとあこがれ

では白秋は杢太郎をどのように見ていたのであろうか。後のことになるが、白秋は杢太郎の第一詩集『食後の唄』の「序」(全集第二巻)を書いている。その中で「彼が詩の本領は主として『緑金暮春調』に於て見る可きである」と指摘し、次のような評を寄せている。

彼は彼の身辺を修飾するに一見質実にして訥朴な黒鍔広帽子に黒の背広とを以てしたに過ぎなかつた。時としてはまた黒に金釦の大学々生の制服さへ著けて拮屈としてゐた。彼は常に陰愁に満ち、気六つかしく、潔癖にして謹直、また倏ちに顔を赤める処女の羞恥をさへ感ぜしめた。

彼の服装はかくのごとく黒く、而も亦訥朴ではあつたが、彼の脳漿は全く三角稜の多彩、彼自ら謂ふ所の万華鏡の複雑光で変幻極りなかつた。声色香味触、是等悦喜す可き官感の種々相に於て、彼は全く、初めて碧眼紅毛の邪宗僧を迎へた長崎青年のそれらの如く、時としてはまた初めて此の浮世絵の日本に面接した西域人のそれらの如く、事毎に驚異し、瞠目し、仰視し、鑑賞し、遂には彼自らをその恍惚無礙の極楽世界に魔睡せむとさへ欲するに到つた。(中略)彼はこれら鴆毒の耽美者発見者ではあつたが、彼自らを決してその鴆毒の為めに殺す痴愚と溺没とを敢て為なかつた。おお、此の七彩陸離たる不可思議国の風光の中に在つて、常に黙々として手に太き洋杖を握りつつ徘徊する長身黒服の異相者、彼木下杢太郎の渋面を見よ。

ここに白秋は「不可思議国の探求者」木下杢太郎の二重性を指摘するとともに、イメージ色を圧倒的に「黒」であると捉えていることが分かる。実は杢太郎の初期作品にも「黒」は多く出てくる。その中から「五足の靴」の成果である「天草組」と題してまとめられた中の「黒船」と「黒日」（全集第一巻）を取り上げ、杢太郎が「五足の靴」の旅で何を見たのか、何を未来に求めたのかなどについて考えてみよう。

黒船

事に寄せて自ら嘲る。

人《ひと》も来《こ》よ、異船《あやしぶね》くる、
いとくろく、烏《からす》に似《に》たる。
あら笑止《せうし》、船《ふね》なる人《ひと》も
皆黒《みなくろ》し、帽《ばう》も袴《はかま》も。

このあまき葡萄《ぶだう》の島《しま》に。
無花果《いちじゆく》の歓《ゑら》げる丘《をか》に
何《なに》見《み》ると千里鏡《とほめがね》見《み》る。

懐疑《うたがひ》の北国人《ほくこくびと》は。

まず「黒船」という題に「黒」という杢太郎のイメージ色が出てくる。船だけではなく、それに乗っている人々も烏に似てたいそう黒く、帽も袴も皆黒い服装をしている。葡萄や無花果などがたわわに実っている明るい歓楽の丘にいて、懐疑の北国人は千里鏡で何を見ているのだろうか。そんな意味であろう。ここに全てを疑ってみる「懐疑《うたがひ》の北国人《ほくこくびと》」とはもちろん杢太郎自身である。温暖な伊豆伊東の出身である杢太郎が自らを「北国人《ほくこくびと》」と譬えているが、あくまでも柳川出身の白秋に対比してのことであろう。また『五足の靴』「⑿大失敗」に「高浜の町は葡萄で掩《おお》われている、家ごとに棚がある」とあり、そこでH生の作った諧謔詩の中に「葡萄の棚と無花果《いちじく》の／あつきくゆりに島少女」とあることから、「懐疑《うたがひ》の北国人《ほくこくびと》」のいる島は「大失敗」をした天草と考えてよいだろう。したがって「五足の靴」の旅で天草などを旅しながらそこで見たものはいったい何であったのかという問い（疑い）がこの詩の主題であるといえよう。

日露戦争以降、日本の国力は大いに上ったものの、庶民の生活は非常に苦しい状態にあった。しかし同時に進取の気風が漲っていたのも明治であった。そのような明日への見通しがきかない時代にあって、これを何らかの意味で突破しなければならないとする青年たちがまずぶつかった問題は、この詩にあるような「疑い」だったと言えるのではないだろうか。

もう一つ「黒」という杢太郎のイメージ色がタイトルになっている詩を示そう。

黒　日

絵蠟燭《ゑらふそく》緑《みどり》にくゆり、
沈金《ちんきん》の台《だい》ほのあかる。

じやすぴすの壺《つぼ》には、君《きみ》よ、
かをれるを、葡萄《ぶだう》の酒《さけ》の。

かくてなほ君《きみ》ゆきますや、
いるまんの伴天連《ばてれん》の徒《と》に――

この風《かぜ》に、この雲空《くもぞら》に、
今日《けふ》ははた黒日《くろび》なるにも。

前の詩と同じ心持にて作れる。

「黒日」というのは、「暦中第一の凶日として万事に忌む」（『広辞苑』）という縁起の悪い日と言われている。第一連と第二連には高価な「絵蠟燭《ゑらふそく》」、美しい「沈金《ちんきん》の台《だい》」、「じやすぴす（碧玉）の壺《つぼ》」、香りの良い「葡萄《ぶだう》の酒《さけ》」など、御殿を思わせるような贅を尽くした楽しみの品々が列挙されている。しかし第三連では劇的な展開をして、そのような恵まれた環境にあるあなたがどうして俗世の権力から迫害されて「まるちり」（殉教）するという「伴天連《ばてれん》」（宣教師）に従って遠い未知の国にあこがれ、冒険の船出をしなければならないのですかと（姫君に）訴え掛けられる。そして第四連は今日はお天気も悪く大変縁起の悪い日に当たっているというのにという（姫君の）言葉で結ばれている。もちろんこの詩に出てくる「船出する男」と杢太郎自身が重なっていると考えてよいだろう。まさに未知の世界への「あこがれ」が窺われる内容であるといえるのではないだろうか。

この詩は明治四十年「明星」十一月号に「外光」と題して発表されたものである。この前にかれた詩「あこがれ」の註に「當時われは『天草四郎』の劇詩の一節のつもりで之を作れるなりき。」とあるのを受けて、同様の註を付している。このように杢太郎の場合彼方への「あこがれ」の一端が、キリシタンに対する考え方に窺われるわけである。杢太郎が天草四郎という人物に見たものは何だったのだろうか。おそらくこの「船出する男」のように理想と現実の狭間で苦悩しながらも、それを突破していった生き方にあったのではないだろうか。

三　新詩社連袂脱退事件と「明星」廃刊

俵万智の随筆集『短歌の旅』（文春文庫）に「五足の靴を訪ねて」という文章がある。著者は「想像の域を出ない」と断っているが、掉尾を飾る次の指摘は鋭い。

一ヶ月に及ぶ旅の間、五人は寝食をともにし、詩歌についても語りあったことであろう。一人三十代の鉄幹と二十代の若者四人との間に、少しずつずれが生じたかもしれない。（中略）そしてそれが、集団脱退の火種になったのだとしたら……。あくまで想像の域を出ないが、考えられることではある。同じ釜のメシを食った仲、ということでつながりが深まっていれば、鉄幹主宰の雑誌をそろって飛びだしたりするだろうか。

これを裏付けるのが吉井勇の次の文章である。

こうして、長い旅行を共にしたりして、与謝野先生と私たちとは、きわめて親密な師弟関係をつづけているように見えていたけれども、実はもうすでにその時分から決裂の気運がきざしていて、翌四十一年一月には、北原白秋、木下杢太郎、長田秀雄、私など数人は、たもとを連ねて新詩社を脱退するようなことになってしまった。

（『私の履歴書』第八巻　日本経済新聞社　昭和二十四年）

1　連袂脱退の原因

ではどうして連袂脱退というような事態に陥ってしまったのだろうか。勇は『私の履歴書』において次のように言う。

原因はいろいろあったけれども、要するに、他の雑誌に書いてはいけない、という与謝野先生の束縛に耐えられなかったためで、つまり私たちの欲したのは、自由の世界に解放されるということだった。

また勇は次のようにも書いている。

その端緒は後年或るところで発見された白秋の手紙が、つぶさに語っているように、私達の書いた詠草の原稿を、白秋がはからずも先生のお宅の便所で見出して、それを憤慨して私達に告げたことにあつたが、そんなことは唯その場合の口実に過ぎず、真実の私達の心持を言えば、先生があまりに狭量で、だんだん生成して来た私達が、『明星』以外の他の雑誌に書くことを、堅く禁じたことに反抗したためなのであつた。（「与謝野鉄幹」『吉井勇全集』第八巻）

勇の言う白秋の手紙は書簡がまとめられた『白秋全集』39に見当たらないが、明治四十一年一月十五日付け、高田浩雲宛書簡（同書）には寛に対するかなり辛辣な意見が述べられている。

僕はすつかり与謝野氏の人格がわかつた。あの人は詩人ではない。才の人である。ポリシー

(権謀)の人である。誠実でない。要するに詩人として何等の誇りも有せない人です。実に憐れむべきものだと思ふ。(中略)
与謝野氏が文芸に対して不真摯な軽薄で、後進の詩をそのまゝ盗んで(毎月やつてゐます僕等は随分やられてゐます。話をすればすぐに盗まれます。作つてゆけば、それをうまい工合に吸取られて了ふ。)(中略)で徒に虚名ばかし高くなると云ふことを痛切にみとめた以上は新詩社にゐることを潔しとせない。

では杢太郎はこの脱退について何を語っているのだろうか。

明治四十一年から「明星」は「大刷新明星」といふ意装で、一層美々しく現はれる事になつた。然るにここに予想外の事が突発した。即ちそれから間もなく、北原、長田兄弟、吉井、秋庭、それに僕がくつついて新詩社を出た事である。その原因の一は、「大刷新明星」(新年号)に、蒲原、上田、薄田の諸氏の新体詩が、四号活字で麗麗しく組まれたのに反して、社中ののは常の如く五号二段組で片付けられた事であつたらう。殊に気を負うてゐた北原は心甚だ不平であつた。瀧田樗蔭が是等の人々を焚き付けて、その詩はその歳の四月から数箇月の間「中央公論」に現はれるやうになつた。
(「与謝野寛先生還暦の賀に際して」全集第十五巻)

白秋が感情的になっているのに対して、冷静に見つめていることが分かる。

これらをまとめると、脱退の理由が浮かび上がってくる。
・彼等が「明星」以外の雑誌に書くことを、与謝野氏が堅く禁じた。
・彼等の書いた詠草の原稿を与謝野氏が自宅の便所で使った。
・与謝野氏の人格が誠実でないことが分かった。
・与謝野氏が後進の詩をそのまま盗んだり、話を吸い取ったりする。
・明治四十一年「明星」一月号の彼等の作品の取り扱い（活字の大きさ）に納得できなかった。
・「中央公論」の編集者瀧田樗蔭が、彼等の作品を同誌に発表することを約束した。
などである。

なお脱退を決めたときの様子やそれを寛に伝えたときの様子は、前掲の白秋の手紙に詳しく書かれている。血気盛んな若者たちの想いが伝わってくる内容となっている。

こうして七名は新詩社を去ったが、寛にとって将来を嘱望していた若者たちの作品を失ったことは大きな落胆であったに違いない。そして七人の脱退は、「明星」明治四十一年二月号の「社中消息」欄に次のように報ぜられた。

吉井勇、北原白秋、太田正雄、深井天川、長田秀雄、長田幹彦、秋庭俊彦の諸氏は、各独立して文界に行動するを便なりとし其旨申出の上退社せられ候。（中略）如上の諸氏は皆新進文人の俊髦に候、益々その才分を発揮し、目覚しき創作と論議とを以て、社外より我等を教へられむことを希望致し候。

たとえ六号活字であるとはいえ、感情を排し客観的な理由を添えて消息欄に掲載したということは、寛のこの若者たちに対するせめてもの大人の対応を感ずるがどうだろうか。寛は「明星」終刊号に「新詩社詠草」を載せているが、その中に次の歌がある。

わが雛はみな鳥となり飛び去んぬうつろの籠《かご》のさびしきかなや

白秋や杢太郎ら雛鳥が去り、「うつろの籠」となった「明星」に対する親鳥寛の淋しさが率直に詠まれた歌と言えよう。

2　連袂脱退の真相考

このようなことがあると、一般的には脱退組の名前は二度と「明星」誌上には現れなくなったと考えたくなるところである。しかしそうではなかった。五月の新詩社の歌会には、白秋も勇と共に出席している。また勇は明治四十一年の「明星」十月号に「儂邪集」（短歌）を寄稿し、冒頭に掲載されている。さらに翌十一月号（終刊号）には、脱退組も作品を寄せている。杢太郎は「黒国歌」（短歌）と「過ぎし日」（詩数篇）、白秋は「濃霧」（詩）、勇は「鷲」（短歌）と「いさなとり」（小品）であった。

このことは何を意味しているだろうか。もし連袂脱退が感情的に相容れぬ状況であるとしたら、たとえ記念すべき終刊号といえども寄稿などしなかったはずである。一方、寛にしても脱退組の作品など掲載しなかったはずである。新田義之は次のように言う。

この事件については、杢太郎や白秋達が与謝野寛に対して反感を抱いたかに説く人もありますが、事実はそれほどの事ではなく、若い世代が気負いを持って自己の存在を主張したという程度のことだったというべきでしょう。また、創刊以来百号に達した『明星』が、その歴史的な役割を果し、次の時代をになう新人達に場をゆずったのだと見ることも出来ます。

(『木下杢太郎と与謝野晶子』杢太郎会シリーズ第九号　平成五年)

その後の寛や白秋・杢太郎たちの行動を考えると、妥当な見解と言えるのではないだろうか。杢太郎自身も後年「『パンの会』と『屋上庭園』」(全集第十五巻)で次のように述べている。

明治四十一年「明星」が百号記念の大冊子を出したところ、別に深い理由も無かつたが、青年の客気と云ふものであらう、我々数人(北原、長田兄弟、吉井、秋庭俊彦、僕)が新詩社を退いた。

色々理由は付けているが「深い理由」は無かったものと思われる。また後年白秋も杢太郎も寛の近代文学に対する功績を讃えていることから、決して寛をないがしろにしたのではないと考えられる。白秋は言う。

鉄幹の一大業績はこの明治の短歌革命にある。志気、衒気、匠気、錯雑混淆して却つて近代の絢爛たる魅惑性を発揮し、生々奕々たる躍進をも為し得たのである。

（「明治大正詩史概観」『白秋全集』21）

また杢太郎も言う。

先生は、明治から大正にかけて、日本の文壇に花花しい風雲を捲き起した闘将としての印象が一層強い。人の一生にも少時壮時が有るやうに、日本の現代の文学にも、今から回顧して夢の如き青春が有つた。その時金鞍白馬花下に立つ少壮の騎士として先生の風采が我々の空想に映ずる。

先生の文壇に於けるやまた無尽蔵の打出しの小槌を執る福神の如きものがあつた。それから振り出された才人には晶子夫人が有り、石川啄木が有り、高村光太郎、北原白秋、平野萬里、吉井勇、茅野蕭々、堀口大学等の諸君が有り、なほ其後にも多くの名手才俊が有らう。

（「与謝野寛先生還暦の賀に際して」全集第十五巻）

3 「明星」廃刊

「明星」は明治四十一年十一月、ついに百号をもって廃刊となった。廃刊の理由は様々に伝えられている。明治三十年代末からの自然主義文学の台頭や、四十一年一月の白秋・杢太郎等の連袂脱退などがよく取り上げられる。確かにそれらが大きな影響を与えたということは否むことはできまい。だがこれまでの経緯を冷静に見つめ、その後も寛の側にあった平野萬里は次のように述べている。

通巻百号を以て「明星」が廃刊せられ、同時に新詩社の全盛期はここに終りを告げた。（中略）世人の知つてゐる新詩社は多くここ迄である。新詩社創立の目的はこの時一応達せられ、我が邦詩歌の水準もどうやら欧州のそれに近づくことが出来たやうに思はれたのであつた。

（「新詩社の過去及び現在」『平野萬里評論集』　砂子屋書房　平成十八年）

また後年第二期「明星」に掲載された「鷗外全集を編輯しながら」において次のようにも言う。

明治四十一年十月、以前の「明星」が通巻百号に達した。それを機会に与謝野先生は暫く修養がしたいといふ理由で前後八年間も続いた雑誌の編輯事務を廃されることになつた。

（『平野萬里評論集』）

これらから「明星」がその役割を終えたことや寛の落胆ぶりが窺われるが、廃刊の大きな理由の一つに経済的困難があったことも否めない。萬里は「冬柏創刊の経過」において次のように述べている。

雑誌の発行といふことは一面文学的の活動であると共に、他面経済的の行為たるを免れない。明星の廃刊するに至つた裏には経済的の理由が多分に存するもののやうに推察せられる。多年の金策に流石の先生も労れはてたとでも言へば言へる事情もあつただらうと思ふのである。

（『平野萬里評論集』）

また啄木は明治四十一年五月二日の日記で次のように伝えている。

与謝野氏は外出した。晶子夫人と色々な事を語る。生活費が月々九十円かゝつて、それだけは女史が各新聞や雑誌の歌の選をしたり、原稿を売るので取れるとの事。明星は去年から段々売れなくなつて此頃は毎月九百しか（三年前は千二百であつた。）刷らぬとの事。

こうして「明星」は廃刊となり、その二か月後には「スバル」が創刊された。脱退組の杢太郎は「荒布橋《あらめばし》」（小説）、白秋は「宗門新派体」（長詩）、勇は「うすなさけ」（短歌）を寄せている。また与謝野夫妻はそれぞれ「畑駅」（小説）、「絃余集」（短歌）を寄せている。要するにその顔ぶれは以前の「明星」と大差なかったのである。

本当に決裂してしまっていたら、このようなことは起こりえないだろうが、ここに森鷗外の存在を無視することはできない。「明星」廃刊よりも早く「スバル」創刊の計画は進められていたが、「新詩社の同人で弁護士の平出修（露花）が出資者となり、萬里、啄木、勇を編輯スタッフとし、彼等がひとしくメートル maitre（先生）と仰いだ鷗外を特別寄稿家として招かうとする」（野田宇太郎『日本耽美派文学の誕生』）計画であった。当時寛と脱退組をつなぐ力を持っていたのは鷗外をおいて考えられなかったといえよう。

4　新詩社を脱退しなかった平野萬里

「五足の靴」の旅において寛と若者たちの間に確執があり、それが白秋・勇・杢太郎らの連袂脱退の一因となったことはすでに述べたが、同行した若者四人が揃って新詩社を脱退したのかというとそうではない。萬里がただ一人脱退しなかったのである。

(1)　萬里と与謝野夫妻

では萬里だけがなぜ新詩社を脱退しなかったのであろうか。このことについて萬里は多くを語っていない。「新詩社の過去及び現在」（『平野萬里評論集』）にも次のような記述が見られるだけである。

通巻百号を以て「明星」が廃刊せられ、同時に新詩社の全盛期はここに終りを告げた。これよりさき北原、長田、木下、吉井、石川の諸君が分離或は独立して去つた。

動揺している様子はなく、あまり大きな問題と捉えていなかったように見受けられる。
萬里が与謝野夫妻に寄せる思いは並々ならぬものがあり、それはその後の萬里の行動をみれば明らかである。それが脱退しなかった理由とも言えるのではないだろうか。平野千里編『平野萬里全歌集』（砂子屋書房）を読み進めていくと、萬里が「先生」（寛）への熱い思いを詠んだ歌が「挽歌」一連八十二首をはじめとして数多く掲載されている。その中から数首を抄出してみよう。

番町に先生住めば荻窪に先生住めば我も住むかな
損をして損と思はぬ先生を損と思ひて我人《われ》惜しむ
先生を寂しがらせぬこともやと我が愚禁ぜず歌作らまし
我が調べ乱るる時は先生をたちまち思ひ正さんと思ふ
我が浅き歌を恥づれど先生の作れと言へば作らんと思ふ

これらを読むと師寛に心酔している萬里の心情を窺うことができる。寛は大正四年に番町、昭和二年に荻窪と転居しているが、それに伴い萬里も寛の家の近くに転居したのである。やがて第二期「明星」や「冬柏」発行に至る時期であり、本業に忙しいにもかかわらず寛のために雑誌の経営や編集の実務を引き受けようとする萬里の気概が感じられる。大正期に門下の多くの歌人たちが寛のもとを去ったが、萬里は決して寛のもとを離れることはなかった。

その後萬里は寛・晶子の葬儀委員長を務めている。また「冬柏」発行に際しては主宰を務めている。その経緯を述べた萬里の文章「冬柏創刊の経過」（『平野萬里評論集』）にも、与謝野夫妻への熱い思いを窺うことができる。

「スバル」も遂に出なくなり、新詩社の発表機関はここに初めて中絶した。大正二年である。しかし如何ともすることは出来ない。（中略）先生夫妻にあの往年の重荷を再び背《ママ》はせることは折角小康を得て居られる場合到底忍び得ることでなかつた。発表機関のないことは直ちに勢力の失墜を意味することは分つて居たが、さればと言つて躍起となつて奔走するほど熱のあるものもなく、（中略）

かういふ状態が七、八年続いた。（中略）

昭和四年冬至の日に東京会館で晶子夫人の五十の賀筵が開かれ頗る盛会であつた。その席上徳富猪一郎先生は（中略）明星休刊以後夫妻が発表機関を欠いて居ることを遺憾とせられ、誰かこの中にやるものはないかとまで口を極めてその復興を慫慂せられたのである。私は決心せざるを得なかった。

そして何よりも萬里が与謝野夫妻を敬愛していたことが分かるのは、両人の没後、『与謝野寛遺稿歌集』、晶子遺稿歌集『白桜集』、『晶子秀歌選』の編集を手がけていることである。さらに萬里の没後、彼のまとめた『晶子鑑賞』が出版されている。まさに生涯与謝野夫妻の側にあったのである。

一方『近代文学研究叢書』六十二巻（昭和女子大学近代文化研究室編　平成元年）に引用されている寛の次の歌を読むとき、寛もまた萬里の人柄を愛するとともに心から信頼していたことが分かる。

来らずと知れど萬里をなほまちぬ尾花峠の夕月のもと
わが萬里少年の日も今日の日も情あまりて云ふは片はし

近代文学史上希有な師弟関係と言っても過言ではあるまい。

(2)　萬里の歌集

すでに述べたように萬里は生涯に歌集を一冊しか上梓していないため、歌壇においても地味な存在であったといえよう。

とはいえ鷗外の影響もあってか萬里は早くから頭角を現し、「明星」に詩や短歌を発表し主要メンバーとして活躍した。また「スバル」明治四十二年二月号を編集した啄木が短歌を六号活字にしたことに対して抵抗し、萬里は次のような「抗議文」を寄せている。

昴は毎月編輯者が変る、編輯の責任は一切編輯者が負ふ、（中略）組んで来たのを見て僕は驚いて了つた、聞けば修君と啄木君との相談の結果どうしても原稿が余るので紙数を減す為にやつた仕事ださうだ。相応の労力を致して作つた短歌を六号に組んだからとていくら紙数が減るであらう、高が二三頁多く四五頁である。いくら僕が怒つた所が仕方がない。それから本来六号なるべき筈の雑録を活版屋におどかされて五号にする。随分間の抜けた始末ではないか。

それほどまでに短歌に対して熱意を持っていた萬里であるが生涯に上梓した歌集は明治四十年三月の『わかき日』一冊のみである。「明星」時代はもちろん、第三期「明星」といわれる「冬柏」の時代にまで亘って作歌に勤しんだ萬里が、わずか一冊しか歌集を出版していないからにはそれなりの理由があるに違いない。そのことについて『平野萬里全歌集』を編集した次男・千里氏は同書の「あとがき」において次の三点を指摘している。

まず第一の理由として、後年萬里の書いた次の文章を引用している。

私は学生の頃未熟な歌を集めた歌集を一冊出版して貰ったことがある。私はそれを遺憾に思つて居る。それきり出したことも無し、出さうと思つたことも無し、出してやらうといふものも無く今日に至つて居る。さうしてそれが一番よいことだと思つて居る……。

要するに未熟な作品を歌集として出版したことは遺憾であった。もう二度と歌集を出すのは止めようという決意が窺える。

では萬里に「未熟な作品」「若気の至り」と思わせるような出来事が何かあったのだろうか。実は『わかき日』に対する批評について、与謝野晶子は「『わかき日』に対する世間の御評に慊《あきた》らぬからで御座います。評家の方々《かたがた》は相変らず此の歌集に就ても御冷淡なやうに見受けられます」(「『わかき日』の批評に就て」「明星」明治四十年四月号)と書いている。その具体例として「早稲田文学」(糸川子「詩壇時評」明治四十年三月号)や「慶応義塾学報」(安倍生「平野萬里君の『わかき日』」明治四十年三月号)等を取り上げている。前者は「優しい情と聊かの稚気衒気のない落ちついた技巧とに於て、此集の如きは現今の詩壇に重きをなすべきものの一であらう」と肯定的な評を述べているが、晶子は抽象的大づかみな、どの歌集にも当てはまる評であり佳作の引用歌が適切ではないと批判している。一方後者は「下手な散文だつてこんな訳のわからない文句は使ひはしない。直言すれば予は斯くの如く含蓄なき、余韻なき、読んで何等の詩的感興を喚起せざる叙情詩は、到底一顧の價だになしと断ずるものである」などと否定的である。これに対して晶子は理解を示しつつも、佳作の引用歌が不適切であることを批判している。このような的外れな批評や酷評が萬里をして『わかき日』に収められた自らの歌を「未熟な作品」と思わせ、歌集に対する抵抗感を与えたのかもしれない。

第二の理由について、千里氏は次の萬里の文章をよりどころとしている。

……（私の歌が）どうして出来たものかといへば、それは雑誌に載せる為めである。であるから、私が歌を作つたのは自分達の機関雑誌の出て居た間だけである。……新聞記者が新聞記事を書くのは翌一日の為めである。その生命は一日にして尽きる。月刊雑誌に載せる為めに作つたものはそれがひと月に延びるだけのことである。翌月は翌月の作がある。……雑誌に載せて多少の役に立てばそれで能事は終つてゐるのであり、歌集にまとめる必要を認めない。

雑誌に載せるために書いた作品の賞味期限を極めて限定していることが分かる。月日が過ぎてから歌集に載せる必要は認めないという厳しい姿勢がうかがえる。

さらに第三の理由として、次の文章を引用している。

私は好んで歌を作ります。又私は好んで古歌を誦します。これらは私の重な楽しみを為してゐる。然し私は自ら歌人を以つて任ずるものでもなく、未だ歌集を選んで其の価値を世間に問ふた事もなく、詠んだ歌は尽くよみ棄てた侭かつて読みかへしたことのない程の怠け者です。……

これは「自ら歌人を以って任ずるもの」（職業歌人）ではないという宣言とも受け取ることができる。歌はあくまでも趣味として捉えていることが分かる。千里氏は「歌集を出すため、つまり生活のために歌を詠む職業歌人ではないことをむしろ誇りにしているようでさえある」（「あとがき」『平野萬里全歌集』）と述べている。

(3)　萬里と「スバル」創刊

「スバル」創刊のあらましについてはすでに述べたので、ここでは萬里が創刊号の編集を担当した経緯と「スバル」の位置づけについて述べてみよう。萬里は次のように言う。

明治四十一年の暮「明星」が予定のやうに第百号を以て廃刊した。さうしてスバルが之に代つた。等しく新詩社の機関ではあつたが独裁政治が寡頭政治に代つたのである。（中略）それ迄新詩社と与謝野先生と明星とが渾然三位一体を為して居たのが分裂して新詩社の外に昴発行所が出来、それが故人平出修君の法律事務所に置かれることになつた。最も困難な会計事務は同夫人が受持たれた。これだけは永年与謝野先生夫妻の肩にあつた過重な負担を幾分軽からしめたであらうか。編輯は同人が代る代る之に当たる手筈であつた。初号はほんの僅か許り兄分であつた所から私が之に当たることになつた。　（「雑誌スバルと椋鳥通信」『平野萬里評論集』）

ここで注目したいのは、「スバル」を「等しく新詩社の機関」と位置づけていることである。

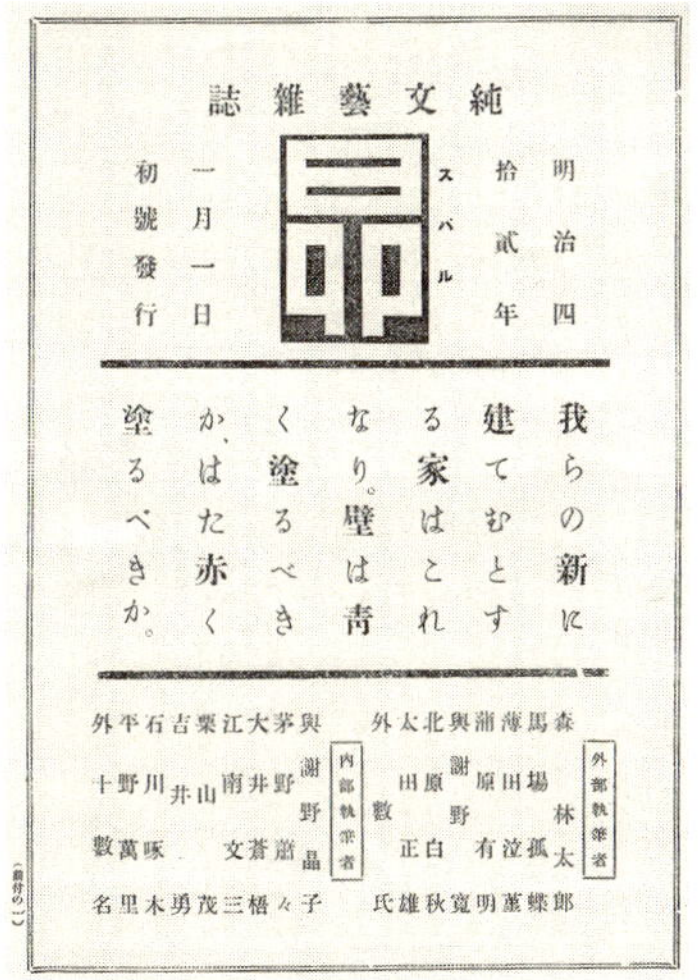

予告広告（明治41年「明星」10月号）

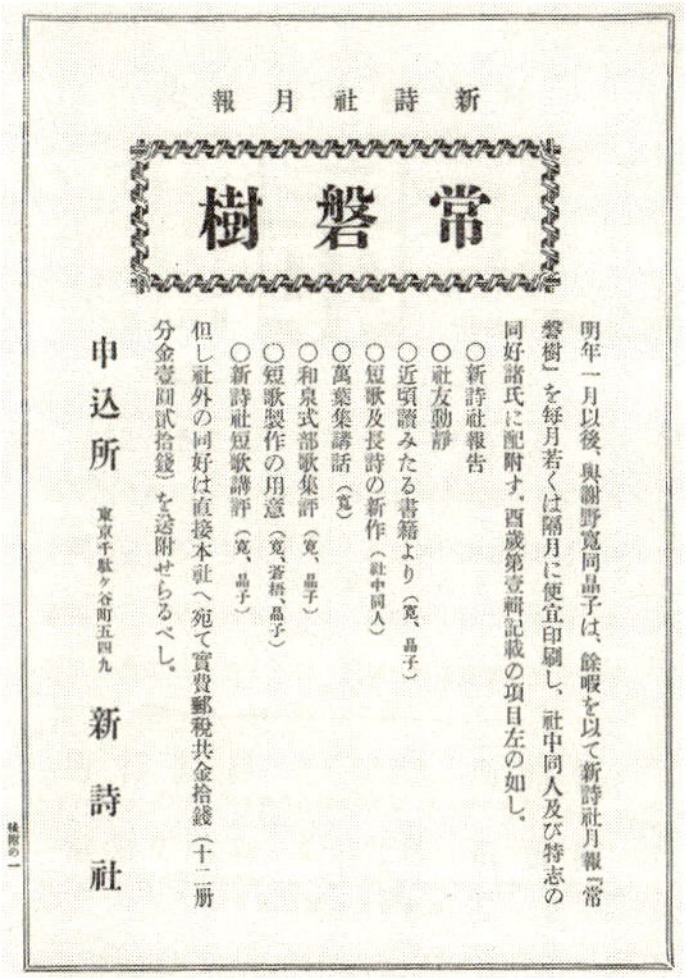

予告広告（「明星」終刊号）

すなわち「明星」は廃刊となったが、新詩社の機関誌は途切れていないということを言っているのだと解釈したい。萬里は別稿で「そのうちに『スバル』も遂に出なくなり、新詩社の発表機関はここに初めて中絶した。大正二年である。」（「冬柏創刊の経過」『平野萬里評論集』）と述べている。

だがここで一つ不思議なことがある。それは「明星」終刊号の「社中消息」に次のような予告が出ていることである。

今後の新詩社は専ら詩歌の製作及び研究に努力し、社中同人諸氏の製作に就ては、小生及び晶子に於て毎月選抜と批評とを加へ、その中の佳作は平野萬里氏等編輯の新雑誌『昴』に寄稿し、又小生が単独に随時印刷配布する新詩社の消息『常磐樹』の一部にも載録致すべく候。

すなわち「明星」終刊後に新詩社の外に編集所を置く「昴」と、内部月報のような「常磐樹」が誕生することが予告されているのである（「常磐樹」は第七号をもって終刊になったという）。ここに明治四十一年「明星」十月号に掲載された「昴」の予告広告と、「明星」終刊号に掲載された「常磐樹」の予告広告を掲載しておく。「昴」において、萬里・啄木・勇・晶子などは内部同人、鷗外・寛・白秋・杢太郎（太田正雄）などは外部同人であったことが分かる。

四　杢太郎と観潮楼歌会

これまで、

・明治四十年七月〜八月　「五足の靴」の旅
・明治四十一年年一月　新詩社連袂脱退
・明治四十一年十一月　「明星」廃刊

などについて述べてきたが、この後も杢太郎の文学活動はますます旺盛になっていく。すでに述べたように、そのころ杢太郎は薬物学の試験日を間違えたため、鷗外の力添えがあったにもかかわらず、医科大学の三年に進級できずに留年をしていた。だがその一年は杢太郎の生涯にとって、大きな意味を持ったといって過言ではないだろう。留年中にフランス語の習得に努めたことは知られているが、また文学活動に没頭できたのも時間があればこそのことであろう。
・明治四十一年十月三日　観潮楼歌会への参加
・明治四十一年十二月十二日　「パンの会」発足
・明治四十二年一月　「スバル」創刊
・明治四十二年十月　「屋上庭園」創刊
まさに疾風怒濤の時代（シュトルム・ウント・ドランク）の真っ只中にあった。代表作の戯曲「南蛮寺門前」をはじめ、執筆活動も旺盛であった。また「五足の靴」の仲間とは別に、この頃観潮楼歌会を通して新たにかかわりを持つようになったのが、石川啄木・平出修・斎藤茂吉などであった。茂吉はパンの会には出席していないが、後に交流を深めることとなる。

1　杢太郎の詠草歌

では観潮楼歌会に杢太郎はどのような作品を詠草したのだろうか。

(1)　杢太郎の全詠草歌

明治四十一年十月三日の初参加から翌年九月五日までの間に計六回参加し、次の十三首を詠草した。なお本書における観潮楼歌会の短歌の引用は、八角真「観潮楼歌会の全貌―その成立と展開をめぐって―」及び「『観潮楼歌会』の資料一、二」によった。

明治四十一年十月三日（一首）
十月は枯草の香をかぎつつもチロルを越へ《ママ》てイタリヤに入る
明治四十二年一月九日（二首）
酒の座に敵《かたき》を打つと立ちしかど鼓にまけて舞ひのまねする
とこしへに死なざる海に日くれ方鷗の来りまた消えてゆく
明治四十二年二月六日（三首）
火の国の大阿蘇の嶺《ね》に古瓶の葡萄の酒の泡立つがごと
皐月空海のあなたは雲立ちぬさぞや燕がぬれて帰らむ
日の下の思想といふは皆あきぬ大海に来て底をうかがふ
明治四十二年三月六日（五首）
深川ののぞき目鏡の若者がここは一力茶屋など、歌う《ママ》
天主堂祈禱はてたる広場を小ばうきをもてはきゐる少女
大空に輪をかく鳶はぴいとろろぴとろひやろとひとりうかるる
ごむまりを電車の道にまろばしてとりもえなさで泣くうなゐあはれ
東京の地平を破る三本の大煙突ゆ朝の声くる
明治四十二年四月五日（二首）
山に来て夏のゆあみのつれづれやねぢをひねれば冷やき水もく

爪をかむ癖あるを見てあの唇《くち》を爪などかはと惜しく思ひぬ

明治四十二年九月五日　不明

傾向としては視覚的な「画家の歌」と言ってよいような作品が多いが、それは絵画を愛した杢太郎ならではの感覚が反映されたのかもしれない。しかし後述するように聴覚や嗅覚など五感に訴えた作品も決して少なくない。ここでこれら十三首全てを取り上げる余裕はないが、この中から初めて歌会に参加した明治四十一年十月三日の作品と、歌会当日の参加者直筆資料が現存している明治四十二年三月六日の作品を取り上げ、作品の内容や評価などについて考えてみよう。

(2)　明治四十一年十月三日の詠草歌

明治四十一年十月三日、杢太郎は初めて観潮楼歌会に参加し、次の作品を詠草した。

十月は枯草の香をかぎつつもチロルを越へ《ママ》てイタリヤに入る

この歌を読んでまず気がつくのは主語がないことであろう。主語がない場合、短歌の暗黙のルールとして主語は作者である。したがって、この歌の主語は杢太郎であるととるのが妥当である。しかし当時杢太郎はチロルも越えていなければ、イタリアにも行ったことがない。そうだとすると「チロルを越へ《ママ》てイタリヤ」に入ったのはだれかということが問題となる。

この歌は当日の高点歌だったというが、杢太郎もこの歌が気に入っていたようで、後に「森鷗外先生に就いて」（全集第十五巻）という随筆の中で次のように述べている。

始めて其御宅に伺つたのは四十一年の十月かと思ふ。それは或事の御依頼の為めであつたが、その頃先生の宅には毎月歌会（我々は之を観潮楼歌会と名付けた）が有り、その日が都合がよからうとの平野萬里君の注意で、その砌に伺つたのである。それで僕も飛入りして、始めて歌らしいものを作り、予想外の高点を得、それからは毎月その歌会に連つた。烏滸がましいが、その時の僕の歌の一は今も覚えてゐるから記さう。「十月は枯草の香をかぎつつもチロルを越えてイタリヤに入る」といふので、ゲエテの伊太利亜紀行のその部をもぢつたのである。

つまりこの歌は杢太郎がゲーテの『イタリア紀行』を読んで感動しゲーテになり代わって作ったわけであり、架空の旅行詠と言ってよい。しかしそのことを知りつつも参加者はこの歌を選んだと思われる。ゲーテの「アルプス越え」は杢太郎も愛読した『イタリア紀行』に書かれている有名な話で、当時の文人の間では常識となっていたことと思われる。したがってこの歌の主語がゲーテであるということは、参加者は当然知っていたわけである。知っていてもなおこの歌が高点を得たのは、この歌に惹かれるところがあったからではないだろうか。

ところが杢太郎の友人で実際にこのルートを通ってみた人物がいるのである。東北帝国大学時代の同僚・勝本正晃である。勝本は伊東で行った「仙台時代の追憶」（太田慶太郎編『木下杢太郎逝去二十五周年記念講演』杢太郎記念館シリーズ第三号　昭和四十六年）という講演の中で次のように語っている。

「十月は枯れ草の香をかぎつつも、ちろるを越えて伊太利亜に入る」という葱南（筆者注・杢太郎の雅号）の歌は大学卒業の頃、観潮楼の歌会で作ったもので、鷗外にほめられた。これはゲーテのイタリア紀行から来ていると思うのですが、そのころ彼はまだイタリアに行っていなかった。鷗外さんはおそらく実際そこを通ったので、この歌を見て非常に打たれたと思うのです。（中略）

チロルの旅はゲーテから来ているのでしょうが、杢太郎が実際に実験しないで書いたものであるから、どうも私たちはいただけない。私は十一月に大体同じ道を来ましたけれども、ドイツ、オーストリアの辺りは全部雪ですね。そして汽車でサンダゴルトを越えて、イタリアの大地を下に見下した時の驚き、下はまだ黄葉で、あちらこちらに古城がある。まだ葉は木に残っているんです。チロルや山の方は全部葉が落ちてところどころ雪があるのですから、杢太郎もあの色彩のうつり変りを詠むべきであったと思いますけれども、まだ行ったことがないからあんなふうになった。それを鷗外が馬鹿に感心するのがわからないのですが、岩本先生からイタリア紀行を学校で学んだ影響が、その直後にあらわれているわけです。

杢太郎が絵画に秀でていたことを勝本は十分承知しており、「あの色彩のうつり変りを詠むべきであった」と言っているわけだ。だがさすがの杢太郎も見ていないことは詠えなかったのであろう。「十月は枯草の香をかぎつつも」と、視覚ではなく嗅覚に視点を当てたところがこの歌はよかったと言えよう。

以上杢太郎が「始めて歌らしいものを作」ったという作品について述べたが、本当に「始めて」なのかどうかは疑ってみる必要があろう。なぜならばこの歌を作ったのが明治四十一年十月三日ということだが、杢太郎は直後の十一月に発行された「明星」終刊号にこの歌も含めて「黒国歌」四十七首を掲載しているからである。脱稿は遅くとも十月の早い時期だと思われるので、もし十月三日が初めてだとすると、短期間に猛烈な勢いで作ったことになる。いずれにせよ、この当時、杢太郎が短歌の創作に旺盛であったことが分かるわけである。

2　平出資料に見る杢太郎

(1)　平出資料について

観潮楼歌会は明確な記録が残されていないため、曖昧な部分も多いことはすでに述べたが、実は参加者の直筆資料が残されている歌会が二度ある。明治四十二年三月六日と四月五日である。これは「スバル」の出資者であった平出修が保存していた資料を、今日孫の平出洸氏が所蔵しているものである。修は大逆事件の弁護士として名高い人であり、新詩社の歌人でもあり、「スバル」の出資者でもあったので持っていたのだろう。

この資料は全部で十九葉あるが、内容的には大きく分けて三種類ある。

ア　明治四十二年三月六日の参加者全員の詠草をとりまとめた歌稿

これは参加者が詠草した作品を全部書き写したもので、筆蹟からみて鷗外が書いたのだろうと言われている。各歌の脇に○がついているが、これは選歌後、得点を入れたものである。○の数が得点を表している。ここに掲載した写真（上）では杢太郎の「天主堂祈禱はてたる広場を小ばうきをもてはきゐる少女」に五つ○がついており、最高点であったことが分かる。

イ　明治四十二年三月六日の参加者全員が個人として選歌した歌稿

これは参加者が自分の歌を書いたものではなく、回覧された詠草歌を見て各自がよいと思った歌を写したものと思われる。ここに掲載した写真（下）は太田正雄（木下杢太郎）の選歌歌稿であり、十一首を選んでいる。

ウ　明治四十二年四月五日の参加者全員の詠草をとりまとめた歌稿

これは四月五日分の詠草歌を書き写したものであり、字は筆蹟から平出修のものではないかと言われている。なおこのうち第十六葉（これは赤色の字で書かれている）については筆蹟が違うことから、修ではなく別人だろうと言われている。

(2)　明治四十二年三月六日の歌会

明治四十二年三月六日の歌会には鷗外・杢太郎はもちろん伊藤左千夫・佐佐木信綱・北原白

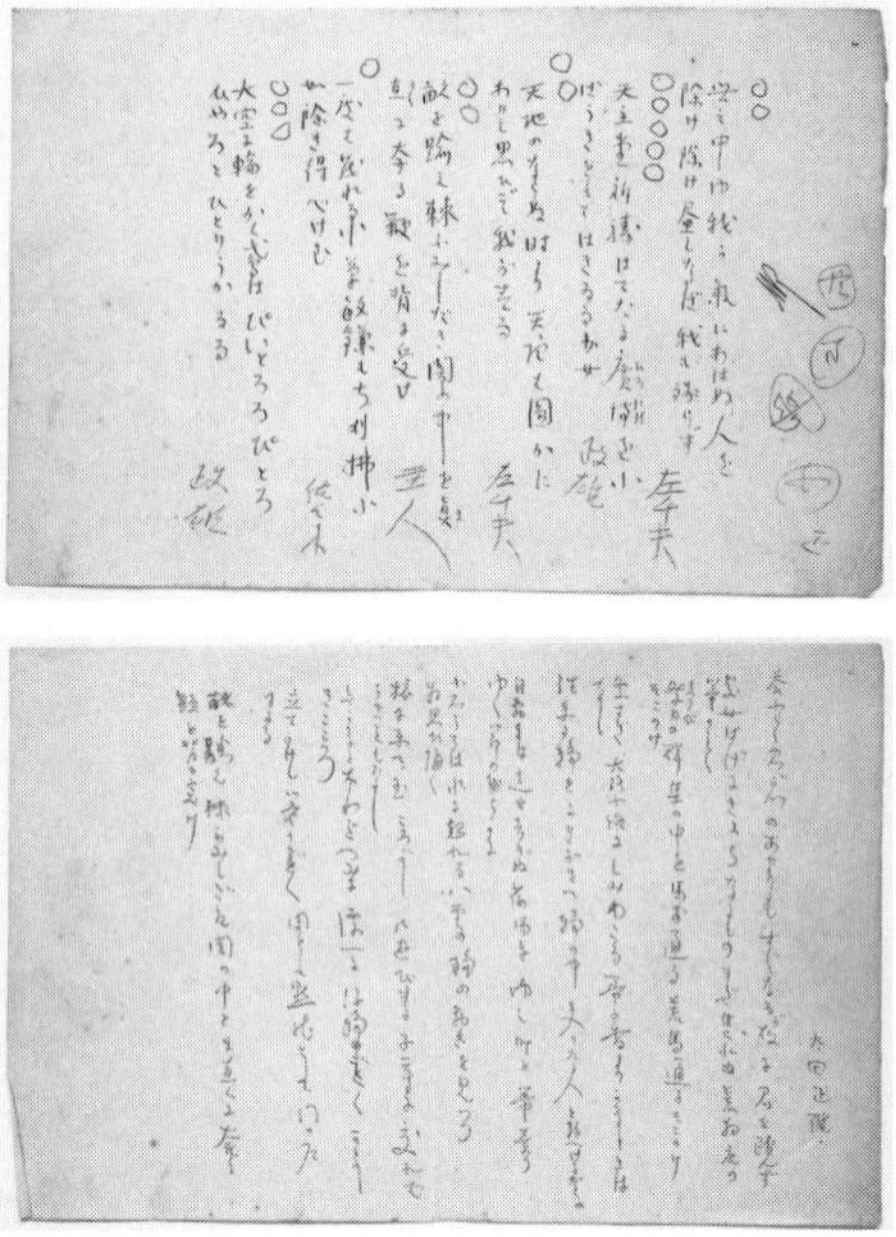

観潮楼歌会　明治42年3月6日の歌稿

秋・平野萬里・古泉千樫の計七名が参加し、計三十二首が詠草された。

この日の直筆歌稿を見ると、当時歌会がどのように開かれていたのかが克明に分かり、コピーなどない時代の参加者の息づきが伝わってくる。

歌会の形式や詠草の方法は回を重ねるにつれて変遷も見られたようだが、ほぼ題詠・互選・批評という方法で行われた。吉井勇は随筆「観潮楼歌会の頃」（『吉井勇全集』第八巻）において「会の形式は五つほど題を出して、その字を結んで歌を作るのであるが、歌が出来るとそれを集めて清書した後、その詠草を回覧して各自いいと思つた歌を選ぶものである」と言っている。つまり、今の歌会と似ているところもあるが、いくつか違う点もあることが分かる。

では歌会は実際にどのように行われたのであろうか。

① 出席者の相互選歌・被選歌数

まずこの日の出席者の選歌・被選歌の状況を見てみよう。数だけを整理してみると、【表五】のようになる。

この表から分かるように、今日の歌会と違う点の一つは選歌の数が決まっていないということである。今ならば一人五首とか十首とか数を決めて選ぶが、本人がよいと思えば何首選んでもよかったようだ。鷗外のように二十一首も選んで大盤振る舞いしている人もいれば、左千夫のように厳しく二首しか選んでない人もいる。

この表から選歌の特徴を挙げてみると、次のようなことが言えるかと思う。

・正雄・白秋・萬里は概して根岸短歌会系の歌に厳しいことが分かる。
・左千夫は同志の千樫の歌を一首も選ばず、正雄・信綱の歌を一首ずつ選んでいる。
・千樫は師左千夫の歌を四首全て選んでいるが、正雄・白秋・信綱の歌を一首も選んでいない。新詩社系では萬里のみ三首選ばれている。
・信綱は根岸短歌会の左千夫・千樫の歌を選んでいない。
・この日、最も多く選ばれているのは十三首の正雄（杢太郎）である。

② 兼題と各作者別詠草数

もう一つ今日の歌会と違うのが題詠かと思う。もちろん今でも題詠が行われることはあるが、こんなに沢山の題が一度に提示されることはないのではないだろうか。

【表五】明治四十二年三月六日　出席者相互選歌・被選歌数

選＼被選	森　鷗外	太田　正雄	北原　白秋	平野　萬里	伊藤左千夫	古泉　千樫	佐佐木信綱	被選歌計
鷗外		2	1	1		1	2	7
正雄	4 (1)		3	3	1		2	13 (1)
白秋	3 (1)	1		2			1	7 (1)
萬里	5	2	1			3	1	12
左千夫	3 (1)	1		1		4		9 (1)
千樫								0
信綱	3	2	3		1			9
不詳	3 (3)	3	1	1			1	9 (3)
計	21 (6)	11	9	8	2	8	7	66 (6)

※鷗外欄の（　）内の数字は、一度選んだが後に赤線で削除している作品数である。

【表六】のようにこの日は五つの題が与えられている。最近は漢字のみ与えられ、それをどう使おうと構わないという傾向が一般的かと思うが、「除く」のような動詞もあり、かなり細かく題が与えられていることが分かる。題の使い方を見てみると、相当真面目に与えられた題をこなそうと取り組んでいる様子が分かる。古泉千樫が一首も書かれていないが、作者不明の中に含まれているものと思われる。

③　三月六日の高点歌

ではこの日の三点以上の作品を見てみよう。各作品冒頭の数字が獲得点数である。

【表六】明治四十二年三月六日　兼題と各作者別詠草数

名＼題	輪	箒	圓	除《ノゾク》	直	計
森　鷗外		○	○	○	○	4
佐佐木信綱	○	○		○	○	4
伊藤左千夫	○		○	○	○	4
平野　萬里	○	○	○	○	○	5
北原　白秋	○		○	○	○	4
太田　正雄	○	○	○	○	○	5
古泉　千樫						0
作者不明	○○	○○	○	○		6
計	7	6	6	7	6	32

5　天主堂祈禱はてたる広場を小ばうきをもてはきゐる少女　正雄（杢太郎）

5　祭り日の群衆の中を馬が通る荒馬通るそこのけそこのけ　作者不明

4　旅に来て玉ころがしの遊びする子等に交ればうき事もなし　白秋

3　小石打ては水に起きたる八重の輪の動きを見つゝ物思ひ涌く　左千夫

3　自動車は走せ去りぬ荷馬車ゆく町を箒売りゆく節のびらかに　信

綱
3　大空に輪をかく鳶はぴいとろろぴとろひやろとひとりうかるる　　正雄（杢太郎）
3　ごむまりを電車の道にまろばしてとりもえなさで泣くうなゐあはれ　　正雄（杢太郎）
3　立てかけしははきのごとく閑として黙然として門の戸に倚る　　萬里
3　答ふらく君が心のあまりにもすぐなるが故に君を疎んず　　信綱

この日は杢太郎の歌がかなり高く評価されたことが分かる。きっと気分は良かったことと思うが、『木下杢太郎日記』には当日の記載がないので、この日の杢太郎の思いがどのようなものであったかを窺うことはできない。五点を獲得した「天主堂」の歌は古泉千樫を除く全員が選んでいる。「五足の靴」の旅を通して当時南蛮風異国情調豊かな詩をたくさん発表するとともに、「スバル」明治四十二年二月号には戯曲「南蛮寺門前」を発表した杢太郎らしい作品である。どこかの天主堂を訪れた際に見かけた光景なのだろうか。

三点歌「大空に」の歌は鷗外・信綱・白秋が選んでいるが、面白い歌だ。「ぴいとろろぴとろひやろ」というオノマトペが独創的な感じがする。今でも通用しそうなオノマトペではないだろうか。杢太郎の短歌では他にオノマトペの例を発見できないが、詩を読んでいると独特のオノマトペが使われていることがよくある。またこの歌では「ひとりうかるる」と鳶を擬人化しているのもおもしろい。深読みをするならば、鳶のことを詠いながら実は杢太郎の心象を表しているのかもしれない。医学はやりたくない、文学をやりたい、絵を描きたいと切に願っていたにもかかわらず、家人の強い反対と監視の中で自由に行動することがままならない杢太郎にとって、鳶の姿はうらやましく映ったに違いない。

その他に杢太郎はこの日二首を詠草している。

1　深川ののぞき目がねの若者がここは一力茶屋など、歌ふ　正雄（杢太郎）

1　東京の地平を破る三本の大煙突ゆ朝の声くる　正雄（杢太郎）

両方とも一点歌だが、「歌ふ」といい「声くる」といい、聴覚に訴えているところが面白い。杢太郎というと色彩感豊かな絵画的なイメージがあるが、このように聴覚に訴える作品も決して少なくない。視覚はもちろん最初に紹介した「十月は」の歌が嗅覚に特徴があったことを含めて考えると、杢太郎というのは、結構五感に訴えるような歌があったのかと思う。

(3)　杢太郎にとっての観潮楼歌会の意味

以上、明治四十一年十月三日及び翌年三月六日の歌会について述べてきたが、この歌会を通して後世に残るような名歌や秀歌はほとんど生まれていない。にもかかわらずこの歌会は大きな意味を持っていた。すなわち参加者が当時もよく知られた文人や、後に大成した青年たちだったからである。そして何よりもそれは鷗外の自宅で開かれた月一回のサロンであったからだ。このことは杢太郎にも当てはまる。歌会に参加していた茂吉が観潮楼歌会において鷗外と話をする杢太郎について次のように書いている。

観潮楼歌会の末期には、歌の事以外に話題を作り得ない僕らは別であつたが、君と鷗外先生とは歌以外の文学美術の話をしてゐたが、その内容は概ね独逸・佛蘭西あたりの文芸美術を中心とするものであつた。

（「追憶」『斎藤茂吉全集』第七巻）

鷗外とドイツやフランスの文芸美術の話を親しくしている杢太郎を、茂吉が遠くからうらやましく見ていた様子が窺える。

つまり杢太郎にとって、観潮楼歌会は単なる短歌の会ではなかったのである。尊敬する鷗外とヨーロッパの文芸や美術の話をすることができたこと、さらには鷗外の謦咳・哲学に直接接することにより尊敬の念をますます高めていくことができたことに、短歌以上の意味があったのではないかと思われる。すなわち杢太郎にとって鷗外と本当に親しく話す機会を得ることになった会でもあったのだ。それは茂吉も言っているように、若いにもかかわらず杢太郎が鷗外と話ができるだけの資質を持っていたということでもある。

※【表五～六】の作成に当たっては、「観潮楼歌会の新資料―平出禾氏蔵詠草稿について」（「明治大学人文科学研究所紀要」第三巻四号　昭和四十一年）を参考とした。

五　パンの会の時代

1　パンの会の概要

これまで本章において述べてきたようにこの時期の杢太郎の文学活動は旺盛だが、筆者はその中心的な活動としてパンの会を位置づけたい。杢太郎が青春のエネルギーを滾らせ、会の中心人物として活動し、多くの優れた芸術家と交流を深めたからである。パンの会は明治四十一年十一月の「明星」廃刊の翌月発足したが、さらにその翌月には「スバル」が創刊されている。そのような中で杢太郎は白秋・勇・萬里・啄木などと交流を深めていくが、石井柏亭を中心とする雑誌「方寸」に拠った画家たちともより一層交流を深めていく。

ではパンの会とはどのような会であったのだろうか。まずその概要を分かりやすいように一覧表として示してみよう。

この【表七】は野田宇太郎の『日本耽美派文学の誕生』を参考としてまとめたものだが、断片的であることは否めない。このような会の性格として詳しい記録が残ることは難しいのではないだろうか。それでも野田の研究の成果として、それまであまり注目されていなかったパンの会の実情がかなり明らかになったことは近代文学史にとって極めて価値あることであると言えよう。

野田は次のように言う。

断片的な記録は発見することが出来た。それは当時の「スバル」を中心とする文学雑誌の雑録と、このパンの会の中心人物であつた木下杢太郎の、古びた大学時代の講義ノートの片隅に記されてゐた、日記とも覚書ともつかぬ断片的なメモであつた。（中略）

わたくしは今はたゞ、唯一の現存する記録に違ひない木下杢太郎の残した一冊の大学講義ノートと、僅かに「スバル」その他の文芸雑誌の消息雑報欄、関係者の談話等によつてこの章をすすめてみたい。

（『日本耽美派文学の誕生』）

当初はこじんまりとした会であったことが分かるが、やがて幅広い芸術分野から錚錚たるメンバーが参加するようになっており、この会が当時の芸術家たちにとって大きな意味を持っていたことは確かであろう。そして間違いなく本書の主役である杢太郎がその中心にいたであろうことは、この表からも明らかである。

さてこのように一覧表にまとめてみると、この論文のサブ・テーマである「観潮楼歌会の仲間たち」に関する問いがいくつか見えてくる。

・パンの会の参加者も変遷を見せているが、ほぼ一貫して毎回のように参加しているのは、杢太郎・白秋と洋行するまでの画家石井柏亭である。また勇や萬里もほぼ常連として参加しており、寛・平出修も途中からであるが参加している。特に杢太郎のこの会に寄せる思いが並々ならぬものであったことが分かる。どのような思いを抱いていたのだろうか。また白秋や勇・萬里などとのかかわりはどのようだったのだろうか。
・啄木が一回だけ参加している。なぜ一回しか参加していないのだろうか。またこの頃の杢太

【表七】パンの会の概要一覧　（※ゴシック体は観潮楼歌会出席者）

年	月日	所	出席者	備考
41年	12 12（土）	第一やまと	**木下杢太郎**・**北原白秋**・**吉井勇**・**石井柏亭**・山本鼎・森田恒友	雑誌「方寸」関係の発起者たちが集まった。「パンの会」の命名、会場探しは**杢太郎**による。
明治42年	1 9（土）		**木下杢太郎**・**石井柏亭**・山本鼎・森田恒友・磯部忠一	短詩会例会（観潮楼歌会）と重なり、文学者の出席が少ない。7時に終了し、**杢太郎**は短詩会へ行く。
	1 23（土）		**木下杢太郎**・**北原白秋**・**平野萬里**・長田幹彦・栗山茂・**石井柏亭**等	画家の出席は**柏亭**一人だけで、他は詩人たち。4時半に誰も来ていないので**杢太郎**は「明治座」へ寄る。
	2 13（土）		**木下杢太郎**・**北原白秋**・長田幹彦・**石井柏亭**・山本鼎・ルンプ	
	2 27（土）		**木下杢太郎**・**石川啄木**・**石井柏亭**・山本鼎	**啄木**最初にして最後の出席 この頃、**杢太郎**は「三州屋」「永代亭」を見つけた。

明治42年			
3/15（月）	第一やまと	**木下杢太郎**・**北原白秋**・**吉井勇**・**石井柏亭**・山本鼎・ルンプ・倉田白羊・田中松太郎・荻原守衛・島村盛助	終了後も文学・美術等の話の熱は冷めず、夜明かしで話すこととし、午前2時過ぎ佐々木旅館に投宿。**杢太郎**は4時頃抜け出して帰宅。
4/10（土）	永代亭	**木下杢太郎**・**北原白秋**・**吉井勇**・**平野萬里**・茅野蕭々・長田秀雄・**上田敏**・若山牧水・焼津輝勝・戸川秋骨・**石井柏亭**・山本鼎・森田恒友・倉田白羊・伊上凡骨・田中松太郎・ルンプ・織田一磨・出口清二郎	春のパンの大会　発起人（**白秋**・恒友・小杉未醒・**柏亭**・**杢太郎**・凡骨・**萬里**・**勇**・鼎・白羊・鼓村・ルンプ）　会費1円50銭。ラッパ節に合わせて**白秋**の「空に真赤な」を歌っての閉会が通例となる。深川署の刑事二人が来ていた？
4/17（土）		**木下杢太郎**・**北原白秋**・長田秀雄・長田幹彦・伊上凡骨・小林源太郎・織田一磨・ルンプ	第2、第4土曜日開催が崩れ始め、毎週催されるようになっていた。永代亭ではしばしば開催された。
		この間に高村光太郎・小山内薫等も参加	5月、**杢太郎**・**白秋**・秀雄「屋上庭園」出版を計画。
10/23（土）	松本楼	常連の詩人や画家の他、音楽家・彫刻家・小説家・俳優・新聞記者・評論家などが集まる。欠席がちの人も出てきて盛会。市川左団次・市川猿之助も新しく加わる。阪本紅蓮洞の名も見える。（紅蓮洞は全くのデカダンであり、このような者の参加を**柏亭**が危惧。）	秋のパンの大会発起人（**白秋**・**杢太郎**・**柏亭**・鼎・白羊・秀雄・**勇**・小山内薫・小杉未醒・高村光太郎・本居長世・安成貞雄） 会費2円 ドイツに帰るルンプの送別会を兼ねた この月機関紙「屋上庭園」創刊される。**白秋**が「おかる寛平」を朗読。

年	日付	場所	出席者	備考
明治43年	2 7 （月）	三州屋	常連の他に、**与謝野寛**・藤島武二・安成貞雄・鈴木鼓村・水野葉舟・その他随分大勢の参加で盛況。	**杢太郎**は山崎春雄とパンの会の貼り紙図案と大提灯を作る（山崎は会には行かず）。パンの会が盛況になるにつれ、批判的な一部の作家たちもいた。
	2 27 （日）	？	**木下杢太郎**・**北原白秋**・**吉井勇**・長田秀雄・**石井柏亭**・高村光太郎・小山内薫	「屋上庭園」第2号の発売禁止が知らされた。
	11 20 （日）	三州屋	**木下杢太郎**・**北原白秋**・**吉井勇**・谷崎潤一郎・木村荘太・大貫晶川・和辻哲郎・後藤末雄・**与謝野寛**・蒲原有明・小山内薫・永井荷風・**石井柏亭**・生田葵山・伊上凡骨・鈴木鼓村・久保田万太郎・江南文三・長田秀雄・長田幹彦・岡本一平・恒川陽一郎・柳敬助・市川猿之助・南薫造・高村光太郎・山崎春雄・武者小路実篤・小宮豊隆・島村盛助・青山・里見弴・水野葉舟・菅野二十一・正親町公和……	パンの会　**石井柏亭**の洋行、長田秀雄・柳敬助の入営に係る送別会　世話人（光太郎・**白秋**・薫・荷風・白羊・恒友・**杢太郎**・**勇**）　会費2円 「スバル」を中心とする常連はもとより、「三田文学」「新思潮」「白樺」の同人40人以上も参加し、三州屋は超満員となった。（「新思潮」のメンバーは揃いの帽子を被って参加）　芸者も呼ばれた。黒枠事件が起こった。 ※この大会を境としてパンの会は盛りを越えた。
明治44年	2 12 （日）	よか楼	**木下杢太郎**・**北原白秋**・**吉井勇**・小山内薫・森田恒友・高村光太郎・島村盛助・小宮豊隆・**平出修**・伊上凡骨・山崎春雄・エリセエフ・阿部次郎・辻永等40余名	パンの大会（この年の第一回の集まり）会費2円 世話人（光太郎・**白秋**・薫・荷風・恒友・**杢太郎**・**勇**・正親町公和・木村荘太） ※1月幸徳秋水ら大逆事件の処刑が行われた。

明治44年	6/5（月）	都川	**木下杢太郎**・小山内薫などの常連（**白秋**は不参加）以外では、内田魯庵・生田葵山・島村盛助・市川猿之助・**平出修**・菅野二十一	何時の間にか土曜日以外にも開催、不定期になった。 パンの大会（この年の第二回目の大会） クルト・グラザー夫妻から百合の花が贈呈された。
明治45年	2/10（土）	三州屋	**木下杢太郎**・**北原白秋**・**吉井勇**・**平野萬里**・徳田秋声・長田秀雄・長田幹彦・小山内薫・生田葵山・谷崎潤一郎・秋田雨雀など14～15名	パンの大会 「方寸」の画家が出席していない。 世話人のうち永井荷風は欠席 これが最後のパンの会ではないか。（野田宇太郎）

郎などとのかかわりはどうだったのだろうか。

・修も途中から参加しているが、大逆事件と時を同じくしている。杢太郎などとどのようなかかわりがあったのだろうか。

・参加者は「スバル」に拠っている者が多いが、それとは別にパンの会の機関誌「屋上庭園」を発行した。その背景及び同誌の果たした役割は何だったのだろうか。

・パンの会と時を同じくして観潮楼歌会が開かれているが、参加者が重複する中で二つの会はどのように展開していったのだろうか。

などである。これらの問いを中心に以下論を展開してみよう。

2　パンの会の発足

明治四十二年一月発行の「スバル」創刊号の「消息欄」に次のような記事がある。

「Pan の会」と申す青年文学者芸術家の談話会の第一会、《ママ》本月十二日両国公園前「Pan の会」会場にて催され候。来春は正月第二土曜開会引続いて毎月第二、第四土曜に開かるる筈に御座候。
（歳末某日某生記）

これは明治四十一年十二月十二日の第一回の会合後に書かれた報告である。これを執筆した「某生」について、野田宇太郎は編集者の萬里であろうと推測している（『日本耽美派文学の誕生』）が、伊藤整は太田正雄（杢太郎）であると断言している（「パンの会と木下杢太郎」「群像」昭和三十九年十二月号）。主宰者でなければ言えないような会の性格を述べている点は杢太郎の筆かとも思うが、「開かるる筈」と第三者的に語っているところなどは編集者の萬里かとも思われる。あるいは杢太郎から聞いたことを萬里がまとめたのかもしれない。いずれにせよこれを読むとパンの会を「青年文学者芸術家の談話会」と位置づけていることが分かる。

昭和二年一月発行の「近代風景」（北原白秋主宰）に「パンの会の思ひ出」という特集があるが、杢太郎は「パンの会の回想」（全集第十三巻）という文章を寄せ、その「談話会」の性格について次のように述べている。

何でも明治四十二年頃、石井、山本、倉田などの「方寸」を経営してゐる連中と往き来し、日本にはカフエエといふものがなく、随つてカフエエ情調といふものがないが、さういふものを一つ興して見ようぢやないかといふのが話のもとであつた。当時我々は印象派に関する画論や、歴史を好んで読み、また一方からは、上田敏氏が活動せられた時代で、その翻訳などからの影響で、巴里の美術家や詩人などの生活を空想し、そのまねをして見たかつたのだつた。

是れと同時に浮世絵などを通じ、江戸趣味がしきりに我々の心を動かした。で畢竟パンの会は、江戸情調的異国情調的憧憬の産物であつたのである。

やがてパンの会に酒はなくてはならないものとなっていくが、この文章を読む限り杢太郎や柏亭の当初の意図は「江戸情調的異国情調的憧憬の産物」としての芸術運動という意味合いが濃かったと言えよう。

こうしてパンの会は立ち上がるわけだが、その創立の経緯について、伊藤整は「パンの会と木下杢太郎」において、次のように記している。

石井柏亭の家で、パリの美術家たちの集るカフェのやうな空気を東京に作り出すことはできないだらうか、といふ空想を語り合つた。柏亭も太田もともにパリの現実の空気は知らなかつ

たが、二人の心の中には岩村透の「巴里の美術学生」といふ著書の印象が強く生きてゐたのである。(中略)

美術家、詩人、文士たちがパリにおけるやうに、自由に交際する機関を持つことはできないだらうか、といふのが柏亭たち画家仲間と太田正雄の話題であつた。それを語り合つてゐるうちに、さういふ場所を探し、仲間を集めて会を開かうという計画が生まれた。

その会の名を決めることになつた。色々な案が出たが、パンの会といふのがいいといふことになつた。

(中略)Pan はギリシャ神話の牧羊の半獣神である。

(中略)名前がきまると、今度は場所を捜さねばならなかつた(中略)太田正雄は医科大学で一年落第したために自由な時間を持つてゐたので、その会場を探すのが彼の仕事になつた。

こうしてパンの会は始まったわけだが、「石井柏亭の語ったところによるとその発起者も名づけ親も杢太郎であった」(野田宇太郎『木下杢太郎の生涯と芸術』)という。会場探しも含め、杢太郎が主宰者の中心的存在であったことは言うまでもないであろう。

3　啄木と杢太郎

(1)　啄木の見た杢太郎

啄木はパンの会に一度しか出席していない。しかし「観潮楼歌会の仲間たち」のこの当時の交流を語るとき、抜きにできない存在である。啄木が「スバル」に大きくかかわっていたこともあるが、交友を裏付ける詳細な記録として『啄木日記』が残されているからである。

①　啄木の上京と杢太郎との出会い

啄木が四度目の上京をしたのは、明治四十一年四月二十八日である。与謝野寛宅に身を寄せ、「明星」発行の手伝いをすることになった。そして五月の第一土曜日、二日に、啄木は初めて観潮楼歌会に出席した。「平野君を除いては皆初めての人許り」と日記にあり、白秋・勇とは初めて会ったことが分かる。啄木はその日初めての参加にもかかわらず寛・勇とともに十二点を獲得し、気分もよかったものと思われる。その夜白秋・勇とともに萬里の家に行った。日記には次のように記されている（本著における啄木の日記の引用は、講談社版『日本現代文学全集15　石川啄木集』によったが、明治四十二年四月二十四日はローマ字日記ゆえ未掲載のため、藤森書店版『石川啄木日記』を参考とした）。

吉井、北原二君と共に、動坂なる平野君の宅に行つて泊る。床の間には故玉野花子女史の位牌やら写真、色んな人形などを所せく飾つてあつた。寝てから吉井君が、十七の時、明治座に演じた一女優を見そめた初恋の話をした。平野君は頻りに、細君の有難味を説いたが、しまひになつて近所の煙草屋の娘の話をする。眠つたのは二時半頃であつたらう。

こうして四人の相互交流は深くなっていった。六月七日の日記に勇のことを「僕は全く此人を好きだ。（中略）原稿料がうまく出来たら、吉井君と京都へ行く約束した」と書いているのは注目に値する。田舎から出てきた啄木の目に、勇のような都会的な若者の姿は新鮮に映ったに違いない。

啄木が杢太郎と初めて出会ったのは、明治四十一年十月三日の観潮楼歌会である。日記には次のように記されている。

四時、共に森氏の歌会へ行つた。途中から平野君も一緒。博士、佐佐木君、伊藤君、平野君、吉井君、北原君、与謝野氏に予。外に太田正雄君（初めて逢つた）

この後、啄木・白秋・勇・萬里の四人に正雄（杢太郎）を加えた五人の交流は盛んになっていくが、この頃の杢太郎と啄木のかかわりの全体像を把握する意味で、両者の日記の主要部分の概要を【表八】のように整理してみた。

【表八】杢太郎・啄木の日記（抄出）に見る二人のかかわり一覧

年	明治41年
『啄木日記』より	10・3　博士、佐佐木君、伊藤君、平野君、吉井君、北原君、与謝野氏に予。外に太田正雄君（初めて逢つた） 10・7　吉井君が太田正雄君をつれて来た。（中略）話は面白い人だ。学殖も浅くはないし、観察も一見識がある。 11・5　予は恐らく此人と親しくなることであらう。太田君の性格は、予と全く反対だと言ふことが出来ると思ふ。そして、此、矛盾に満ちた、常に放たれむとして放たれかねてゐる人の、深い煩悶と苦痛と不安とは、予をして深い興味を覚えしめた—少くとも、今迄の予の友人中に類のなかつた人間だ。大きくなくて、偉い人—若しかういふ人間がありうるとすれば、それは太田君の如きも其一人であらう。—少くとも予にとつては最も興味ある人間だ。 11・10　昼頃太田君が来て一時間許り話した。不可思議国の話—この人の意見では、人は何らかの不可思議国がなくては満足されぬ。（中略）現代人が平凡な日常事の文学で満足する様になつたのは、今の社会があまり複雑で広くて、とても全体が見渡されぬ。だから、現代人には現代の社会その物が不可思議国なのだ—といふ。 11・13　平野君を誘つて白山御殿の寓を訪ねた。吉井君も来た。何の事はなく、予は近頃吉井が憐れでならぬ。それは吉井現在の欠点—何の思想も確信もなく、漫然たる自惚と空想とだけあつて、（中略）比較的自分が話して快い太田君などを得たからかも知れぬ。兎に角吉井君の心境がイヤだ、可哀相だ。 11・17　予は太田君と語るを好む。この日太田君が初蜜柑を買つて来た。 11・20　夜、太田君と平野君が来て、快談時の経つを忘れた。実に面白かつた。（中略）太田君は、予が告白するに最も邪魔になるのは家族だと言つたのを、それはホンノ少しだと
『杢太郎日記』より	杢太郎の明治41年の日記は欠落している

明治41年	明治42年
言つた。これは太田君がまだ実際といふものに触れてないためだ。同君の煩悶は心内の戦ひで、まだ実生活と深く関係してない！ 12・10　太田君とゴルキイの話、面白かつた。今後独逸語をきく約束。	1・8　少し熱が出た様だ。留守中に太田正雄君が来たとかで名刺があつた。 1・9　一時ごろに太田君が赤い顔をして元気よく入つて来た。旅中に沢山材料をえたと言つてよろこんでゐた。予は、予の編輯する号は君と北原には蹂躙にまかせると言つた。三時まで話した。二号には（南蛮寺門前）といふ脚本を貰ふ約束。 1・11　予は、この友に親しむ気が一日一日に深くなるを感じた。筆を持つた思想家―年をとつたか若いかわからぬ男だ、 1・19　この二人と一緒にのんだのは今夜が初めて。北原は酔う《ママ》と不断よりもモット坊ちやんになる。別段口をきくでもなく、嬉し相にしてゐる。太田はその恋―片恋のあつたことを仄めかした。予と太田は頻りに創作や思想について語つた。（僕の最も深い弱味を見せようか？）と予は言つた。（何だ？）（結婚したつてことよ！） 2・1　午頃太田がきた。そして色々と議論した。（中略）結局太田君がまだ実際の社会にふれてゐないといふことを明かにしたに過ぎなかつた。 2・5　太田君を予は今咀嚼しつつある！ 2・27　二十円の為替を受取つて三秀舎まで歩いていつた、中西屋でオスカーワイルド論（アートエンドモーラリチー）を三円半に買つた！（中略）今日はパンの会なので先に一人行く。（中略）帰りに四丁目で太田と二人スシを食つた、今日は太田と二人前はらつたのだ。十二円五十銭許りしか残つてなかつた。
	1・8　石川、島村、平野、いずれも不在 1・9　パンの会に行く六時にそこをかたづけ、森さんの観潮楼歌会に行く。 1・17　午後二時石川啄木の宿に行く。 1・19　八時二十分石川啄木を起こす。 1・22　石川啄木の処にゆく 1・24　八時原稿出来たれば石川の所にもちゆく 3・19　図書館、石川にゆく

明治42年	明治43年	明治44年
4・4　午後、久しぶりに白山御殿に太田君を訪ねた。そして一円借りた。 4・24　金田一君が入つてきた。（中略）「俺には今敵がなくなつた！どうも張り合ひがない」「敵！さうですねえ！」「あの頃の敵は太田君だつた。実際です」「さうでしたねえ！」「太田と俺の取引は案外早く終つてしまつた」『二元、二元、なほ説き得ずば三元を樹つる意気込み、賢きともかな』私はこの歌をつくる時誰を思ひ浮かべたと思ひます？上田さんと、それから太田君です。（中略）」「つまり、もう太田君を捨てたんですか？」「敵ではなくなつたんです。だから俺はかうがつかりしてしまつたんです。敵！敵！敵！オーソリティのない時代には強い敵がなくちやあ駄目ですよ」	（明治43年12月分「前年中重要記事」）時々訪ね呉れたる人に木下杢太郎君あり。	1・21　太田は色々の事を言つてゐる。然し彼は、結局頭の中心に超人といふ守本尊を飾つている男である。「人間が沢山ある。あまりに沢山ある、それが不愉快だ」！ 2・3　午前に太田正雄君が久しぶりでやつて来た。診察して貰ふと、矢張入院しなければならぬが、胸には異状がないと言つてゐた。
4・4　午後石川啄木来る。少しくゲルドマンゲルより来れる憂鬱をやむが如し。アインス用立つ。 4・27　石川ヲ訪ネタルニ不在	11・24　石川を訪問。パンの会などについて会話。	

この頃の「啄木日記」には杢太郎のことが頻繁に記されている。一方『木下杢太郎日記』には啄木に関する記述が極めて少ない。明治四十一年の杢太郎の日記が全て欠落していることもあるが、啄木の方が圧倒的に多く杢太郎のことを書いている。また内容的にみても、啄木の日記がか

なり具体的に踏み込んで心情まで綴っているのに対して、李太郎の日記は備忘録的な内容であることが分かる。
お互いに影響し合っていたことは確かであろうが、「啄木は李太郎を、李太郎は啄木をどう見ていたのであろうか。またそれぞれの見方はその後どのように変化していったのであろうか」ということが課題として浮かび上がってくる。

② 大きくなくて、偉い人

さて、明治四十一年十月三日の観潮楼歌会において啄木は李太郎に初めて会うが、啄木は「明星」誌上で太田正雄（李太郎）の名前は当然知っていたに違いない。だがこの日の日記には名前と「初めて逢った」ことが記されているのみである。
そして四日後の十月七日、勇が李太郎を啄木の蓋平館別荘に連れていき親しく話をするようになる。

一時頃、吉井君が太田正雄君をつれて来た。今年医科大学を卒業するのだつたが、試験におくれて一年のびたといふ。話は面白い人だ。学殖も浅くはないし、観察も一見識がある。

歌会のような改まった席ではなく、この日啄木は李太郎と初めて膝を交えて話したに違いない。そして白秋とも勇とも違う一際すぐれた知的な人物であると感じ、興味を持ったことが分かる。

その後杢太郎が啄木を訪ねたのは十一月五日のことである。

六時頃、珍しくも太田正雄君がやつて来た。九時半まで快談—然り、快談した。予は恐らく此人と親しくなることであらう。

太田君の性格は、予と全く反対だと言ふことが出来ると思ふ。そして、此、矛盾に満ちた、常に放たれむとして放たれかねてゐる人の、深い煩悶と苦痛と不安とは、予をして深い興味を覚えしめた—少なくとも予にとつては最も興味ある人間だ。

大きくなくて、偉い人—若しかういふ人間がありうるとすれば、それは太田君の如きも其一人であらう。—少くとも予にとつては最も興味ある人間だ。—病的？然り。然し乍ら、これは実に深い意味のある病的だ！

この日杢太郎は一人で啄木のもとを訪ねており、何かを啄木に求めていたのであろう。残念ながら杢太郎の日記が欠落しているのでその心境は分からないが、この日記を見る限り自分の境涯とか悩みとか考え方などをかなり踏み込んで啄木に話していることが分かる。「大きくなくて、偉い人」という表現は言い得て妙であるが、この日の日記から啄木が杢太郎に強い関心を抱いていることが窺える。

さらにその五日後の十一月十日、杢太郎はまた一人で啄木のもとを訪ねている。田舎から出てきた啄木の飾り気のない人柄や文学に対する真摯な姿勢に惹かれていったに違いない。

昼頃太田君が来て一時間許り話した。不可思議国の話―この人の意見では、人は何らかの不可思議国がなくては満足されぬ。（中略）現代人が平凡な日常事の文学で満足する様になつたのは、今の社会があまり複雑で広くて、とても全体が見渡されぬ。だから、現代人には現代の社会その物が不可思議国なのだ―といふ。

啄木が杢太郎という都会的な知的青年の語る「不可思議国」の話に新鮮な感動を覚え、目を輝かせて聞き入っていることが窺える。

一方、十一月十三日には啄木が萬里を誘って白山御殿町の杢太郎の家を訪ねた。すると勇も来ていたことが日記に書かれている。注目すべきは次の記述である。

予は近頃吉井が憐れでならぬ。それは吉井現在の欠点―何の思想も確信もなく、漫然たる自惚と空想だけあつて、そして時々現実暴露の痛手が疼く―それを自分自身に偽らうとして、所謂口先の思想を出鱈目に言つて快をとる―それが嘗て自分にもあつたからであるかも知れぬ。又、比較的自分が話して快い太田君などを得たからかも知れぬ。兎に角吉井君の心境がイヤだ、可哀相だ。

五か月前には勇に対して非常な好意を抱いていた啄木だが、勇の享楽的な生活態度や考え方等に対して次第に批判的になり、哀れみさえ抱くようになっていることが分かる。

こうして勇を馬鹿にし始めた啄木は、「スバル」創刊にかかわる確執もあってか、やがて萬里をも相手にしなくなっていく。翌年一月二日の日記には「平野は哀れな夢想家である」とあり、一月三日には「九時半に平野が来て一時間許りゐて帰つた。この人には文学はわからぬ。人生もわからぬ。予はモウ此人の大きい呿呻におどかされぬであらう」と書いている。それまで「平野君」と書いていた呼称が「平野」に変わるのもこの頃からである。

そのような中、杢太郎との交流は深くなっていった。日記を辿っていくと、十一月十七日「予は太田君と語るを好む」。二十日「夜、太田君と平野君が来て、快談時の経つを忘れた。実に面白かつた」。十二月十日「太田君とゴルキイの話、面白かつた。今後独逸語をきく約束」とある。もちろん性格も境遇も違うことは十分に承知の上のことであろうが、それでも自分にはないものを備えた、今まで出会ったこともないような人物の人格や知性に啄木が惹かれていったことが分かる。

③　もう敵ではなくなった

こうして少なからぬ影響を与え合い親交を深めた二人であるが、その良好な関係はいつまでも続いたわけではない。出会いから約半年後の明治四十二年四月二十四日のローマ字日記には「太田君と俺の取引は案外早く終つてしまつた」とあり、さらに続けて啄木は短歌を記し考えを述べている。

「『一元、二元、なほ説き得ずば三元を樹つる意気込み、賢きともかな』私はこの歌をつくる時誰を思ひ浮かべたと思ひます?上田さんと、それから太田君です。まだこの他にも太田に対する思想上の絶交を意味する歌を三つ四つ作りましたよ」「つまり、もう太田君を捨てたんですか?」「敵ではなくなつたんです。だから俺はかうがつかりしてしまつたんです。敵!敵!オーソリティのない時代には強い敵がなくちやあ駄目ですよ」

すなわち啄木は杢太郎の本質を見抜いてしまい、そのことに強い反発を抱いたに違いない。ここで啄木の言う「敵」とは「ライバル」というような意味であろう。ではその本質とは何なのであろうか。それは明治四十二年四月二十四日の日記に綴られた啄木の歌、

一元、二元、なほ説き得ずば三元を樹つる意気込み、賢きともかな

に端的に窺うことができる。すなわち杢太郎が二元的（多元的）であることを見抜き、啄木はその生き方に強く反発したのである。このことについて村田稲造は次のような指摘をしている。

明治四十一年に戊申詔書が発布されました。（中略）これは三十年代以降の自然主義思想に

よる社会や愛欲の露骨な描写、社会運動の活発化、足尾銅山事件、炭鉱ストライキなど、国民の様相にただならぬ気配を感じたからです。そのために政府は国民精神の統一化をはかる目的で戊申詔書を発布したのです。

彼（筆者注・李太郎）は右のような近代日本における一元的な思考パターンには与しませんでした。彼は一方的に自分の立場を形成することが嫌いでした。それが国家的規制によるものは勿論のこと、個人的な場合でもそうです。例えば石川啄木との関係についてもこの点を見ることが出来ます。啄木という人は英利な頭脳と感覚を持っていましたが、あまりにも短期間に一生を燃焼させてしまったせいか、つねに性急、その都度当面した問題に躍起となり、生活苦とも加えて、広く他を包含する暇がなかったわけです。リアリズム、浪漫、国家主義、社会主義等々、関心の角度を目まぐるしく変え、常に激昂していなければすまない性質でした。啄木は若くして家族を抱え、専門の文士ということでしたから、自分の立場を効果的に世間に訴える必要もあったでしょう。彼は無理にでも一元論を振りかざすタイプでした。それを非妥協、文士の心意気だと考えたのだと思います。その反面、李太郎の相対的な思考と多元的な関心や知識は大いに啄木の心をひきつけたのです。（中略）しかしながら最後になると李太郎を批判し、自分と彼とははっきり異質の人間同士であるように言っております。それを簡単に言うなら一元と二元（多元）の相違です。

（『李太郎における二元的傾向』李太郎会シリーズ第三号　昭和六十二年）

こうして啄木と杢太郎の「取引は案外早く終つてしまつた」（明治四十二年四月二十四日の啄木の日記）のであった。しかし同日の日記によれば「この他にも太田に対する思想上の絶交を意味する歌を三つ四つ作りましたよ」と金田一京助に伝えている。すなわち啄木は杢太郎との絶交を「思想上の絶交」と断っており、交友そのものを絶ったのではないと受け止められる。

啄木の絶交宣言が金田一から杢太郎に伝わったかどうかは分からないが、その頃杢太郎にとっても啄木との間に齟齬が生じていたのである。昭和五年に杢太郎が「冬柏」二月号に書いた随筆「南蛮寺門前」（全集第十四巻）に次の記述がある。

今でも僕は残念に思つてゐるのだが、それは僕の戯曲の第一作の「南蛮寺門前」をば、森先生が校正の時添削して下さるといふのを、その時昴の第二号の編輯を引受けてゐた石川啄木の偏執からその機会を失したことである。

（中略）

あとで啄木を責めると、時日が切迫して森先生の処へ校正を廻すことが出来なかつたのだと言つて弁解したが、僕は心の中ではそれは口実だと考へざるを得なかつた。啄木は何にでもかんにでも反感を持つ男で、自らは大家の添削を受けるなどといふことを好まなかつたので、僕の意を蹂躙したのであらう。その故に僕は千載一遇の機を失したのであつた。

杢太郎の気持ちも分かるが、これについては啄木の言い分にも一理あるのではないだろうか。

なぜならば「スバル」第二号の編集者である啄木は杢太郎の「南蛮寺門前」を、白秋の詩「鴬の歌」、萬里の短歌「我妹子」等々に先んじて巻頭に掲げているからである。なおかつ同誌の裏表紙は一面全体を使って杢太郎の描いた南蛮寺門前の挿絵が掲載されているのである。啄木が杢太郎及び「南蛮寺門前」という作品に深い敬意を払っていたことが窺える。

(2) 啄木とパンの会

ところで啄木はパンの会に一度しか出席していない。その明治四十二年二月二十七日のことを日記には次のように記している。

二十円の為替を受取つて三秀舎まで歩いていつた。中西屋でオスカーワイルド論（アートエンドモーラリチー）を三円半に買つた！（中略）今日はパンの会なので先に一人ゆく—両国へついたのは五時半だつた、誰も来てゐない、やがて太田が来、石井柏亭君が来、山本鼎君が来た、そして飲み且つくらひ、且つ語つた、（中略）帰り四丁目で太田と二人スシを食つた、今日は太田と二人前はらつたのだ。十二円五十銭許りしか残つてなかつた。

釧路の知人・坪仁子（小奴）から電報為替で二十円を受け取った啄木であるが、もとよりの浪費癖もありすぐに使っている。そして同日パンの会に初めて参加した。杢太郎や白秋たちとの付き合いを考えると、もっと早くから参加してもよさそうなものである。このことについて野田宇太郎は次のように言う。

啄木はこの頃当然パンの会の話は聞いて知つてゐたが、杢太郎もその他の友人も貧しい啄木を無理には誘はなかつた為か、彼はまだパンの会とは何の関係も持たず、その内容や目的についても殆ど知るところはなかつたやうである。

（『日本耽美派文学の誕生』）

いずれにせよ日記からはかなり意欲的に参加している様子がうかがえる。そして帰途杢太郎に寿司を奢ったことも書かれているが、同日の杢太郎の日記には全く書かれていない。啄木にしてみれば「太田と二人前はらつた」ことは、どうしても書きたかったことに違いない。貧困に喘ぎお金を借りることの多い啄木であるが、この日は裕福な東京帝大の医学生太田正雄（杢太郎）に寿司を奢ったのである。一方杢太郎にしてみれば日記に書くほどのことでもなかったのであろう。

だが啄木はこのとき一回限りで、その後はパンの会に参加していない。その理由については推測の域を出ないが、誰もがまず思い当たるのは「貧困」である。しかし「貧困」という理由を認めつつも、もっと積極的な意味で参加しなかったと捉えているのが玉城徹である。『石川啄木選集』の序において白秋が啄木の「貧苦」が彼をパンの会の「狂飆《きょうひょう》時代」の友人たちから「遠ざからしめた」と記したのに対して、一面の真理としつつも次のように反論している。

啄木は自分と新詩社――パンの会の友人たちとの間に文学思想の上で決定的な相違があることに、はやくから気がついていた模様である。彼は現実社会と現実的にかかわる思想の上に自分の文学を展開せしめようとしていた。これは明らかに白秋、杢太郎的な方向とは別な進路であった。「貧苦」は消極的な要素として、彼の行動を妨げただけではないのだ。それは啄木の現実的思想を形成する上での積極的要素であった。啄木のパンの会不参加は積極的行動であった。白秋には、それが理解出来ない。

（『北原白秋』短歌新聞社　平成二十二年）

パンの会の会費が一円五十銭とか二円とか（【表八】参照）であったことを考えると、啄木にとって金銭面の負担は大きなことであったに違いない。思想上の問題が「積極的行動」であったかどうかはともかくとして、これも一理ある考え方ではある。啄木がパンの会に初めて参加する少し前の明治四十二年一月十九日の日記に「予と太田は頻りに創作や思想について語つた」とあり、さらに二月一日の日記には「予はこの数年来の日本の思想の変遷を或銀行にたとへて論じた」とある。つまりこの頃啄木と杢太郎は文学のことだけでなく、思想についても語り合っていたのである。だが当時すでに社会主義思想を身に付けつつあった啄木のほうが、思想については杢太郎をリードする立場であったに違いない。啄木が裕福な仲間たちの集いであるパンの会と思想的背景から一線を画したことは考えられるところである。

(1) 短歌による応酬

啄木が吉井勇に対して哀れみを抱くようになったことについてはすでに述べたが、同じ頃杢太郎もまた、ますます放蕩三昧の激しくなる勇の生活に対して苦言を呈するようになっていた。『木下杢太郎知友書簡集』上巻（岩波書店）に不思議な書簡が掲載されている。それは明治四十一年八月二十七日付けの手紙であるが、封筒の記載は勇から杢太郎に宛てられたものである。だが文面は杢太郎が勇に宛てたことになっている。いったいこの手紙は誰が書いたものなのだろうか。この疑問を解決すべく筆者は手紙を所蔵している神奈川近代文学館に出向いて調べてみた。筆跡は明らかに勇のものであった。その全文は次のとおりである。

御無沙汰した、
噂にきけば君は近頃浮かれてゐるさうだな、
日本橋辺に『S』と家を持つさうだな、
よせよ、つまらねえ、それより両国橋の傍の鰻屋の二階で酒を飲むでゐる方が余程面白いぜ
俺は近頃興が来て仕方がない、この心持は女に惚れられた時の心持よりはいゝとおもふ
『汽船宿近傍』といふ劇を書き始めた　二十枚ばかり書いたがこれからいつもの理屈になるんだ、
俺が此間『方寸』に書いた浅草観世音を読んで呉れたか

貴様は相変らず街嬢に耽溺してゐるんだらう
それから此間平野君がやつて来たぜ　如何もお爺さんだなア
近日遊びにゆくよ、また居ないんだらうなア、
八月廿七日　　　　　　　　　　太田
吉井君

文面にある「汽船宿近傍」は『木下杢太郎全集』第二十五巻（未定稿集）に収められている。また「俺が此間『方寸』に書いた『浅草観世音』」は『木下杢太郎全集』第七巻（評論　紀行　随筆）に収められている。明らかに杢太郎が勇に宛てた体裁をとっている。だがずいぶん砕けた文章であり全体的に杢太郎らしからぬ内容である。杢太郎のこのような内容・文体の手紙は他には例を見ない。このことをどのように解釈したらよいのだろうか。推測の域を出ないわけだが、勇が杢太郎になりすまして勇宛ての手紙を書き、杢太郎に送り付けたのではないだろうか。杢太郎の苦言に対して「そんな堅いことばかり言っていないで、お前もこのような砕けたことを言ってみろよ」とでもいう冗談まがいの勇のメッセージなのではないだろうか。

それでも譲ろうとはしなかったであろう杢太郎に対し、勇は同年十一月三日に次のような短歌を送って反論している（『木下杢太郎宛知友書簡集』上巻）。

汝がはなつへろへろ矢には眼もかけず三摩鉢底にわれ耽り居り

日の本の勇にはなつ第一の汝が矢は逸れて酒甕を射る
傷口を吸ふくちびるもなきゆゑにみづから耻ぢんつつむよろひか

　　十一月三日

正雄君

さらに六日（消印）には「なぞ人杢太郎に答ふ　勇」として次の四首を送った。

汝が姿生きたる鰐を背に負ひて沙の原を歩むに似たり
人の世は酒と女と知りし子は安らかなりや六塵のなか
かかること母の胎にて考へぬいま考ふる汝をあはれむ
石女舞ひ木人躍る一境はいま汝が前に開けたらずや

さらに十六日には「返事は歌でしや《ママ》う。即興で出鱈目に書く」として次の八首が送られた。

わが妻を売女とおもふ眼はをかし蛙に借れる瞳なるかも
うちひさす都大路のただなかの忍びありきををかしと思ひぬ
天平の風流まなぶ太腹の鼓村らわれをうらやみけらし
男あり女とともにあるくこと不可思議国の人はなさぬや

いづれよき荒布橋にて酒飲むと神楽坂をば女とゆくと
汝にすゝむたまには清き女など連れてあるくもよろしからずや
荒布橋ゆふ《ママ》びん局の老人とニイチエ信ずるわかき詩人と
来れ来れわが近代のうたよみよ猛然として代々木に来れ
　俺も近日參上
　　十一月十六日朝　　　　　電太郎
　杢太郎さま

こうした短歌による抗議に対して杢太郎もまた短歌で応酬した（「吉井勇に与ふ」全集第一巻）。短歌に関心の薄い杢太郎が勇の執拗な抗議に対して短歌をもってしたことは、何としても譲れないという杢太郎の強い意志の表れと見ることができよう。

たはけたる酒《さか》ほがひかな主《あるじ》めく吉井勇《よしゐいさむ》に一矢《いつし》くれむす
恒河沙《ごうがしゃ》の商女の中に恒河沙《ごうがしゃ》の汝等《なんら》は羣《む》るるわれ独《ひと》りゐる
汝等《なんたち》に見《み》すべき胸《むね》のいたでかはうみたるままに甲《よろひ》につつむ
酔ひしれて歌などうたふなが胸《むね》は半斗《はんと》の酒《さけ》に足《た》るとこそ見《み》ゆれ
考《かんが》ふることなく歌《うた》をよむ人《ひと》は子生《こう》みては死《し》ぬ女《をみな》に似《に》たり
わが琴《こと》は海《うみ》の面《も》に似《に》る風《ふう》ありてやすからざればおのづから鳴《な》る

杢太郎はこれらの短歌のうち四首（前記ゴシック体の歌）を「スバル」明治四十二年三月号の「うめ草」一連三十八首中に含めたばかりでなく、昭和五年に刊行された『木下杢太郎詩集』にも「吉井勇に与ふ」として六首全てを掲載している。短歌を自らの表現手段として認めていなかったと言われる杢太郎だが、これは何を意味するのであろうか。杢太郎の数多ある短歌の中でも勇と本気になって対峙したこれらの短歌については「詩」として一定の自己評価をしていたと考えざるをえない。そうでなければ自らの代表作を収載した詩集に載せるはずがないからである。短歌を作ったのはほんの一時期であったが、短歌もまた杢太郎にとって詩では表現できない心象を表現するものとして決して無視していたわけではないように思えてならない。

(2) 小説「荒布橋」をめぐって

勇の放蕩三昧の生活に苦言を呈し、短歌による応酬までした杢太郎だが、それでは当時の彼自身の行状はどうだったのだろうか。啄木の日記に「太田はその恋―片恋のあつたことを仄めかした」（明治四十二年一月十九日）とあり、また長田秀雄は「杢太郎君は昇菊の美貌を愛したが、然しそれはたゞ美貌として愛しただけで、決して彼女に直接の交渉を有つやうなことはなかつた」（「パンの会の思出など」「文芸」昭和二十年十二月号）と述べている。したがって杢太郎が恋とか女性への関心が無かった、とは言えない。だが白秋は杢太郎の詩集『食後の唄』の「序」（全集第二巻）において次のように言う。

世にも奇異なるはわが友木下杢太郎の若き日の行跡であつた。彼はまことに極秘境の憧憬者であり、最も進むだ美の探検者ではあつたが、遂に彼自身は邪宗の法皇に六年の長日月を奉仕して遂に清浄な個の童貞として老いて了つた、支倉六右衛門の如く、結局謹厳な浄身の童貞として、彼は彼自らの青春の初期を空にして了つた。

ここで白秋が杢太郎のことを「世にも奇異なる友」と称していることは注目しなければならない。杢太郎のどこが「世にも奇異」だったのであろうか。それは単に「謹厳な浄身の童貞として、彼は彼自らの青春の初期を空にして了つた」からだけではないであろう。「耽美派の旗手」と称された杢太郎の詩や小説・戯曲などが、耽美的でエロスへの憧れを放っているのに対し、実際の杢太郎の行状は全く異なっていたからであろう。すなわち作品を読む限り享楽人とみなされがちであるにもかかわらず、実生活では極めて禁欲的であったからと言えるのではないだろうか。

当時の杢太郎の日記が備忘録的であることは幾度か述べたが、性的・享楽的な行状に関して立ち入った記述は書かれていない。強いて一例を取り上げるとするならば、明治四十二年二月十五日の日記であり、山崎春雄と散歩に出て吉原の土手から吉原の光景を眺め「Sexalität 極めて妙なり」と書いている。すなわち吉原の光景を見て性的な興奮を感じたということだろうが、もちろん吉原に行ったわけではない。

杢太郎の日記が備忘録的であることに着目し、欠落期間（明治四十～四十一年）の前後を比較し、その違いから杢太郎が日記と小説等を書き分けていたのではないかと指摘したのが池田功である。

杢太郎は、日記は後世に公刊されて読まれる可能性があり、そしてそれはすべて事実であるとして読まれてしまう危険性があると考えていたのかもしれません。それ故に理性が働いたのか、備忘録に徹し自分の内面をあまりさらけ出さないという仕方で書いているように思われます。（中略）

逆にフィクションとしての小説や詩や戯曲の中では本音に近いことを書いていたのではないかと思われます。もっと簡単に言えば、日記などのノン・フィクションは本名としての太田正雄として事実のみを記してゆき、フィクションである小説の方は、ペンネームである木下杢太郎という仮面をつけた存在として本音に近い感じで、本名の太田正雄が語れないことを表現していたのではないかとすら思えてくるのです。（『啄木日記を読む』新日本出版社　平成二十二年）

これは「推測」であると断って書かれているが、鋭い指摘であると言えよう。では具体的にどのような作品において杢太郎の本音をうかがうことができるのであろうか。いくつか挙げることはできるが、ここでは勇が杢太郎との短歌の応酬の中で引き合いに出している「荒布橋《あらめばし》」に注目してみたい。

いづれよき荒布橋にて酒飲むと神楽坂をば女とゆくと
汝にすゝむたまには清き女など連れてあるくもよろしからずや
荒布橋ゆふ《ママ》びん局の老人とニイチエ信ずるわかき詩人と

と勇は短歌を通じて杢太郎を攻撃している。

「荒布橋」は杢太郎が「スバル」創刊号に発表した小説である。これは小説としては杢太郎の処女作にあたり、大学生の主人公がそれまでの欲望の生活を嫌悪し、甘えを脱し「常に戦闘」という新たな生き方への決意を示すという内容である。この小説は荒布橋のほとりの薄汚い居酒屋で起きた出来事をヒントに書かれており、それが事実であることは勇が啄木に話していることから分かる。啄木の日記を見ると、明治四十一年十一月二十二日の末尾に次のような記述がある。

吉井が一度来た。二十二日に太田北原と三人荒布橋の居酒屋で大饗宴、太田君は郵便局の爺さんの膝に眠つたさうな。爺さんは太田君の頬を敲いたと。

当時杢太郎と白秋・勇とは下町を好んで彷徨した仲間である。小説「荒布橋」（全集第五巻）に白秋・勇・杢太郎のやりとりを想定できる次のような一節がある。

予の二三の友人は、予の未だ嘗つて一たびも婦女を抱擁せざるの故を以て、到底予が羅曼底《ろおまんちつく》を脱することが出来まいと断定した。而して予の文学芸術を以て此羅曼底の所産となし、或は抑制せられたる予が性慾の変態となした。そして予に勧むるに、先づ吉原に往け、そして考へろ。其時始めて汝は一人前に成ることが出来るだらうと云つた。

このように吉原に行かなければ、人生が分からぬと言われた主人公はその先で次のようにいう。

予は尠からず圧迫を感じた。文学宗教が果して女と酒に原《もとづ》くか。乃至予が到底羅曼底を脱することが出来ないか。爾来此問題は予の全心を奪ひ去つた。

夫れ以来予は武装した。且絶えず自ら試し、自ら警めて居る。すると今迄美しいと思つて居た女が予に無関心となり、恣なる空想も之を支配することが出来るやうになつた。（中略）「武装的平和」といふ字が、尤も善く今の予の心に適当してゐるだらう。

このやりとりについて高田瑞穂は「私は白秋の言葉の中に、『吉原に往け』という声を聞く思いを禁じ得ない」とした上で、次のように評している。

白秋にとって恐らく杢太郎の態度は、一つの不徹底と映ったであろう。酒を理解する道は、唯一つ、酒に酔い痴れることである。官能の詩人白秋にあっては、この官能享楽的心情に些の懐疑も無い。かくして白秋は、生活と芸術とを素朴に混同しつつ次から次へと、常に新なる感能の愉悦に立向う。遂には、異常に連り、悪にまぎれずにはいない道であった。（中略）
李太郎は作品の中だけではめを外した詩人であり、白秋は生活の中でもはづした詩人であった。

（『近代文学の明暗』清水弘文堂書房　昭和四十六年）

また野田宇太郎はこの「荒布橋」について次のように評している。

「予」は木下杢太郎自身であり、そこには何等のフィクションの影も感じさせない。杢太郎が荒布橋の上にぶちまけた、その自意識の強烈さがその界隈のリアルな描写の中に溶けこんでいる。杢太郎がロマンティックな詩人でありながら友人たちのようにデカダンスに沈湎せず、道徳律と人間本然の姿とを自己の中に対決させていた悩みの時代を、そのままに告白したいわば自意識小説である。

（『木下杢太郎の生涯と芸術』）

これは的確な評であるが、杢太郎が「荒布橋」に書いたようなことを通じて、パンの会の仲間である白秋や勇に違和感を感じるようになったであろうことは想像に難くない。後年杢太郎がデカダンスな生き方をする文学者などとは決別して医学の道に精進し、ユマニストと呼ばれるような生き方をしていくということを考えると納得できるところである。

(3) 歌集『酒ほがひ』の口絵

以上見てきたように「観潮楼歌会の仲間たち」の中で、勇は杢太郎にとって性格的に最も対極にあった人物と言えるのではないだろうか。とはいえ勇は啄木のように絶交宣言をしたわけではなかった。短歌の応酬に見られるような確執がどのように解決されていったのかは定かではないが、その後もパンの会などを通じて両者のかかわりは見られる。短歌の応酬後にあたる明治四十二年〜四十四年の『木下杢太郎日記』を調べてみると、いずれも備忘録的な内容であるが勇の名は時々出てくる。違和感を感じつつも、白秋らパンの会の仲間も交えて往き来していることが分かる。また神奈川近代文学館には昭和十九年に至るまでの、杢太郎宛の勇の書簡十六通が所蔵されている。後年ほとんどかかわりは無くなっていく中、わずかにつながりのあったことを物語っている。

そして何よりも注目したいのは、前項に記した短歌の応酬において、勇を「たはけたる酒ほがひかな」と揶揄した杢太郎だが、明治四十三年九月に出版された勇の第一歌集『酒ほがひ』の口絵を絵の得意な杢太郎が描いていることである。このことについて後年勇は次のように語っている。

口絵は木下杢太郎が描いてくれたもので、多数の日本人が南蛮船を迎え、抱き合ったり踊り上がったりして喜んでいるという図柄だったが、いかにもこれはその当時の私たちの生活を思わせるものがある。

（『私の履歴書』第八巻）

口絵は南蛮船の帆に「BACCHUS ET VENUS」と朱で書かれている。これはパンの会のシンボルそのものであり、同時にこの歌集の主題でもある。図柄も含め勇としては満足のいく口絵であったことがうかがえる。

5 「スバル」創刊と杢太郎

(1) 啄木の意向

「スバル」に対する萬里の考えについてはすでに述べたが、「『明星』の後継誌」という位置づけであった。だが皆がそう考えていたわけではない。特に小説家志望の啄木は「純文芸雑誌」としての性格を重視していた。

「スバル」創刊号は萬里が中心となって編集し、明治四十一年十二月三十日に出来上がった。だが啄木は不満であった。なぜならば「明星」の後継誌という色彩を色濃く反映していたからである。したがって啄木は早々に行動を起こした。明治四十二年一月の啄木の日記を追ってみよう。

・一月一日　予は平出君を訪ねた。話はこゝでもスバルの事。予は編輯を各月担任者に全責任を負はせる事を説いた。（然し吉井君には任せられない。あの人は仕事の人ではないから。）と平出君が言つた。与謝野氏は予と同意見なのだ。

・一月二日　平野君が来た。スバルの編輯について少し言つてみた。平野君は少し顔色を悪くした。

僕は各月三人が一人づつ全責任を以てやる様にしようと言ふのだ。（結局権利問題だ）と言つた。

・一月六日　平野から（ハガキにて御質問ゆゑハガキにて御返答仕候）云々のハガキ、会議は開かなくともよいではないかと、少し怒つた口調で言つて来た。予はうれしくなつた。わざと一日ハガキも出さず電話もかけぬ。

・一月八日　午後四時頃、平出から昴の会議をやるとの電話。

すぐ行つた。平野吉井平出、アトから川上君、与謝野氏、栗山君、都合七人で九時ごろまでやつた。意見はすべて予の言ふことが通つた。平野は大分予が物をいふ度に不快な顔をしてゐた。

予は勝つた。編輯担任者はその号に全権をもつことにした。そして平野がやると言つてゐた短歌の添刪までとりかへした。平野の言ふことは皆やぶれた。

・一月十八日　二時頃、雪を犯《ママ》して発行所にゆき、岡村病院に平出君をとひ、スバルについての相談、二号以後、百頁のはずだつたのを百五十頁二十五銭にすることに決定。それから色々話した。予は、文壇と直接する必要をとき、平出をして賛成せしめた。結局スバルは予の雑誌になるのだ。予はそれを面白いとおもふ。しかし迷惑と思ふ。

こうして啄木の意向が採用されたわけだが、編集に当たることになっていた萬里・啄木・勇の三人は各々事情を抱えていた。それがやがて杢太郎に大きな負担を強いることになるのである。

(2)「スバル」明治四十二年三月号の編集

では萬里・勇・啄木の三人がそれぞれに抱えていた問題とは何だったのであろうか。啄木の明治四十二年の日記に次のような記述がある。

・一月十八日　平野は今月末に横浜の或会社へ就職することになつたと言つた。(それではスバルの方は?)(編輯はとてもやれないね、短歌号はやるけれど。)

・二月一日　吉井から、境遇に激変ありしため昴の編輯出来ぬといふハガキ、早速訪ねてみると、下宿の四畳半に気のない顔をしてゐた。そして昔から遊人などに友人があるといふことをミエらしく話してゐた。下宿の娘のふミ子といふ名のかいてある(少女と山水)といふ本を机の上において、それもほこらかに見せてゐた。まださめないのだ。

萬里は多分に啄木への面当てもあったろうが就職を理由に「スバル」の編集から遠のくことを示唆した。もちろん仕事に追われる身となったことは確かであろう。勇は平出修も指摘したようにもはや編集のような仕事に向く人間ではないことを自ら証明していた。そして啄木は経済的に当てのない生活の問題を抱えていた。明治四十一年八月八日の相談会において「新たに与謝野氏と直接の関係なき雑誌を起すこととなり、平野吉井予の三人編輯に当ることとなれり」(同日の『啄木日記』)と決まった「スバル」の内部同人による編集はここにきて頓挫せざるをえない状況となったのである。こうなると出資者である修の不安はいかばかりであったろう。野田宇太郎は次のように言う。

その危機を何とか切り抜けるためには、外部執筆者から救援を求めるより他はなかつた。外部執筆者と云つても、杢太郎と白秋以外には候補者として考へられる者はなかつた。以上のやうな理由と実際上の編輯者としての実力とを持つ啄木の特別の信頼心から、第三号の編輯は外部執筆者の木下杢太郎へ廻されることとなつたのである。(『日本耽美派文学の誕生』)

杢太郎がそれを引き受けることになったが、その経緯について杢太郎は同誌「消息」に次のように述べている。

当番の吉井君が無拠事故にて差支られ候に付社外なる小生が本号の編輯を依托致され、不得止引受候次第に御座候。小生は雑誌編輯に就て何等の見識も無之候。原稿は来るに従つて則ち印刷屋に廻はし候。

とはいえ引き受けるに至った杢太郎の心境を杢太郎や啄木の日記等から探ることはできない。重要なことであるにもかかわらず、両者とも当時の日記に記していない。野田宇太郎は『日本耽美派文学の誕生』において次のように言う。

杢太郎はかねてから一度は文学雑誌を編輯してもよいといふ気持もあつた。たまたま発刊早々の「スバル」が編輯陣の全滅で危機に逢着してゐると知り、関係者からそのことを打明けられると、杢太郎はそれを承知した。といふのも、その明治四十二年は杢太郎にとつては生涯で恐らく最ものびのびとした年で、秋に控へた大学の進級試験も前年に失敗した薬物学の科目だけを受験すればよかつた。もう一つの誘惑的な理由は、編輯する号はその担当者が自由にしてもよいといふ条件であつた。

こうして杢太郎は編集準備に取りかかったが、編集作業はそれほど簡単なものではなかった。白秋や啄木に校正の応援を求めたことが明治四十二年二月二十六日の啄木の日記に書かれている。

午後一時、今ゆくといふ北原の電話、太田から三秀舎へ来てすけてくれといふ電話、やがて北原が来てくれた、そして一緒に三秀舎へ行つたが、太田がをらぬ、何処へ行かうと長いこと

小川町に立つた末、新橋のステーションへ行つた、（中略）
夜また電話、太田が来てくれといふ、金田一君から電車代かりて三秀舎にゆき、十二時まで共に校正した、モウ〳〵編輯はせぬ――馬鹿は二度編輯しろ――と太田が言つてゐた、

「スバル」の校正段階における杢太郎の困惑ぶりを窺うことができる文章である。当時盛んに交流のあった啄木や白秋の助けを得て、校正を無事終えたことが分かる。だが『木下杢太郎日記』第一巻を調べてみると、二月十七日から三月十一日までは全く記載されていない。よほど忙しかったのだろうか、それとも書きたくないことだったのだろうか。
前掲の啄木の日記によれば「モウ〳〵編輯はせぬ――馬鹿は二度編輯しろ――」と杢太郎が言ったというが、彼が「スバル」の編集をすることは二度となかった。編集者を失った「スバル」は大正二年十二月号の終刊まで、後半は主として詩人・歌人の江南文三が編集に当たった。
なお啄木はこれより二日前、朝日新聞社の佐藤眞一から手紙を受け取っていた。

開いてみると二十五円外に夜勤一夜一円づゝ、都合三十円以上で東朝の校正に入らぬかとの文面、早速承諾の旨を返事出して、（中略）
これで予の東京生活の基礎が出来た！　暗き十ヶ月の後の今夜のビールはうまかつた。

と日記にはあり、当日白秋とお祝いの黒ビールを飲んだことが書かれている。また翌日には喜び

の手紙を杢太郎に出している。貧しい啄木に同情を寄せていた杢太郎は素直に啄木の就職を喜んだ。当時の啄木・白秋・杢太郎の友情を窺うことができるエピソードである。

(3)「うめ草」

さて前掲の啄木の日記の中に「太田がをらぬ」という記述があるが、呼び寄せておいて杢太郎は何をしていたのであろう。このことを推察できる記述として「うめ草」三十八首の末尾に「二月二十六日夜、校正所にて、杢」との書き込みがある。さらに昭和五年に出版された『木下杢太郎詩集』に掲載した「うめ草」十三首の冒頭には「雑誌『スバル』の校正の時余白を埋むる為に印刷所にて作れる歌」とある。

なおここに掲載されている歌は「明星」終刊号の「黒国歌」の中にある歌なので、杢太郎の思い違いであろう。これらを読むかぎり杢太郎が校正所にて短歌を作ったかの感がある。だが、杢太郎本人の弁とはいえ、これには無理があるのではないだろうか。なぜならば、「うめ草」の中には、

ア　すでに観潮楼歌会において発表された歌も含まれている。
イ　すでに吉井勇との短歌による応酬において書かれた歌も含まれている。
ウ　前者も含め明治四十一年から四十二年一月の杢太郎の手帳に書かれている歌も含まれている。

すなわち明らかに校正をした二月二十六日以前に書かれた歌が見られるのである。

その根拠の中で筆者は特にウの神奈川近代文学館に所蔵されている「手帳」に注目したい。この二年間について杢太郎の日記が欠落していることは何度か述べたが、実は手帳は現存しているのである。未公刊であるとともにメモ的なので読めないところも多いため、これまであまり注目されていなかったが、日記がない以上当時の杢太郎のことを知る貴重な手がかりと言える。

実はその手帳の中に短歌がかなり多く書かれているのである。「明星」終刊号に杢太郎が寄せた「黒国歌」に含まれている歌はもちろん、「スバル」明治四十二年三月号の「うめ草」に収載された歌、さらに驚くべきは『木下杢太郎全集』第二巻にも載っていない未発表歌も多々記されているのである。

つまり当日自宅や校正所で作った歌が皆無であったとは断言できないが、「太田がをらぬ」主たる理由は、この手帳あるいはこれまでに作った短歌の書かれている書類を取りに行ったということではないだろうか。

ではなぜ杢太郎は「二月二十六日夜、校正所にて、杢」などと書いたのであろうか。思うに校正所で作った短歌がなかったという証拠はないが、むしろ持参した資料をもとに「うめ草」の原稿を書いたと捉えるのが妥当だと言えよう。そう考えると辻褄が合う。

なお「うめ草」の短歌をいかにも校正所にて書いたかのごとく記したことについて、野田宇太郎は次のように言う。

要するにこれは彼の短歌は彼にとつてすべて即興的な、本格的でない芸術で、雑誌などの余白を埋める程度の、詩の一部としての極軽い創作であつたことを説明するものであらう。
（『きしのあかしや』学風書院　昭和三十年）

そのような意図があったのだろうか、あるいは本当にページが余ってしまいそこを埋めるためであったのだろうか。「うめ草」は目次にも載っていない上「消息」欄の後に、まさに紙数を埋めるがごとく掲載されている。
では杢太郎が「うめ草」として載せた短歌はどのような作品なのであろうか。ここでは「うめ草」のうち明治四十一年九月から四十二年一月の手帳に記されている歌を紹介しよう（全集第二巻）。

たはけたる酒ほがひかな主《あるじ》めく吉井勇に一矢《いつし》くれむす
汝《なん》たちに見すべき胸のいたでかはうみたるままに甲《よろひ》につつむ
考ふることなく歌をよむ人は子生《う》みては死ぬ女《をみな》に似たり
病院の白壁をうつ粉雪《こなゆき》は窓のガラスにしたたるしたたる
二月には黄色のなかにけざやかに緑もまじる草の雨かな
ほのかにも袂《たもと》にのこる酒の香のかなしきかごと春はくれゆく

以上六首である。すなわちこれらのように温めておいた短歌を自らの編集した「スバル」明治四十二年三月号の巻末に「うめ草」として三十八首を載せたのであろう。消極的な掲載の仕方ではあるが、それでも発表したかったのが、この「うめ草」なのではないだろうか。表面的には短歌を軽視しつつも、当時表現の一手段として決して短歌をないがしろにはしていなかったと言えるのではないだろうか。

(4) ペンネーム「木下杢太郎」

「スバル」創刊に関してもう一つ記しておかなければならない重要なことがある。それは木下杢太郎というペンネームが「スバル」創刊号から使用が著しくなったことである。「明星」では明治四十年三月号以来太田正雄という本名で作品を発表していた杢太郎だが、それ以前にもこのペンネームを使っていた形跡はある。例えば次のような指摘がそれを物語っている。

・明治三十一年十四歳　この頃から木下杢太郎というペンネームを使い始める。

(権堂愛順作成「木下杢太郎略年譜」池田功他編『木下杢太郎の世界へ』おうふう　平成二十四年)

・明治三十九年二十一歳　この頃、木下杢太郎、樹下黙然性の号を用いた。

(杉山二郎『木下杢太郎―ユマニテの系譜―』)

とはいえ公の出版物にペンネームとして頻繁に登場するようになったのは、「スバル」創刊号からであると言ってよいのではないだろうか。杢太郎と親交の深かった日夏耿之介も「木下君は明星末期までは太田正雄という本名を用い、スバル創刊号から木下杢太郎の雅名を用いたかと記憶する」(「木下杢太郎君の回憶」「文芸」昭和二十年十二月号)と述べている。

このペンネームの由来について杢太郎は、「女性」大正十五年第五号に掲載された「桐下亭随筆」及び『木下杢太郎選集』の「序」（全集第二十三巻）において述べている。大筋は同じだが若干ニュアンスが異なるので、ここでは訂正が加えられた後者から引用しておく。

「独逸協会中学で長田秀雄君等と倶に『渓流』といふ蒟蒻版雑誌を出し、大に親類たちの非難を受けたことがあつた。木下杢太郎といふ名も其頃に始まる。また『地下一尺集』といふ日本罫紙の帳面に自分の作文を清書して置いたこともあつた。

「高等学校の時分『杢太郎』といふ長い詩を作つた。つひに発表するに至らなかつた。一農夫のむすこの事である。百姓の名を杢兵衛などで現はすから、其子を杢太郎としたのである。畠を耕して、一日累々として果実を著けた蜜柑の樹の美に感動し、其根源の不思議を尋ねむが為めに地下一尺の処を掘るといふのが其序曲の筋であつた。即ち『樹下に瞑想又は感嘆する愚なる農夫の子』の意味である。この少年が親たちに背いてひそかに山間の小村を脱し、船舶の輻湊する海港に出て行くといふのが其前半の筋である。

「予が始めて雑誌『明星』（前期のもの）に短篇を投じた頃は、雅名を忌む風があつて、予も亦本名を用ゐた。いかにせむ父兄朋友の監督が厳で、一々弁解するのが煩はしいから、またこの筆名にかくれた。又予の本名の字格が予の趣味に適せぬからでもあつた。爾後予は杢の字を下品な聯想から離れしめようと努力した」

苗字まで全てペンネームにするということは当時としては珍しいことであったろうが、文学に勤しむことを認めない家族の圧力から逃れるために「木下杢太郎」を使用するようになった経緯が分かる。

6 「屋上庭園」と杢太郎

これまでパンの会の時代の杢太郎の交友関係や雑誌「スバル」について述べてきたが、ここで一つ注意しなければならないことがある。それは「スバル」がパンの会の機関誌のごとく称されるという誤解である。確かにパンの会のメンバーが「スバル」に多くの作品を寄せていたことは否めない。だが当初発行人がパンの会に一度しか出席していない啄木であり、一度も出席していない鷗外が顧問格であったことからも明らかなように、決して「スバル」はパンの会の機関誌ではない。

ではパンの会に機関誌に相当する雑誌はなかったのかというとそうではない。パンの会の詩人たちによってわずか二号までしか刊行されなかったが、「屋上庭園」という雑誌があり、それこそ機関誌として位置づけられるものであるといえよう。

杢太郎は昭和九年に発表した随筆「『パンの会』と『屋上庭園』」（全集第十五巻）で、その概要を次のように語っている。

「屋上庭園」は「パンの会」の方寸社でない方の一部のものの作つた雑誌である。明治四十二年の十月に一号を出し、明治四十三年の二月に二号を出したが、この二号が発売禁止になつてあとが続かなかつた。いはば官憲力を以て圧伏せられてしまつた文芸上の小運動であつた。長田、北原及び僕が編輯し、蒲原有明、永井荷風、山崎春雄の諸氏から原稿を貰つた。表紙はいつも黒田清輝の素描を複写し、製版や印刷は田中松太郎を煩はした。

このことから「屋上庭園」は装幀といい執筆陣といい、かなり豪華であったことが分かる。にもかかわらずわずか二号で廃刊となってしまったのである。ではそこにどのような事情があったのだろうか。創刊から廃刊に至る経緯について述べてみよう。

⑴　「屋上庭園」創刊の計画

明治四十二年五月二十一日の『木下杢太郎日記』に「北原。雑誌を『屋上庭園』と名付く」とあることからも分かるように、その日杢太郎・白秋・秀雄の三人は飯田町の秀雄の家（長田医院）に集まり、自分たちだけの新しい雑誌を出すことを計画した。このことについて最も詳しい証言は昭和二十一年六月及び九月発行の「ルネサンス」（暁書房刊）第一巻第二号・三号に掲載された秀雄の随筆「屋上庭園の刊行」であろう。同誌第三号において秀雄は次のように言う。

みな年少夢多く当時の封建的な現実を蛇蝎の如くきらつたので、「スバル」的なものだけではあき足りなく感じ、もつと新鮮な、しかも多彩奔放な表現を切望して「屋上庭園」の刊行が計画されたのである。

（中略）

「屋上庭園」と云ふ題名はあれやこれやと考へぬいた結果の「ルーフ・ガーデン」の和訳で北原白秋の新造語であつた。耳馴れない言葉だつたので、事務所兼発行所になつてゐた私の家で植木屋か何か始めたものと思つた人があつた。

創作の新しい境地を開きつつあった三人の青年たちが意欲に燃え、「スバル」的なものから脱して自分たちの雑誌を刊行しようとした溢れるような情熱が伝わってくる。

(2)　発行資金

とはいえ雑誌を出すとなるといくら資産家の子弟たちであるとはいえ、資金の調達は簡単なことではなかったであろう。秀雄は「『屋上庭園』の発行資金は全部で六拾円、三人出し合ひで、各自二拾円宛であつた」（「屋上庭園の刊行」）と言う。

しかし他の文献によればそう簡単ではなかったと思われる。特に深刻だったのは白秋のようであり、野田宇太郎は次のように言う。

部数は五百部、印刷代は大体四十円かかる見積りとなつたので、それを三人が負担することになつたが、白秋はその頃実家の破産で都合つかず、結局杢太郎と秀雄が各自二十円を出しあつたと云ふことである。（長田秀雄の談話）

（「屋上庭園解題」近代文芸復刻叢刊別冊　冬至書房新社　昭和四十四年）

とはいえ秀雄もまた金策には困っていた様子であり、杢太郎は発行も間近に迫った明治四十二年九月十九日の日記に「家に金子五十円請求の手紙。（中略）長田五円の金策に失敗したる故、屋上庭園用に貯へし五円をかしてやる」と記している。それぞれの言い分が異なる内容なので真偽のほどは何とも言えないが、当時の二十円と言えば、学生にとって簡単に調達できる金額でなかったことは想像に難くない。もともと販売する目的ではなかったというが一部は書店にも置いたようである。しかし売れ行きはかんばしくなく、秀雄は「屋上庭園の刊行」の中で、「月末に私が東京堂へ集金にゆくと、定価三十銭位の「屋上庭園」の売上げが、わづか壱円何十銭かであつた」と述べている。売上金も当てにならなかったわけである。

(3)　表紙

「屋上庭園」が芸術品と言ってもよいような雑誌であったことは、内容もさることながら、表紙に負うところも大きい。表紙には当時彼等が鷗外とともにメエトルと仰いでいた白馬会の主宰者黒田清輝の描いた「野辺」という作品の下絵が印刷された。だがこの尊敬する洋画壇の重鎮に依頼するに当たっては、随分緊張したようである。秀雄の次の文章がそれを物語っている。

私と李太郎と黒田画伯を訪ねたのは秋晴の美しい午前であつた。（中略）如何に若気の到りとは云へ、この高名な画伯に臆面もなく一介無名の文学青年が自分たちの雑誌の表紙画を頼みに行つたのだから普通の人なら断るのが当然である。画伯は然し別にそんなことを考へたやうにもなく快く私たちを迎へ、いろいろ美術上の話や巴里遊学中の話などしてくれた。そしてわれわれの懇願を容れて、パリで描いたモデルの裸像のデッサンを二枚貸してくれた。

われわれは帰路、日本橋魚河岸の小料理屋で、画伯のデッサンをあかず眺め入つたのであつた。

（「屋上庭園の刊行」）

デッサンを手にした李太郎と秀雄の感動が伝わってくる。これが「屋上庭園」創刊号の表紙を飾ったことは言うまでもない。

なお第二号の表紙絵を借りに行ったときのことは、李太郎の「『屋上庭園』卓の一角欄」（全集第七巻）に詳しい。

「野辺」の素描を返しに、新しいものを借りに、また長田と黒田氏の所に行く。日曜日の午前。壁に鮮やかな緑色の目立つ油絵がかかつてゐた。（中略）

僕はもとは黒田氏は其油絵に於て著しく自然を矯めると思つた。然し、その家の庭は全く生

きた黒田氏の油絵である事を今日知つた。（中略）
辞し帰る頃、幾枚かの素描を示された。（中略）結局サラ・ブルウンといふ女の首に決した。

このあと杢太郎は「サラ・ブルウン」について清輝と語り合っている。この文章から杢太郎の観察眼や美術への関心が並々ならぬものであることを読み取ることができる。

(4)　「屋上庭園」創刊号発刊

計画を立てたのが明治四十二年五月二十一日であったが、発刊にこぎつけたのは十月一日であった。これは紆余曲折があったことを物語っている。それだけに出来上がったときの喜びも大きかったであろう。秀雄は次のように言う。

ずべらな私たちも、自分の雑誌が出ると云ふので張切つて、校正やら内務省の納本やらをすませ、刷上るのをひたすら待つてゐた。（中略）
明治四十二年の秋十月、いよいよ雑誌が出来たと東洋印刷から電話がかゝつてきた。私は杢太郎、白秋と連絡をとつて東洋印刷に出かけた。ルンプ君も同行したのである。
私は刷上つたばかりの屋上庭園を手に取つたときの昂奮をまだ忘れることが出来ない。

（「屋上庭園の刊行」）

この後に体格のよいルンプが雑誌を背負って秀雄の家まで運んだことが書かれている。ルンプはパンの会のメンバーであり、雑誌の完成を待ち焦がれていた一人であった。

(5) 「屋上庭園」の廃刊

第一号は杢太郎・白秋・秀雄の三人の詩が掲載されたが、第二号には彼らが尊敬する永井荷風や蒲原有明も作品を寄せている。荷風に原稿を依頼したいきさつを秀雄は次のように言う。

まだわれわれ三人は氏（筆者注・永井荷風）と面識はなかつたが、氏ならきつとわれわれの気持が解つてくれて、立派な作をよせてくれるだらうと云ふ意見が期せずして三人の口から出た。われわれは早速氏を訪問することにした。（中略）そのときも杢太郎と私とが行つたのである。私たちが人力車で牛込の神楽坂をのぼりかけると、後からきた杢太郎の車は一軒の洋品店の前で止つてしまつた。（中略）「いや、おれの靴下が破れてゐるので新しい奴を買つてゐるのさ、何しろアメリカ物語の作者に会ふんだから靴下が破れてゐちや気まりが悪いよ。」と云つてカラカラと笑つた。

（「屋上庭園の刊行」）

この後二人は無事原稿を依頼して帰ってきたわけだが、若い二人が面識もない尊敬する大家に会って原稿を依頼する際の緊張感が伝わってくる。

こうして情熱を注いで春浅き二月二十日に発行された第二号であったが、寝耳に水のような事件が持ち上がったのである。明治四十三年二月二十七日の杢太郎の日記には次のようにある。

今夜はPan会へゆかうと思ふ。近頃大ぶ遊びすぎる。夕刻長田来りて屋上庭園第二号の発売禁止になりたることを報ず。

発禁の原因となったのは白秋の詩「おかる勘平」であり、理由は風俗壊乱であった。ではその詩の問題となった第三連を発禁本「屋上庭園」第二号から引用してみよう。

おかるはうらわかい男のにほひを忍んで泣く、
麹室《かうじむろ》に玉葱の咽《む》せるやうな強い刺戟《しげき》だつたと思ふ。
やはらかな肌《はだ》さはりが五月《ごぐわつ》ごろの外光《ぐわいくわう》のやうだつた、
紅茶のやうに熱《ほて》つた男の息《いき》、
抱擁《だきし》められた時《とき》、昼間《ひるま》の塩田《えんでん》が青く光り、
白い芹の花の神経が鋭くなつて真蒼に凋れた、
顫へてゐた男の内股《うちもゝ》と吸はせた唇と、
別れた日には男の白い手に煙硝《えんせう》のしめりが沁み込んでゐた、

駕にのる前まで私はしみじみと新しい野菜を切つてゐた……

問題となったのは「顫へてゐた男の内股《うちもゝ》と吸はせた唇と、」であった。この後この詩はパンの会の時代の白秋の代表的詩集『東京景物詩及其他』に掲載されたが、この一行だけは削除されたままであった。

白秋にしてみればこの詩は自信作であり、大正五年に刊行された詩集『雪と花火』の「余言」（『白秋全集』3）に次のように書いている。

官能万歳を極度まで亢騰さした処に、忘るべからざる記録を作つてゐる。而してこの『おかる勘平』が同年の暮、日比谷の松本楼で開かれた〝PAN〟大会席上に於て、私自身に依て朗読せられ、その翌年同詩所載の『屋上庭園』第二号が風俗壊乱としてその筋より発売頒布を禁ぜられたといふ事実が、之をして愈意義あらしめ、私達をして益亢奮せしめたものである。それが為めに本集蒐録に際しては、この詩の眼目ともいふべき大胆な、極めて性慾的な一行が削られてある。この一行を除いては全く仏作つて霊入れずの感がある。私は今も之を深く遺憾とする。

当時新しい詩風を確立しつつあった白秋にとって、「おかる勘平」は出色の作品であり、その一行を削らざるをえなかった無念が伝わってくる。まさに「仏作つて霊入れずの感」であったろう。

発禁の知らされたその夜は、奇しくもパンの会が開かれた日であった。その会がこの発禁の話題でもちきりになったであろうことは想像に難くない。後年杢太郎は「官憲力を以て圧伏せられてしまつた」(「『パンの会』と『屋上庭園』」全集第十五巻)と言っているが、この事件が情熱溢れる青年たちに大きな影を落としたことは言うまでもないであろう。

これは明治末年の日本の社会の反映でもあり、表現等の自由を弾圧する官憲の取り締まりはますます厳しくなっていったのである。その影は杢太郎たちのパンの会にも及び、さらには大逆事件にも発展していく。そのような中で文人たちはそれぞれもがいていくが、杢太郎とて例外ではなかった。

7　杢太郎と大逆事件

明治末年、官憲の圧力が強まる中で、杢太郎はどのような考えのもとで、どのように行動し、どのような作品を生んでいったのであろうか。

杉山二郎は『木下杢太郎—ユマニテの系譜—』において、当時の一般的傾向を次のように言う。

スバル群像の詩人たちばかりでなく、『白樺』『新思潮』『三田文学』『方寸』の同人たちいずれもが、中産階級出身の子弟が過半であって、社会矛盾や貧困と搾取のからくりといった基本問題に皮膚感覚で実感することはできなかった。またそうした社会科学・思想研究を組織的におこなう頭脳訓練に欠けていた。（中略）

いや、もっと極端ないい方をするなら、彼らの生活様態に国家といった意識をもたずに済んだ時代であった、といってよいかもしれない。

とはいえ人により温度差があるのは当然である。大逆事件に大きな衝撃を受けた文人たちも少なくなく、鷗外・荷風・与謝野夫妻・啄木などが強い関心を示したことは知られている。では李太郎はどうだろう。これらの人たちほどではないにしろ、彼なりに「国家と個人」について思考し行動していたと捉えたい。なぜならば次のような近年の研究成果を繙いてみると、李太郎は啄木と共通した問題意識を持っていたことが確認できるからである。

・自己と社会及び国家と芸術のかかわりの矛盾を問う意識を放棄しないということが両者の交流の背後にある一つの共通性のように思える。

（木股知史『石川啄木・一九〇九年』創文社　昭和五十九年）

・李太郎と啄木の両者には、閉塞的な時代状況下で、個人の本来的な生と抵触するものとしての国家とどのように対峙していくかという問題意識を抱いた点に共通性が見出せる。

（中略）

「国家と個人との関係について真面目に疑惑を懐いた」李太郎と啄木の二人の思想には、対立よりも多くの共通性がみられる。

（権藤愛順「木下杢太郎と石川啄木―大逆事件を契機とする両者の再接近について―」
国際啄木学会　平成二十一年）

そこで、大逆事件前後の明治四十三年から四十五年に至る杢太郎の日記や作品（詩・随筆・戯曲等）をもとに、この時代に杢太郎が「国家」や「個人」についてどのようなことを考えていたのか、概要を整理してみると、【表九】のようになる。

【表九】大逆事件前後の「国家と個人」に関する杢太郎関連資料一覧　（※ゴシック体は作品名）

年	月日	記事	備考
明治43年	2 13	啄木**「性急な思想」**を「東京朝日新聞」に寄稿。日本国民は「国家と個人との関係に就いて（中略）の疑惑乃至反抗は、同じ疑惑を懐いた何れの国の人よりも深く、強く、痛切でなければならぬ」とある。	啄木全集第4巻
	5 27	日記に「拙者は道徳といふものはどうしても一つの牢獄だとしか思はれない。けれども牢獄の外には実際生活が出来かねる」と記し、「道徳」を「牢獄」に譬えている。	杢太郎日記
	6 1	幸徳秋水湯河原で逮捕される。以後大量の拘引取り調べ続く。	
	10 24	日記（ドイツ語）に「Hirade」の名が見える。	杢太郎日記

年	月日	事項	出典
明治43年	11 20	パンの大会が開かれ、黒枠事件が起こった。この日のことが21日及び23日の両日にわたって「万朝報」に悪意を持って書かれた。	
	11 24	日記（ドイツ語）に「石川を訪ねパンの宴会等について話した」と記している。20日の「パンの会」のことについて話したと思われる。	杢太郎日記
	12	啄木日記の明治43年12月分「前年中重要記事」に「時々訪ね呉れたる人に木下杢太郎君あり」と書かれている。	啄木日記
明治44年	1 18	大逆事件の被告らに死刑判決が下された。	
	1 21	啄木のもとに「珍しく」杢太郎から手紙が届く。大逆事件の死刑判決に対する何らかの考えが示されたものと思われる。	啄木日記
	1 24	幸徳秋水以下11名の死刑執行。（菅野すがの死刑執行は翌1月25日）	
	3 1	杢太郎が「スバル」3月号に戯曲**「和泉屋染物店」**を発表する。ここでは主人公・幸一が「山の騒動」すなわち「足尾銅山事件」にかかわって追われている者として書かれている。	全集第3巻「後記」参照
	3 5	杢太郎が「新思潮」3月号に評論**「夜の思想」**を発表。「『世間』は常に汝に向つて道徳を要求する。然り、汝が生れて未だ一歳にならざるに、既に正体の分らぬ『道徳』は汝の前に立つて過大なる要求をする。（中略）若し多数者の賞讃を得ようと思ふ人は……「融通を付ける」といふ事をしなければならぬ。（中略）少人よ、汝は何の為めに生れたか。道徳の為めに生れたのだ。道徳とは何であるか。『してはならぬ』と云ふ事である。并びにMilitarismus である」と言い、自らを抑圧してきた「道徳」とは、「『してはならぬ』と云ふ事」並びに「Militarismus」（軍国主義）に他ならないという見地に立つ。	全集第7巻

明治44年		
3 24	日記（フランス語）に「Gen Kokkaisme (Imperialisme) de Japon」（日本の国家主義、帝国主義に反対）とあり、日本の「国家主義」あるいは「帝国主義」に対する強い拒否感を示している。さらに「私は……最後には強い個人主義を広めるだろう」と述べている。（太田慶太郎・太田哲二訳『木下杢太郎日記外国語の翻訳』第二巻による）	杢太郎日記
4 2	日記に「平出」の名が2回出てくる。	杢太郎日記
5 1 & 6 1	杢太郎が「三田文学」5、6月号に紀行文**「海郷風物記」**を発表する。故郷の伝統的な祭事（鹿島踊り）と在郷軍人による教練が対比されている。「祭典に代わり、共同の活動の機に生れる新しい神秘を軍事教練の中に認めた杢太郎は、人々に信仰及び献身の心持を失わせると歎く」（木内英実著『『海郷風物記』新しい色と構図の発見」より）	全集第7巻
6 1	杢太郎が「中央公論」6月号に評論**「画界近事」**を発表。「日本の社会生活が各個人の自由な生活が集まつて、全体の大きな調和をなすのではなくて、個人性といふものは寧ろ圧迫されて、河上肇氏の所謂一様に方向を定められた個人が、国家といふ大きな重荷を背負ふ《ママ》て居る」とある。	全集第7巻
7 1	杢太郎が「昴」7月号に評論**「三新作脚本の実演」**を発表。「新時代にも旧時代にも、どつちにも就く事が出来ない局外者になつてゐた」と自らの立場を記している。	全集第7巻
7 5	日記に「平出」の名が出てくる。	杢太郎日記
11 1	杢太郎が「朱欒」創刊号に戯曲**「夜」**を発表。	全集第3巻

明治45年		
1 元旦	啄木から杢太郎宛の年賀状に「相不変半ば廃人同様のからだ、待たる、ものは春暖と兄の戯曲**『夜』**のつゞきに候」とある。	知友書簡集
7 10	杢太郎が初めての戯曲集**『和泉屋染物店』**を出版。前年の「スバル」では主人公・幸一が足尾銅山事件にかかわって追われていることを窺わせるが、こちらでは大逆事件にかかわって追われている身であることを暗示するような内容となっている。	全集第3巻
7	「朱欒」7月号に詩**「杜鵑」**を発表。「SYNDICAR《ママ》ISME（さんぢかりすむ）」「革命」「自由思想」「理性の闘争」などの言葉が見られる。	全集第1巻

（権藤愛順筆「木下杢太郎と石川啄木—大逆事件を契機とする両者の再接近について—」等々を参考とした）

この表を追っていくと、杢太郎は「観潮楼歌会の仲間たち」の中でも、この時代の重苦しい問題に対して目をそむけて行動した白秋・勇・萬里あるいは茂吉などとは明らかに違う立場を取ったと言えよう。杢太郎の問題意識を探っていくには啄木や平出修との関係を掘り下げてみることが重要なのではないだろうか。

(1)　時々訪ね呉れたる人

明治四十二年四月の啄木の絶交宣言の頃を境に二人の交流は疎遠になっていったが、交流が全く途切れてしまったわけではない。明治四十二年四月二十七日の杢太郎の日記に「石川ヲ訪ネタルニ不在」とある。なぜ杢太郎が啄木を訪ねたのかは不明だが、二人の関係が細々と続いていたことを窺うことはできる。

その後一年半ほど二人の日記にはかかわりを示す記事は見られない。日記に書かれていないから交流が無かったとは言えないが、明治四十三年十二月分の「前年中重要記事」として、啄木は次のように記している。

文学的交友に於ては、予はこの年も前年と同じく殆ど孤立の地位を守りたり。一はその必要を感ぜざりしにより、一は時間に乏しかりしによる。森氏には一度電車にて会ひたるのみ、与謝野氏をば二度訪問したるのみなりき。以て一斑を知るべし。時々訪ね呉れたる人に木下杢太郎君あり。

啄木がほとんどの文学者と意識的に交流を断っていたことが分かるが、その中にあって杢太郎だけは「時々訪ね呉れたる人」と書いている。時々訪ねて何を話していたのだろうか。共通の話題としての「国家観」の類であろうことは推測できるが、この日記から読み取ることはできない。

ただ杢太郎が明治四十三年十一月二十四日の日記にドイツ語で「石川を訪ねパンの宴会等について話した」と記しているのは興味深い。「時々訪ね」た中の一回だろう。ここに書かれている「パンの会」とは、時期的にみて十一月二十日に三州屋で開かれたパンの大会であると思われる。この日は石井柏亭の洋行、長田秀雄・柳敬助の入営を祝う送別会を兼ねた会であった。「スバル」を中心とする常連はもとより「三田文学」「新思潮」「白樺」の同人四十人以上も参加し、三州屋は超満員となった。

だがここで注目しなければならないのは、この日黒枠事件が起こったことである。事件といってもささいないたずらが新聞で悪意をもって報道されたことにより大事になってしまったのであった。その日招待されたにもかかわらず待遇に不満を抱いていた「万朝報」の記者が翌十一月二十一日の新聞第三面に「入営祝に黒枠」という見出しで次のように書いたのである。一般的には後年長田秀雄が書いた杢太郎追悼文「パンの会の思出など」をもとに論じられることが多いが、記憶違いがあると思われるので、ここでは正確に「万朝報」の記事をよりどころとして考えたい。

（略）集まつたのは鉄幹、有明、荷風、小山内薫、市川猿之助などの芸術家若くは芸術に趣味を有《も》つ人々四十名程、世話人は木下杢太郎氏、日本と西洋との宴会を折衷した宴会を作るべき階梯の為めとか、入口に白張提灯を吊つたのは何かの趣向であらうが、始めから席順も定めず右往左往して鳥の噪ぐやうに飲み且つ食つたのは寧ろ乱暴である。席の中央に『祝長田秀雄君及柳敬助君之入営而成忠良之軍人』と記した大旗を据ゑたのは成程と頷かれたが旗に黒枠を附けたのは何の為めか（中略）入営を祝ふに黒枠をつける、送られる人も夫れを結構と思ふらしい、芸術家は風変りを好むらしい（略）

黒枠を付けたのは高村光太郎であった。この日の記事は会の様子を記し、「芸術家は風変りを好むらしい」と書いた程度であった。だがさらに翌々日、十一月二十三日の第一面中央に「狂せる芸術家」という見出しで載った次の記事によって大事となったのである。

新体詩人長田某の入営を送らんが為め芸術家と称する輩約四十名、死人を弔するが如き形式を以て、一の会合を催ほしたりと
入営者に対して濫りに御祭り騒ぎを為すは固《もと》より好ましき事に非ざれども、之を弔するに至りては、殆んど無政府党の所為に類するものにして、此等の所為は決して黙々に附す可からざるなり、彼等は似而非《えせ》自然主義を以て社会を毒したるに飽足らずして、更に此狂人の所為を学ぶ、無政府党の徒と共に厳重なる警戒を要すべきものなり（記事中のルビは必要最小限の範囲で記した）

このようにパンの会を「無政府党」の類等と書き立てた。つまり黒枠事件が大逆事件という具体的内容と絡めて時局問題化されたわけである。会の世話人である杢太郎の困惑は相当なものであったと推察できる。杢太郎が啄木を訪れたのはこの新聞記事が掲載された翌日、十一月二十四日であった。
以上のような流れを考えると、杢太郎が啄木にパンの会に関する単なる報告をしたとは考えに

くい。両者の関心が一致する事件としてこの黒枠事件を無視することはできない。官憲の圧力が自分たちにも及びつつあることを実感していたに違いない。もちろん大逆事件のことに話が及んだであろうことも想像に難くない。大逆事件の予審決定が全国の新聞に発表されたのはこの月のことであったからだ。

(2) 啄木と杢太郎とのズレ

こうして二人の交流が再び図られるようになったことが分かるが、翌明治四十四年一月二十一日の啄木の日記に次のような記事が見られる。

> 朝に珍らしく太田正雄君から手紙が来た。太田は色々の事を言つてゐる。然し彼は、結局頭の中に超人といふ守本尊を飾つてゐる男である。「人間が沢山ある。あまりに沢山ある、それが不愉快だ」！手紙には「一握の砂」の事が書いてあつた。

なぜ杢太郎は心情的に馴染めないはずの啄木に「珍しく」手紙を書いたのだろうか。思うにこの手紙は極めて重要な意味を持っていると考えざるをえない。なぜならば三日前の一月十八日に大逆事件の被告たちに死刑判決が下されたからである。残念ながら現在この手紙を見ることはできないが、杢太郎が啄木に何らかの見解を宛てたことは想像に難くない。とはいえ啄木は杢太郎の手紙に理解を示さず否定的に読んだ。このことについて杢太郎と啄木の日記や著作をもとに

「道徳」観や「国家」観等について詳細に検討した権藤愛順は次のように指摘している。

杢太郎の手紙を読んだ啄木は、時代の閉塞感を生み出す支配体制が、今や幸徳以下二四名に死刑判決を下すという形となって露わになった状況下に至ってもまだ、杢太郎がニーチェ的超人の高みに立っていることを批判しているのである。確かに、杢太郎からの手紙の一節を引用したと思われる「人間が沢山ある。あまりに沢山ある、それが不愉快だ」という部分は、（中略）ニーチェの『善悪の彼岸』をふまえていると考えられる。しかし、これには、杢太郎側からするともう少し異なる見解があった可能性がある。

（「木下杢太郎と石川啄木──大逆事件を契機とする両者の再接近について──」）

すなわち啄木がここに「超人」（あるいは「三元」）と批判している内容の理解に杢太郎とズレがあったのである。

その後、啄木の日記によれば杢太郎は二度啄木のもとを訪れている。明治四十四年二月三日には次のように書かれている。

午前に太田正雄君が久しぶりでやつて来た。診察して貰ふと矢張入院しなければならぬが、胸には異状がないと言つてゐた。

この日何の目的で杢太郎が啄木のもとを訪れたのか日記からは判断できないが、病状の優れない啄木を医学生太田正雄（杢太郎）が診察し入院を勧めていることが分かる。翌二月四日、啄木は大学病院に入院したが、杢太郎を頼って病院を訪れたことが日記から窺える。

どうせ入院するなら一日も早い方がいゝ。さう思つた。早朝妻が俥で又木、太田二君を訪ねたが、要領を得なかつた。更に予自身病院に青柳学士、太田君を訪ねたが、何方も不在。午後に再び青柳学士を訪ねてその好意を得た。

頼りにしていた太田君に会うことはできなかったが、啄木は「大学病院青山内科十八号室の人となつた」のである。二月七日に手術をし、退院したのは三月十五日であったが、二月七日の日記には「太田が来て、時代の統一したる哲学が必要だ、今の世の中はあまりに思想、考察を軽んじてゐると言つてゐた」と記している。

(3) 啄木の最晩年の年賀状—埋まらなかったミゾ

そして明治四十五年の正月、啄木は杢太郎に次のような年賀状を送った。

相不変半ば廃人同様のからだ、待たるゝものは春暖の頃と兄の戯曲「夜」のつゞきに候。

「夜」は杢太郎の戯曲である。「廃人同様のからだ」であるにもかかわらず啄木はなぜこの作品の続きをそれほどまでに読みたかったのだろうか。ちなみに「夜」という作品の要旨は次のとおりである。主人公の男が「市民」を「芸術と自然の調和」という理想に導こうとするが、終末において敗北を認め、「俺の智力と俺の思想とは、もうあの社会といふ多頭の怪物を征服することは出来ないのだ。理想は滅びた。」と独白をする。

啄木がこの戯曲の続きを読みたかったことについて権藤愛順は次のように言う。

杢太郎の戯曲の中に、「社会といふ多頭の怪物」を征服し得ない「超人」の限界が描かれてるのを読み「廃人同様のからだ」となりながらも関心を寄せた。啄木と同様に、杢太郎にあっても「超人」はすでに「守本尊」としての効力をもたなくなっていたのだ。

（「木下杢太郎と石川啄木──大逆事件を契機とする両者の再接近について──」）

もちろん戯曲はフィクションであるが、「夜」を読んだ啄木は、そこに書かれた内容に「超人」の限界を読み取り、かつて「頭の中に超人といふ守本尊を飾つてゐる」と批判した杢太郎が、今や超人の高みに立っていないことに気づき、関心を寄せたのであろう。だが啄木に死期は迫っており、二人の間に横たわるミゾはついに埋まらなかったのではないだろうか。

(4) 啄木の死と杢太郎

その後も啄木の体調は優れず、さらには母親の病気も加わり、病気と貧困のどん底にあって明治四十五年四月十三日、父と妻に見守られ息を引き取った。行年二十六、肺結核であった。葬儀は金田一京助らの手によって浅草の等光寺で行われたが、その模様を報じたのは「東京朝日新聞」だけであった。四月十六日の同紙には次のようにある。全ての漢字にルビが振られているが、ここでは一部にとどめた。

> 社員故啄木石川一氏の葬儀は昨日午前十時浅草松清町なる等光寺（本願寺地中）に於て執行された、途中葬列を廃して未亡人せつ子や佐藤真一土岐善麿その他の人々柩に附添ひ予め同寺に参着、柩は狭い本堂に淋く置かれた、軈《やが》て会葬者はポツポツ集まる、夏目漱石、森田草平、相馬御風、人見東明、木下杢太郎、北原白秋、山本鼎抔《など》いふ先輩やら親友やらの諸氏が見江る、殿《しんがり》には佐々《ママ》木信綱博士が来られる、夫に本社員の誰彼を加へて僅に四十五名が淋い顔を合せた、人は少いが心からの同情者のみである、（中略）一同の焼香に式は終つて柩は大遠忌の賑々しい本願寺内を五六の人に護られつ、町屋の火葬場へ淋しく舁《かつ》がれて行つた

淋しい葬儀の様子が伝わってくるが、参列者の中に木下杢太郎の名も見ることができる。

では近年の研究により啄木と共通性があると指摘された李太郎の「国家と個人の関係」に対する認識とは、どのようなものであったのだろうか。すでに述べたようにこの頃の李太郎の日記は備忘録的なことしか書かれていない傾向があり、むしろ作品に本音を記している場合がしばしば見られる。したがって日記はもとより随筆・評論等の作品を精査していくというアプローチを欠かすことができない。【表九】に掲載した権藤愛順の知見をよりどころにして考察してみよう。李太郎が単なる二元ではなく、啄木が「一元、二元、なほ説き得ずば三元を樹つる意気込み、賢きともかな」と短歌に詠んだように、まさしく「三元（多元）」であったことが見えてくるのである。

李太郎は当初「国家」を「道徳」とのつながりの中で捉えている。明治四十三年五月二十七日の日記に、

　拙者は道徳といふものはどうしても一つの牢獄だとしか思はれない。けれども牢獄の外には実際生活が出来かねる。

と記し、「道徳」を「牢獄」に譬え、その「牢獄」の外では生きられないという時代のはがゆさを述べている。このことについてさらに言及したのが、「新思潮」明治四十四年三月号に発表し

た評論「夜の思想」（全集第七巻）である。

「世間」は常に汝に向つて道徳を要求する。然り、汝が生まれて未だ一歳にならざるに、既に正体の分らぬ「道徳」は汝の前に立つて過大な要求をする。

（中略）

少人よ、汝は何の為めに生れたか。道徳の為めに生れたのだ。道徳とは何であるか。「してはならぬ」と云ふ事である。并びに Militarismus である。

すなわち「正体が分から」ず「過大な要求」をする「道徳」とは、生まれて以来自らを抑圧してきた「してはならぬと云ふ事」並びに「Militarismus」（軍国主義）であると杢太郎が見据えたことが分かる。後者を「道徳」に含めたことは、「国家」と「道徳」のつながりを明確に認識したと言うことができよう。折しも大逆事件の被告が死刑執行をされた二月二十四日、二十五日直後のことである。

そして「国家主義」に対する強い拒否感を示したのが、明治四十四年三月二十四日の日記である。「Gen Kokkaisme de Japon」とフランス語で書かれ、「Kokkaisme」に「Imperialisme」とルビが振られている。「Gen」をどう訳すかが問題となるが、フランス語の辞典に該当する語は見当たらない。そうだとすると意図的に何らかの語句を略した可能性がある。例えば「gendarmer」（～に対して激しく抗議する）などが考えられる。太田慶太郎・太田哲二訳『木下杢

太郎日記　外国語の翻訳』第二巻によれば「日本の国家主義（帝国主義）に反対」と訳されている。さらに引用した部分の末尾に「私は……最後には強い個人主義を広めるだろう」とあるが、李太郎が「個人」の自由を希求することへの決意がうかがわれる。

このことを裏付ける内容は、この日記が書かれた直後に執筆され、同年六月一日発行の「中央公論」に発表した評論「画界近事」（全集第七巻）に書かれており、「国家」と「個人」のあるべき関係が明確に語られている。

日本の社会生活が各個人の自由な生活が集まつて、全体の大きな調和をなすのではなくて、個人性といふものは寧ろ圧迫されて、河上肇氏の所謂一様に方向を定められた個人が、国家といふ大きな重荷を背負ふ《ママ》て居る。

国家は個人の自由な生活が集まって全体の調和の上に成り立つべきであるにもかかわらず、個人が一方向に定められ重荷を背負わされている「国家主義」の現状は矛盾に満ちたものであることを指摘している。

そしてさらに同年、李太郎は「スバル」七月号に発表した評論「三新作脚本の実演」（全集第七巻）において次のように言う。

自分はいつの間にか独りぼつちになつてしまつた。「父と子」を書いたツルゲニエフではないが、所謂新時代にも旧時代にも、どつちにも就く事が出来ない局外者になつてゐた事を今更気付く。それ故多分不公平な贔屓目で惑はされる事は少いだらうかと自分では信じてゐる。

ここで重要なのは自らを「局外者」と語っていることである。この言葉は同時期に書かれた「絵画の約束論争」として有名な「山脇信徳君に答ふ」（全集第八巻）にも出てくる。そこでは「予は局外者として日本の文明といふやうなものを客観し、その平衡をとる上にも……」と使われているが、この「局外者」をどう解釈したらよいのだろうか。権藤愛順は次のように言う。

杢太郎はマーテルリンクの道徳観を借りることで、人間の「心」すなわち、内部生命を重視し、権力による内面の侵犯を拒み自ら自覚して権力と個人の二極構造の外部に立つことを説いているといえるだろう。つまり、内面を「局外」に立たせることこそが、河上肇のいう「国家の奴隷」から個人を解放する手段であると考えたのではないだろうか。（中略）「局外者」とは、支配と被支配が前提とされる時の権力の「二元」的構造に対して、「三元」という場を設定して内面の自由を保持しようとする杢太郎の発想に他ならない。

（中略）

支配が個人の内面まで滲透しきっているような固定的な「二元」に対し、意識的に「局外」つまり「三元」という場を設定することで、内面を再生させることを含んでいると考えるならば、積極的な意義が見出せるだろう。

杢太郎は「国家と個人」について思索を深め、このように「三元」という場を設定して「内面」の自由を保持しようとする立場に至った。その背景には、黒枠事件や大逆事件などの出来事が影響を与えたと考えられるが、その他に杢太郎自身を深い思索に導く何らかの心に残る体験があったことと推測される。

⑹　紀行文「海郷風物記」

その体験として明治四十三年末から正月にかけて郷里の伊豆伊東を訪れたときの見聞が意味を持っていると思われる。その時のことは、「三田文学」明治四十四年五・六月号に発表した「海郷風物記」（全集第七巻）に詳しく述べられている。この紀行文には海郷伊東の自然や生活などについての見聞・郷愁などが書かれているが、ここでは「国家と個人」という杢太郎の問題意識に関係すると思われる主要な部分を引用してみよう。故郷の祭典で伝統的に伝えられている船歌や鹿島踊を見聞して深い感銘を受けた杢太郎は、その伝統的祭事を次のように価値づけている。

予がこの種の人間活動に就いて愉快に感ずる所は、昔の人の生活が芸術的であつた事である。神社と云ふものがあり、その内の神を祭ると云ふので目的が神秘に化せられる。天平勝宝の昔に貴人より庶民に至るまで、形にせられたる人心の象徴たる大仏に礼拝したと同じ意味である。厳格なる老幼の序、階級、制度等に対する不平や反抗も凡て此の神秘が融解したのである。

しかしある朝杢太郎は衝撃的な場面を見てしまい、次のように続けている。

実は今朝小学校の広場で消防組の若衆たちの稽古を見た。中隊若しくは大隊教練であつて、其嚮導を務める人は在郷軍人である。人間はどうしても共同の活動を要求するものであるから、昔の馬鹿気たお祭の遊戯に比して此の種の有目的の文化的行為は賛成するに足るのであるが、其の目的が、明かであればあるだけ、信仰及び献身の心持がなくなるのは止むを得ない。軍国主義の外に衆生の心を統一せしむるに足る巨大なる磁石はどこに求められるだらうか。

伝統的な祭典がそうであるように消防組の若衆たちの稽古は人間の共同活動の一環としての営みであるが、その朝杢太郎は稽古の嚮導を在郷軍人が務めているのを見て衝撃を覚えたのである。そして「其の目的が、明かであればあるだけ、信仰及び献身の心持がなくなるのは止むを得ない」と嘆いている。「国家」という存在がまさに住民の生活を包み込もうとしていることに危機感を抱いたに違いない。ここに「軍国主義」に対する杢太郎の社会批判が表明されたと言えよう。

とはいえ「止むを得ない」という言葉はずいぶん含みを持たせた言い方と言えよう。そこに込められた李太郎の思いをどう捉えたらよいのだろうか。それはその次に述べられている「軍国主義の外に衆生の心を統一せしむるに足る巨大なる磁石はどこに求められるだらうか」という問題意識が念頭にあるからだと考えられる。その「軍国主義の外」にあって「衆生の心を統一せしむるに足る巨大なる磁石」こそ、この後李太郎が求めていくものと言えよう。

彼の生涯を顧みるとき、それはおそらく時代の流れに左右されない普遍性のある価値観の希求であり、自らを「局外者」と規定したこともその探究の端緒と見ることができよう。パンの会が終焉を迎えた後の李太郎の行動・思索・作品などがその「求めるもの」の答えとなっていくと捉えたい。「この作品（筆者注「海郷風物記」）に見える共感は、これまでとは全く別種の連想及び省察へと彼を導く力を有するに至っている」（林廣親「李太郎文学序説」「国語と国文学」昭和五十七年五月号）のであり、これまで行動を共にしてきた「観潮楼歌会の仲間たち」である白秋・勇・萬里などとは明らかに異なった方向に李太郎が行こうとしていることが確認できるのである。郷里での見聞が基となった「海郷風物記」はまぎれもなく李太郎の思想の転換点を示す作品であると言って過言ではないであろう。

(7)　平出修と李太郎

ところで啄木が大逆事件について深く考え、行動したことに大きな影響を与えた人物の一人が平出修であったと言われるが、すでに述べたように「国家と個人」について啄木に近い考えを持っていたと言われる李太郎とのかかわりはどうだったのだろうか。修の本職は弁護士であり、大逆事件の弁護を担当したことで知られている。また「スバル」の出資者であり、新詩社の同人でもあった。「観潮楼歌会の仲間たち」の一人でもある。

李太郎の日記に修の名前が初めて出てくるのは、明治四十二年三月二十八日の「平出氏宅に行く」という記事である。【表九】からも分かるように、李太郎の日記に修が登場する回数は決して多くはない。またいずれも備忘録的な内容であり、修とどのような会話を交わしたのかなどについては推測できない。だが「スバル」やパンの会を通じて交流があり、李太郎が修の影響を強く受けた啄木とも接触のあったことを考えると、李太郎が修から何らかの情報を得、影響を受けていたであろうことは想像に難くない。

李太郎の書いた「故平出修君を追懐す」（全集第八巻）を読む限り、決して単なる顔見知り程度の付き合いではないことが分かる。

「太陽」に載つた「逆徒」以来、文学上の作は少くなつた。同君が主幹で発行して居た「昴」が廃刊になつてから、私の同君に会する機会は少くなつた。だが然し、最も信頼するに足る友人として、同君の人格は始終私の意識の底に潜んで居た。

（中略）

同君は一方に文芸家として多分の詩人的気稟を持つて居た。そして人事に対し、自然に対しては、いつも温かい詩人的同情と純哲学的観相を持つて居て、決して冷たい物質主義者的、科学的の心懐を蔵することがあつたのでは無かつたからである。

（中略）同君の心の中には何かの「反抗」の気分が存して居たのに相違ないと。どうしてそれが発育したか分らない。それは哲学的に生じたものか、または実際閲歴から来たものか分らない。人の性に由つては、時として生活の核心となることの出来るこの「反抗の気分」を同君も亦多大に持つて居たことと思はれる。それは氏の作品を通じ、法律学上の事業を通じ、また家常の生活を通じて多少は覗はれる。そしてその死後の葬儀に関する遺言に由つて、結晶像を作つた。

（中略）

遺言に由つて、其遺骸は、陸軍軍医学校の病理教室に於て解剖に附せられることになつた。

（中略）私も末席につらなつた。

杢太郎にとって修は「最も信頼するに足る友人」であり、「同君の人格は始終私の意識の底に潜んで居た」のである。また一員としてその解剖に立ち会ったことからも親交のほどを窺うことができる。「スバル」の廃刊は大正二年十二月である。この文章から杢太郎と修の交流の機会はこの後少なくなっていったが、大逆事件の起こった明治四十四年頃にはまだ続いていたことが窺われる。ただこの文章からだけでは啄木のように大きな影響を受けたかどうかをおしはかることはできない。文章の書かれた大正四年四月九日は、杢太郎にとってみれば「局外者」という立場を確立した数年後のことであり、「〇〇主義」のような普遍的でないものへの関心は薄れていたことが推測される。この文章から分かるのは、杢太郎が修の業績を高く評価するとともに、その卓越した人格に尊敬の念を抱いていたことである。そのことこそ杢太郎が修から影響を受けた最たるものだったのではないだろうか。

8　戯曲「和泉屋染物店」

以上のように啄木や修との関係を踏まえつつ杢太郎の「国家と個人」に対する考え方を見てきたが、それが作品に影響を及ぼしたと考えられるのが、明治四十四年から四十五年にかけて発表された戯曲「和泉屋染物店」と詩「杜鵑」である。

一般的にはこれらの作品が大逆事件との関連で語られることがしばしばある。しかし「大逆事件」が何らかの執筆動機になったことは確かだと思われるが、「大逆事件―作品」という関連だけで捉えられるほど杢太郎という人は単純ではないと思う。これまで明治四十三年から四十五年の作品・日記・時局の出来事などを追って、杢太郎の「国家と個人」に対する考え方の深化、さらには「局外者」というキーワード、そして「海郷風物記」において思想の転換が図られたことなどを見てきた。「和泉屋染物店」にしろ「杜鵑」にしろ、そのような文脈の中で捉えていかないと杢太郎が作品に込めた本質を見失う恐れがあるのではないだろうか。

戯曲「和泉屋染物店」は「スバル」明治四十四年三月号に発表された。東京帝国大学医科大学卒業の年にあたり、杢太郎二十六歳のことである。主人公幸一は「山の騒動」すなわち足尾銅山鉱毒事件を思わせる事件の関係者として描かれている。ところが翌明治四十五年七月、単行本として出版した際には改訂され、幸一は大逆事件を思わせる事件の加担者として登場してくる。そのように初出誌と単行本では内容が大きく変えられており、これまで述べてきた杢太郎の「国家と個人」に対する考え方などを反映させた内容となっていると捉えたい。

戯曲集『和泉屋染物店』に掲載された同作品のあらすじは次のとおりである。

海岸の港町にある和泉屋染物店の店先が舞台である。正月元日の夜、外には大雪が積もっている。店は大戸を閉じているが、中からは女たちの賑やかに話す声や三味線の音などが聞こえてくる。しかし家族の会話の端々には何か不穏な気配が漂っている。やがて和泉屋の主人徳兵衛の息子、幸一が出現し、舞台は一転して緊迫した空気に包まれる。彼はその頃の日本国中を動揺させていたある事件(大逆事件を思わせる)の加担者として追われている身だったのである。幸一は最後にひと言実家の人々に別れを告げようと、この雪の中峠を越えて実家の裏木戸をくぐったのだった。ところが旧態依然とした父親の「えらい人」に対する考え方とは交わりようもなかった。幸一は「自由の世界」を求め再び雪の中に姿を消していくのであった。

(1) 初出誌と単行本の対比

では、杢太郎はなぜ初出誌の内容を戯曲集では変えたのだろうか。その間に何があったのだろうか。初出は「スバル」明治四十四年三月号なので、大逆事件の被告十二名の処刑後である。それならば最初から大逆事件を暗示した内容であってもよさそうなものである。現に同号には「大石誠之助は殺されたり」という処刑を取り上げた佐藤春夫の詩「愚者の死」も掲載されている。にもかかわらず初出誌では大逆事件という設定はなされなかった。内容の改訂について杢太郎自身が語っているわけではないので想像の域を出ないが、一つには単行本出版までの間に杢太郎の思索が深まり、内面的に大きな変化があったこと、もう一つにはストーリーの上で大逆事件を暗示するというインパクトの強い内容にする必要があったことなどが考えられる。

内容が大きく変わった主要な部分について【表十】の通り整理してみたが、この表を見ると次のようなことが指摘できる。

【表十】「和泉屋染物店」新旧比較表—内容的に大きく異なる点を中心に—
（※ゴシック体は新たにつけ加えられた特に重要と思われる内容）

「スバル」明治44年3月号	戯曲集『和泉屋染物店』（明治45年）
昨日の新聞の夕刊に、またあの山の騒擾《ごたごた》の事が少し許り出て居たが、私にはどうしても幸一があの事件の発頭だとしか思はれないのだ。（p.35）	昨日の新聞の夕刊に、またあの鉱山《やま》の騒動《ごたごた》のことが少し許り出て居たが——（声をひそめ、目を睜りて）そしてねえ、お前、よくは分からないが、それがまた、あの事件に関係してゐるのだと云ふので、警察が活動を始めたなんて書いてあるのだよ——。（p.312）
幸一が春頃からあの山に居ると云ふ事はうすうす知つて居たのだ。（p.36）	幸一がもう去年の春頃からあの山に居たと云ふ事は私はうすうす知つて居たのだよ。そしてやつぱりあの主義の事から始終お上《かみ》の注意を受けてゐたと云ふ事も知つて居たのだよ。（p.313）

（なし）	**大へんな大へんな罪人ですよ。**（p.323）
ねえさん、わけは後《あと》で云ひますからさ、早く会《あ》つてお出でなさいよ。（p.43）	ねえさん、山の方ばかりぢや無いのですよ。あの方ですよ、ほら、あの方ですよ。（中略）早く会《あ》つてお出でなさいよ、（p.324）
新聞にもいろいろの事が出てゐたがありや皆《みん》な本当か。お前は女の事で堀さんに怨を掛けたといふのも本当なのか。（p.46）	新聞にも出て居たが、（中略）お前は東京であんな騒動を起して、それから鉱山《やま》へ逃げて行つて……あの新聞に出て居た恐ろしい事はみんな本当の事だつたのか。（p.328）
こことは全く違つた世界から私は来たのです。それからまた全く違つた世界へ之から行くのです。汗と、血と、力と、意味のある生活、私の耳にはまた蒸汽機関の響が鳴つてゐるのです。二万人の鉱夫の働いてゐる形がまざまざと目に見えて居るのです。（p.47）	こことは全く違つた世界から私は来たのです。それからまた全く違つた世界へ之から行くのです。**今迄の奴隷の生活から出て、始めて新しい自由の世界へ行くのです。**唯私達は、何にも考へないで、自分達の便利の為め許りに、何時《いつ》までか古い因襲を護《まも》つて行かうと云ふ傲慢な人達を憎んだ許りです。所がそんな人達は権力と云ふものを持つて居るのですね。ですから此方《こっち》も其代りに**心の革命といふ武器**を選んだのでしたよ。そして先づ手始めに鉱山の、あの無知な二万人の人の眼を開けてやらうとしたのです。（p.329）
（なし）	その内東京の方でもとんだ騒動が起つたのです。私は急いで東京へ帰つたのです。さうするともう後《あと》の祭りでした。（p.330）

（なし）	（なし）	お前は何を云うてゐるのだ。私には少しも分りはしない。さあなぜお前は義理のある堀さんの山へ忍び込んで、大勢の人を扇動《おだ》ててああ云ふ騒ぎを起さしたのだ。（p.47）
ぢやお前は東京のあの人達とは直接の関係は無かつたのだね。（p.330）	**お父さん、貴方《あなた》は私の小さかつた時分から、えらい人になれ、えらい人になれと云つては私をお叱りでしたね。そして私は本当の心の要求を枉《ま》げても貴方の仰つしやるえらい人にならなければならなかつたのですね。今ぢや何《なん》でも無いことですけれども、自分の志望も、またまあ恋愛と云つたやうなものをも犠牲にして、何かしらんえらい人にならなければならなかつたのですね。所が其後私も、えらい人つて一体どう云ふ人だらうかと考へて見たのですよ。さうすると、皆《みんな》の人の考へてゐる事とは全く別なものだつて事が分つたぢやありませんか。それで私はその考通りに生活しようと決心したのです。さうして見ると、世の中は虚《うそ》の人ばかりではありませんか。（中略）だから私は一人で捜したのですよ。そして捜し当てたものは他《ほか》の人の想像して居るやうなものでは無かつたのです。**（p.330–331）	お前の心持は私《わし》にはさつぱり分からない。お前は新しい学問もしたのだから何か理《り》があるかも知れないけれども、第一お前が義理のある堀さんの山でああ云ふ騒動を起すなどと云ふ事は誰が考へても、善い事ぢやない。その上お前は東京でまたあんな主義の仲間と気脈を通じて居るなどと—もう私には心にも考へられないことばかりだ。（p.331）

（なし）	**今度東京で捕《つかま》つた私の友達だつてえらい人なのです。それを世間が罪人にしたのです。**（p.332）
（なし）	え、お父さん、自首して出るのですか。私が東京で何をしてゐるかを本当には御存知がないのですね。（p.333）
（なし）	あの事件が世間に知れたら国中がしつくりかへるでせう。（p.333）

（表示してあるページは「スバル」明治四十四年三月号及び『木下杢太郎全集』第三巻に拠った）

ア　「山の騒動」「東京であんな騒動」などと書かれているが、決して足尾銅山鉱毒事件とか大逆事件とかいう言葉は出ていない。時期的に見てそれを暗示させる書き方である。舞台設定として「山の騒動」が「東京の騒動」に置き換えられ、「たいへんな罪人」ということが強調されている感がある。

イ　改訂版では初出誌にはない「自由の世界」とか「えらい人」とかに関する幸一の考えがかなりの分量を用いて明確に示されている。このことは初出誌と最も異なる点と言えるのではないだろうか。

ウ　改訂版のほうが場面設定や登場人物の言葉・様子などが具体的に書かれ、幸一の考えを明確化するための設定として父親への抵抗、新旧の断絶なども強調されている。

(2)「和泉屋染物店」執筆の動機

すなわち改訂版において大逆事件を暗示するような言葉は見られるが、事件の内容には全く触れていない。よりクローズアップされているのは「奴隷の生活から出て……自由の世界へ」「えらい人とは一体どういう人か」というような杢太郎自身の考えである。それはすでに述べたように、杢太郎が「国家と個人」について悩みつつ思索を深めてくる中で、自らを「局外者」と位置づけるに至ったことと重ね合わせて捉えられるのではないかと思う。この戯曲こそ日本文学史上プロレタリア文学の先がけとなった作品であると主張する人々もいるが、そうとは言えないのではないかと思う。大逆事件に衝撃を受け、杢太郎なりにそれを受けとめて舞台設定の材料として利用したかもしれないが、この戯曲は決して大逆事件のことを言いたかったのでもなければ、社会主義について主張したかったのでもないのではないだろうか。

杉山二郎は次のように言う。

順俗生活ともみえる監督者の眼を気にし、またその意向に究極に反抗できなかった彼（筆者注・杢太郎）の一面は、大逆事件で世間に反抗した無政府主義者に、同情のような憧憬のような感情を懐いたのではなかったか。和泉屋の戯曲に陰のごとき姿で出現する幸一は、いわば杢太郎のあらま欲しき人格ではなかったろうか。無政府主義・社会主義・共産主義といった社会改造や社会思想について、杢太郎は鷗外ほどの関心も興味も払ったようには思われない。（中

略）

つまり杢太郎は、大逆事件の幸徳秋水ら各被告の心緒における親や肉親らとの間に起った、孝や悌、信義の問題が、俗順への反抗といったスタイルのなかに大きくクローズアップされて、「和泉屋染物店」を書いたと思われる。

（『木下杢太郎―ユマニテの系譜―』）

明治四十三年五月二十七日の日記において「道徳」を「牢獄」に譬え、その「牢獄」の外では生きられないという認識を示した杢太郎は、翌年三月に発表した「夜の思想」において、道徳とは「してはならぬと云ふ事」、「并びにMilitarismusである」と捉えた。杢太郎が希求していたのはまさに家人の束縛や軍国主義から放たれた「自由の世界」であり、真の意味での「えらい人」であった。主人公は杢太郎の「あらま欲しき人格」ではなかったかという指摘は、説得力があると言えよう。

杢太郎自身はこの戯曲の執筆の動機について戯曲集『和泉屋染物店』の「跋」（全集第二十三巻）において次のように言う。

『和泉屋』に如何にして幸一が生まれ、いかにしてかの如き運命に会したかを説明するといふことは予の目的ではなかつた。情調の統一（中略）遠き馬車の笛、爪弾きのさわり《ママ》、また御高僧頭巾、蔦の紋のぶら提灯、しんみりとした昔話（中略）汽船の笛などは、実は予の音楽の鍵となり、予の絵画の色となるものである。読む人は寂寞たる雪の夜の、しんみりとした染物店へ、外の雪を外套につけた黒衣の一人物がぬつと気味わるくはい《ママ》つて来る時の目付、様子、その情調に同感し、それ丈で満足して下さらねばならぬ。

当局の目が厳しい時代のことである。かなりきわどい内容の作品であるだけにこのように断っておく必要があったのであろう。

なお、しばしばこの後幸一はどうなったのか続きを読みたいということが言われる。しかし李太郎は続きを書くことはなかった。いや書く必要はなかったのであろう。幸一が李太郎の「あらま欲しき人格」として考えるならば、幸一はどのような形であれ「自由な世界」に羽ばたき「真にえらい人」を貫けばよいのであり、続きは読者に任されたと言えよう。

(3) 詩「杜鵑」

李太郎には戯曲集『和泉屋染物店』とほぼ時を同じくして明治四十五年七月「朱欒」に発表した「杜鵑」（全集第一巻）という詩がある。

杜　鵑

その頃われは漸く生活の不安に目を瞠りつ。わが日々の順俗の営みに憤懣の情を発しつ。かたへには昔の唄耳に悲しきシテエルの島を瞻めてはあれども、生活の改造の要求はわが心を鞭ちたりき。

青き夜は、窓越しに、静かに
卓布《たくふ》の角にさした。牡丹花
音なく落ち、杯の緑酒微に光れる時

室の一週の黒衣の人の群は
もはや胡散くさき偸視をもやめ
声段段に高まる……
SYNDICARISME《ママ》……
革命……実行の前の考察……
一度は血だ……

牡丹花、五月一日、
湿りたる梧桐にうち揺るる雨後の月光は
たつた今聴いたばかりの投節のこころ忍ばせ
眼をつぶり、しめやかに
歌うたふ老女の姿……ふと見ゆ……
昔の世……長き橋……岸辺の柳……

青き夜の薄荷酒《ぺぱみんと》
いや更に澄み行くを……牡丹花
またも散り
一度は血だ……

自由思想……理性の闘争……
伝承及び情緒の破壊……
人人の声あららかに、且つ鳴らす麦酒の杯。

薄荷酒《ぺぱみんと》、また牡丹花、
荒みゆくわが心……青葉の空に
啼き過ぐる……ほととぎす。

耽美派と言われる李太郎の詩としては他に類を見ないような内容である。詩の中に「SYNDICARISME《ママ》」（労働組合主義）「革命」「一度は血だ」など当時としては使用するのに勇気が必要な過激な言葉が使われている。しかしだからといってこの詩を社会主義思想詩であると捉えるのは早計であろう。そのような時代背景を示しつつも、自然の風物やそこに生きる人々の様子なども提示し、李太郎が「海郷風物記」において示した「衆生の心を統一せしむるに足る巨大なる磁石」を求めようとする思いを読み取ることができるのではないだろうか。しめくくりの第六連にある「啼き過ぐる……ほととぎす」が飛んで行った先にあるのは、杢太郎が希求していくことになる価値観を見据えているような気がしてならない。このことはほぼ同時期に発表された「和泉屋染物店」にも通じることであろう。主人公幸一が和泉屋から立ち去った後どこへいったのかという成り行きと相通ずるものがあるのではないだろうか。

9　杢太郎にとって大逆事件とは

道徳、「してはならぬこと」並びに「軍国主義」に縛られることに反感を抱き、自らを「局外者」と位置づけた杢太郎にとって、大逆事件とは何だったのだろうか。大きな衝撃を受け、これまで述べてきたように「国家と個人」の関係について思索を深めていく大きな契機となったことは確かであり、「和泉屋染物店」などの作品の材料として反映させた。だがそれ以上に深入りしたわけではなかった。「杢太郎もスバル群像のなかにあって、社会矛盾を根底から体験する側にいなかった」(『木下杢太郎―ユマニテの系譜―』)という杉山二郎の指摘も頷けるところである。

「観潮楼歌会の仲間たち」のうち大逆事件に関して最も関心を持った啄木は、杢太郎が戯曲集『和泉屋染物店』を出版する前に他界した。大逆事件を真剣に受け止め彼なりに行動した杢太郎は、この後白秋・勇・萬里などの盟友とも疎遠になっていく。それはパンの会の時代の終焉と時を同じくしている。「和泉屋染物店」の幸一に託された「自由な世界」「真にえらい人」というような時代の相に左右されない価値観の探究は、この後杢太郎自身の思索や生き方の問題として検討されていくことになると言えよう。

10　パンの会の終焉

(1)　パンの会の終焉

本章第五節においてパンの会の立ち上げについて書き、その後「観潮楼歌会の仲間たち」との様々な出来事を中心に論を展開してきた。いわゆる疾風怒濤の時代（シュトルム・ウント・ドランク）であった。

①　終焉への道

ではパンの会はいつ終わったのだろうか。野田宇太郎は徳田秋声の明治四十五年二月十日の日記を根拠として次のように言う。

例によつて宴酣となつて騒ぎ出したものの、かねて噂にもきいた瑞々しい青春の情熱は窺ふべくもなかつたのだらうか。当然来ると思はれた人も来ず、すでにパンの会独特の雰囲気も影をひそめてゐるやうである。（中略）

パンの会は明治四十一年（一九〇八）十二月十二日の夜に両国の第一やまとから生れ、明治四十五年（一九一二）二月十日までは判然とつづいてゐる。その間年を変える《ママ》こと五度、満三年二ヶ月の歴史といふことになる。（中略）

美術と文学との交流にはじまり、耽美主義的文学の火渦となつて燃えしきつたその運動は一応ここに使命を終つた。

（『日本耽美派文学の誕生』）

同書に引用されている徳田秋声の日記によれば最後と思われるこの大会の参加者は「長田兄弟、小山内、太田、生田葵、谷崎、平野、秋田、北原、吉井氏ら十四五名」であったという。もはや盛時の面影は失せてしまった感は否めない。しかしパンの会当初からの李太郎の盟友であった白秋・勇・萬里・長田兄弟などは、最後まで行動を共にしたことが分かる。ただここに画家が一人も参加していないことは特筆すべきことだろう。明治四十三年十一月二十日に三州屋で開かれたパンの大会を最後に石井柏亭が洋行することになり、柱を失ったことも大きかったのではないだろうか。後年「パンの会の思出など」（「文芸」昭和二十年十二月号）において長田秀雄は柏亭の果たした役割の大きさについて、次のように述懐している。

石井君は「パンの会」のため、なくてはならぬ事務的な才能の持ち主だったので、いつでも会の日には乱酔したわれわれは会計など面倒なことは石井君に任せてしまったが、同君はコツコツと平生と変わらぬ態度でそういう事務を取っていた。この石井君と李太郎君がいなかったら、とうてい「パンの会」は成立していなかったであろう。

しかし時代の推移や仲間たちの生活の変化などの影響もありこの三州屋で開かれた大会を境に下火になり、ほぼ明治末年をもって終焉を迎えたのである。ただいつ終わったのかについての詳しい記録はなお曖昧である。「相州三崎町向ケ崎（元異人館）」から杢太郎宛に出された大正二年六月三日付けの白秋の手紙に「実はＰＡＮの翌早朝突然一家をひきまとめて当地に転居仕候」とある。この手紙の「ＰＡＮ」はパンの会であろう。白秋が一家を挙げて三崎の異人館に移住したのは、大正二年五月なので、筆者はこの頃までパンの会は続き自然消滅していったものと考える。

② パンの会とは何だったのか

杢太郎は次のように言う。

「パンの会」は一面に放肆なところもあつたが、畢竟するに一の文芸運動で、因循な封建時代の遺風に反対する欧化主義運動であつた。（中略）然しその仲間には酒好の人が余りに多く、その文芸運動としての意味が段々と稀薄になつた。若しその間に石井君のやうな人が居なかつたら「パンの会」は早く堕落してしまつたに相違ない。（「石井柏亭君」全集第十四巻）

杢太郎はパンの会を「文芸運動」と考え、「運動」たらしめようとしていたのであり、そこに果たした柏亭の役割を高く評価している。しかし「仲間には酒好の人が余りに多く」会の意味が次第に稀薄になったことを述べている。同様のことは「『パンの会』と『屋上庭園』」にも「『パンの会』には酒を飲む人が多く、漸く単純の遊興の会となつてしまつた」（全集第十五巻）と書かれている。

ではいつ頃からパンの会は遊興化していったのであろう。野田宇太郎は『日本耽美派文学の誕生』に「石井柏亭の談」として次のような「註」を載せている。

阪本紅蓮洞は全くデカダンで、このやうな人物が現れはじめたことは、パンの会の文芸運動としての主旨を次第にゆがめ、酒宴へと流れて真面目な芸術の話も出来なくなり、パンの会が衰へてゆく原因ともなつたといふことである。

これを読むと柏亭はパンの会の主旨を杢太郎同様「運動」と捉えていたことが分かる。しかしデカダンの参加が、酒宴と化していくきっかけとなったことを述べている。紅蓮洞が参加したパンの会は明治四十二年十月二十三日に松本楼で開催された大会である。つまりこの頃を境として「酒宴へと流れて真面目な芸術の話も出来なく」なっていったと考えられる。大正二年頃まで続いたとはいえ、パンの会は開始から一年もしないうちに酒宴が中心となり、杢太郎が当初願った会の主旨は損なわれていったと言えよう。パンの会が盛会となっていったのも実はこの後のことである。

とはいえ杢太郎の願っていた会の主旨を、最初から参加し行動を共にしてきた白秋などが本当に理解していたかというと、それも疑問である。山本太郎は次のように言う。

これを文学運動と見るか、単なる集まりと見るか、非常にさまざまであって、白秋なんかの述懐を読むと、『パンの会』というのは、自分にとっては一つの若さの吐け口の場であったと、わりあい客観的な、さらっとしたものの言い方をしているわけです。

（『杢太郎と白秋』杢太郎記念館シリーズ第十四号）

すなわち盟友中の盟友である白秋でさえ杢太郎とは意識の違いがあったと言えよう。まして洋行帰りで、パンの会を「青春の爆発」だと称した途中参加の高村光太郎や、少ししか参加していない人たちとの意識のズレは大きかったのではないだろうか。

このことは杢太郎自身も分かっていたに違いない。「年も思想も異つた人々の寄合故に一定の綱領といふやうなものを持つた結社ではなかつた。唯そのうちの或者は、朧げに、之を以て文学運動とする希望を懐いていた」（『パンの会』と『屋上庭園』」全集第十五巻）と言っているように、会には付きものの「綱領」とか「宣言」などはパンの会にはなかった。したがって参加者たちの理解も主観的な域を出ることなく、「運動」という意識の者もいればそうでない者もいたと思われる。

③　パンの会の会場の現在地

ではパンの会の会場はどのあたりだったのだろうか。これについては下の地図が伊東市立木下杢太郎記念館に常設展示されている。この地図は明治四十二年の日本橋界隈の地図であり、杢太郎の実兄・太田圓三の遺品である。まさにパンの会が盛会を極めていた当時の地図であり、そこに会場の位置が示されている。

パンの会の会場には変遷が見られるが、文献等から確認できる会場の位置は次の通りである（「　」内は野田宇太郎『日本耽美派文学の誕生』による）。

ア　**第一やまと**（「両国橋袂に近い矢ノ倉河岸両国公園」）

イ　**三州屋**（「日本橋区大伝馬町三丁目瓢簞新道」）

ウ　**メゾン鴻の巣**（「日本橋小網町付近」）

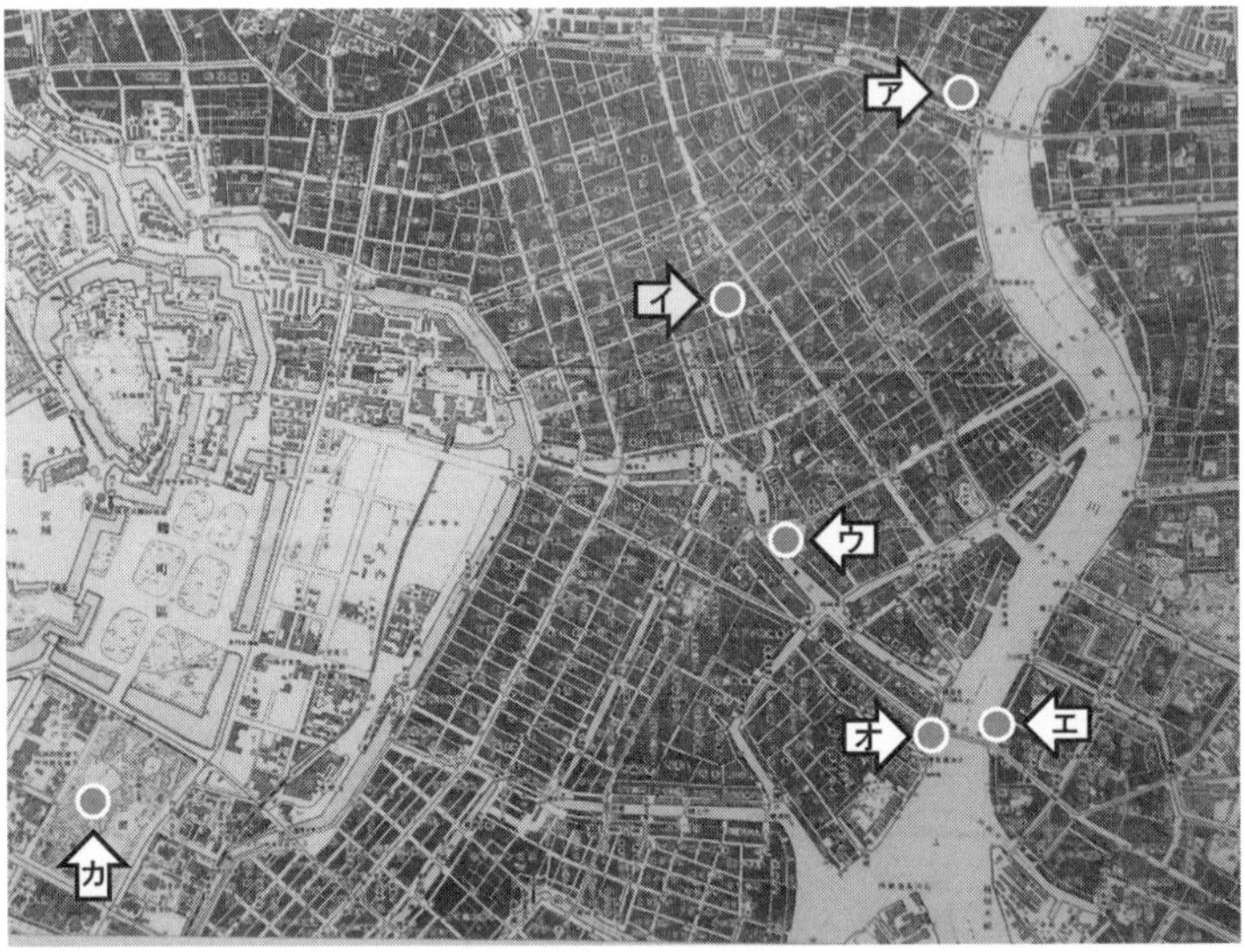

伊東市立木下杢太郎記念館に常設展示されているパンの会会場の所在地

野田宇太郎によればここではパンの会は開催されなかったが、仲間が集った場所であったという）

エ　**永代亭**（「永代橋際にあつた隅田川汽船の発着所二階」「永代橋際深川佐賀町」永代橋の畔にあったが、現在は交番がある）

オ　**都川**（「永代亭の対岸、永代橋の袂近くの河岸にあった」主として二次会に使われたという）

カ　**松本楼**（「日比谷公園の雲形池といふ青銅の鶴のある池と音楽堂に挟まれたところ」）

キ　**よか楼**（雷門前並木通り）※浅草なのでこの地図上には出てこない。

現在の東京と比べると随分水路の多いことが分かる（遺品の実物は水路が水色で着色されている）。当時は江戸の面影が残っていたのである。その後震災復興・戦災復興を経て多くの水路が埋め立てられ道路等となったことは周知の通りである。

(2)　終焉の後

こうしてパンの会は大正二年ころまでに終焉を迎えたが、その後杢太郎はどこへ行ったのだろうか。

高田瑞穂は杢太郎の生涯を三期に分けられると指摘している。

杢太郎の生涯は、二つの転機をへだてて、大きくこれを三つにわけることができる。第一期は『スバル』『屋上庭園』の詩人、「パンの会」の主唱者としての青春時代である。（中略）第二期は大正五年の渡満を転機として始まる。（中略）第三期は大正十年から三年にわたった外遊を転機に、帰朝後に始まる。（中略）ユマニスト杢太郎がこの期に見いだされる。

（『反自然主義文学』明治書院　昭和三十八年）

すなわちパンの会の終焉後、第二期にあたる満州行きまでの間には数年の間がある。その間杢太郎はどのような活動をしたのだろうか。満州行きを受け入れるについて、杢太郎の心境はどうであったのだろうか。また、「観潮楼歌会の仲間たち」との関係は何か変化があったのだろうか。

① 交友関係の変化

ではこの時期、「観潮楼歌会の仲間たち」との交友関係はどのように変化していったのだろうか。ただ残念なことに大正元年から四年にかけての『木下杢太郎日記』は完全に欠落している。したがって日記からそれを探ることはできない。書簡を調べてみると交流の見られるのは白秋と茂吉だけである。杢太郎の書簡として確認されるのは、「アララギ」大正五年一月号から転載された茂吉宛の手紙一通のみである（全集第二十三巻）。また杢太郎宛書簡としては、白秋が大正二年一月、六月三日、大正三年二月九日、大正四年四月十二日、大正五年五月十四日の五通、茂吉が大正三年一月一日、四月十六日、八月二十六日、大正四年一月の四通である。

このうち白秋の手紙はほとんど転居通知や原稿依頼であるが、大正二年六月三日付けの手紙は転居の知らせとともに、詩集『東京景物詩及其他』の挿絵の修正依頼などが書かれている。

先月御承諾をえ置候詩集の挿絵の事に候が、あのまゝにては如何にも色刷の度数も多く一寸木版には六つかしき様子にて御座候故、甚だ我侭にて申にくけれどもつと簡単に版下に適したるもの（絵はやはりあの絵が所望に候）描いて頂け申すまじくや、大きさは普通の四六版《ママ》のおつもりにて、色はせいぜい五度位、彫り易きやうにお願致度候（中略）慾を申せばもう一枚PAN会饗宴の図か、著者とその友人と申す風のものも描きてほしく候へど貴意如何か、折入りて御頼み申上候

（『木下杢太郎宛知友書簡集』上巻）

白秋はすでに杢太郎に描いてもらった詩集『東京景物詩及其他』の挿絵について、注文を付けるとともに、パンの会の様子を描いた挿絵の追加を依頼している。白秋の要求を聞き入れたものと思われる鮮やかな挿絵は詩集の口絵として冒頭を飾っている。しかし追加依頼のパンの会の挿絵は掲載されていない。どのようないきさつがあったか分からないが杢太郎は描かなかったのであろう。

　また大正四年四月十二日消印の手紙には「一号は評判がいいやうです。僕の散文はどうかしら、こんど逢つた時御教示を乞ふ。二号には是非おたのみします」と原稿依頼をしている。この頃白秋は弟鉄生と阿蘭陀書房を設立し「ＡＲＳ《アルス》」を創刊している。杢太郎はこの雑誌にいくつか原稿を寄せているが、二号には書いた形跡がない。

　その後大正八年に出版された杢太郎の第一詩集『食後の唄』の序を白秋が書いていることなどからわずかにつながりはあったと思われるが、大正二年五月に東京を離れ転々とするようになっ

た白秋と杢太郎が直接会うことはほとんどなかったものと思われる。
パンの会終焉後の大正二年から渡満前の大正五年にかけて白秋との関係はやや遠のいた感がある。一方もう一人書簡の残っている茂吉との関係はどうだろうか。茂吉宛に大正四年に書かれた杢太郎の手紙（全集第二十三巻）には次のようなことが書かれている。

この間は態々御尋ね被下、小生に托するに詩作のことを以てし、小生も容易く御諾ひ申し候ところ、其後つひに詩作の気分来らずして、今に至るも一詩だに成らず。既に御約束の期日をも過ぎ焦燥罷在候。土曜日の今夜も、唯空しく机に対してはあれども、恐らくは亦何等の成果有之間敷と存じ、終に御詫びの書状を書くことに決し申候。

実は小生近時の労働は手と体軀とを用ゐること多く、極めて乏しきの思想にても、一旦之を手足の労働と化し、而して目の観るに堪へたる結果となすにあらずんば功なきものを取扱ひ居候為めか、思想面上のみの合成消融の興に遠かること久しく、純思想を紙に上すの煩に堪へ兼ね候慣ひ、いつとなく相加はり候。

（中略）別言にて申せば小生には文学的観照の興漸く減じ、自己の生活の為めの計をなすの利害愈々相加はり候に因り候と申すべきか。

依頼された詩作が成らないことを詫びるとともに、「労働は手と体軀とを用ゐること多く」と述べている。すなわち医学の仕事が忙しく「文学的興漸く減じ」というような当時の混沌とした心情を吐露しているのである。当時文学活動も決してないがしろにしていたわけではないが、医学者として本格的な仕事が始まったのがこの時期であり、詩作にも行き詰まっていることが分かる。この手紙から茂吉がそのような悩みを打ち明けられる存在となっていたことが窺われる。パンの会の頃交流のあった仲間とは疎遠になり、代わって茂吉との交流が深くなっていることが分かる。その経緯等については重要なことなので後に詳しく述べてみたい。

② 執筆活動

ではパンの会の終焉後、渡満までの間における杢太郎の文学・医学に関する活動はどのようなものだったのだろうか。『木下杢太郎全集』各巻の巻末にある「後記」及び「医学業績年表」（『太田正雄先生（木下杢太郎）生誕百年記念会文集』）をもとに、当時の杢太郎の執筆等の状況を【表十一】の通り整理してみた。

この表を見るといくつかのことが指摘できる。

【表十一】大正2年～5年9月　初出誌（紙）別木下杢太郎著作数及び医学業績数一覧

雑誌・新聞＼年・内訳	大正2年	大正3年	大正4年	大正5年	計	詩	小説	戯曲	評論 美術	評論 文芸	評論 劇評	評論 他	翻訳	随筆紀行
アララギ	7	7	3	6	23	17			1	2				3
アルス			8		8				2	2			3	1

小計	読売新聞	時事新報	大阪朝日新聞	我等	早稲田文学	三田文学	ホトトギス	文章世界	文芸復興	美術新報	中央美術	中央公論	太陽	昴	新日本	新小説	処女	秀才文壇	詩歌	朱欒	芸術
43		9		1	1	3	1	1		4		1		4	1				3	1	6
38	2	3	1	3		2		3	4	2		4	3		2		1	1			
42		8	1			2		5				1	11			3					
26	1	2	1			1		3		2	1	1	4		2	1		1			
149	3	22	3	4	1	8	1	12	4	8	1	7	18	4	5	4	1	2	3	1	6
27								3	2					2					3		
19				2		6		1					4	1		2		2		1	
8			2			1						3	1				1				
44	2	14						3		8	1	3	3		3						4
20		5						5					4			2					
8	1				1	1	1		1				2	1							
8		3										1	3		1						
8				2											1						2
7			1						1				1								

医学論文	8	8	4	2	22
学会発表	4	4	3	1	12
合　計	55	50	49	29	183

・パンの会終焉後の大正二年からもかなりの量の執筆を手がけている。しかもジャンルが多領域に亘っている。美術評論が非常に多いことが目を引く。

・小説や戯曲の多さも目を引く。また表には表れていないが、大正三年七月には戯曲集『南蛮寺門前』、大正四年二月には小説集『唐草表紙』、六月には現代名作集『穀倉』などの本も出版した。さらに大正三年九月には有楽座で戯曲「和泉屋染物店」、十一月には市村座で「南蛮寺門前」が上演されたことも注目に値する。

・掲載誌なども多岐に亘っているが、雑誌では特に「アララギ」への掲載が最も多いことに注目しなければならない。パンの会の時代には作品を掲載することなどほとんどなかった雑誌である。このことからも茂吉との関係が深くなったことを確認できる。

・医学関係の論文あるいは学会発表の多さにも驚くばかりである。文筆活動をしながらも本職としてスタートを切った医学に杢太郎が比重を移していることが分かる。

③　医学者としての出発

太田正雄（杢太郎）は明治四十五年、森鷗外の勧めにより土肥慶蔵教授の皮膚科教室に入った。そして翌大正二年五月に医籍登録をしている。本格的に医師になったわけである。それにともない学会での発表や医学論文の執筆なども多数行っていることが分かる。【表十一】にある通り大正二年から五年九月までの学会発表及び論文執筆は計三十四件に及ぶ。詳細は『太田正雄先生（木下杢太郎）生誕百年記念会文集』に掲載されているが、次の二つの学会発表並びに論文に特に注目したい。

一つは大正四年四月、第十五回日本皮膚科学会総会において「酵母菌病ニ就テ」という発表を行い、「日皮会誌」十五巻四号に土肥慶蔵と連名で報告していることである。もう一つは大正五年三月、日本皮膚科学会総会において「癩ノ動物試験及培養ニ就テ」という発表を行い、同年十二月には「癩菌ノ人工培養ニ就テ」という医学論文を「日皮会誌」に発表していることである。これらは太田正雄初の真菌学及び癩菌に関する論文であり、すでに駆け出しの医学者時代にこのような研究をしていたのである。太田正雄はフランス留学中に「真菌分類法」を確立して世界的業績となり、昭和十六年フランス政府からレジオン・ドヌール勲章を授与された。また後年、東京帝大教授としてハンセン病治療薬の開発研究に尽力し、絶対隔離政策に反対の立場を取った医学者として知られている。そのような世界的な業績の萌芽をすでにこの時代に見ることができるのである。

太田正雄は東京帝国大学医学部の学生に「芸術にせよ科学にせよ大きい仕事は二十歳代の所産、もしくはその年代に胚胎している」（山本高治郎「学生の目に映じた太田正雄教授」『木下杢太郎―郷土から世界人へ』）と語ったというが、若き日の癩菌の人工培養に関する研究や真菌の研究は、まさにその言葉が間違いないことを自ら証明しているといえよう。

第三章　海外生活

一　満州へ行くにあたって

そのように医学に精進を始めるとともに文筆活動にも精力的であった杢太郎に満州行きの話が持ち上がった経緯はどのようなものだったのだろうか。簡単には了承しがたいことのように思えるが、いつ打診があり、いつ決断したのだろうか。これについては大正五年の『木下杢太郎日記』を繙いてみると推測はつくが、ドイツ語・フランス語・英語・ローマ字・日本語の交じった文章である。外国語の訳については『木下杢太郎日記　外国語の翻訳』第二巻に従った。なお各文末の（　）内の記述は筆者の注である。

・七月十七日　最終的に私は、強制された職業としての医学をやめることを決定した。それは私の経済的自立の障害と私の慢性的自殺感の原因であった。（これだけでは詳しいことは分からないが、嫌々ながら進んだ医学の道を断つことの決意が述べられ、自殺したくなるほどの悩みであったことを窺わせる）

・七月二十一日　教授の電話（土肥慶蔵教授から電話があったものと思われる。これだけでは用件は分からない）
・七月二十二日　教授来らる。君は東京を離れても可いのか？（この日土肥教授から渡満の具体的打診を受けたと推測される）
・七月二十二日　ほとんど溺れる状態であった。（これも意味不明だが、医学をやめる決心をしたのに満州行きを打診され、大混乱しているということであろうか）
・七月二十三日　伊東にゆく。予の金を得る途の開けたるを喜ぶものはある。誰も予の真事業の或いは中絶する場合の起るを危惧するものなし。親あるものは親を捨て云々のこと真理である。（真事業が何であるかは分からないが、杢太郎の思いを家人は理解してくれず、満州行きには賛成している者がいることを記している）
・七月二十四日　私はロンヌに二度電話した。九時に加藤へ。非常に感傷的だ。彼は暗示的であった。しかしすべては過ぎてしまった。W（不明）の好意とは何であるのか？（この日の内容はよく理解できない。誰かに相談したのだろうか）
・七月二十六日　教授はむしろ予の早く諾したる案外なりしか。不知。一寸君に興味があるかと聞きたるが再びはいはざりき。（この日、満州行きを承諾したものと思われる。それに対し土肥教授の反応を窺っている様子である）
・八月二十日　教授より報酬についての手紙。（おそらく満州での仕事の報酬についての提案があったのであろう）

この一連の日記を読むと、七月十七日に医学をやめることを決心したにもかかわらず、二十二日に満州行きの打診を受け、四日後の二十六日に承諾したことが分かる。杢太郎が早く承諾したことが土肥教授には意外だったのではないかと疑義を抱きながらも、分からないと言っている。その間二十三日に伊東の実家に行って相談をしているが、家人は賛成している様子である。いずれにせよずいぶん早い決断である。恩師の言うことなので仕方がないとあきらめたのだろうか。それとも何かこれ以上東京にいたくない理由があったのだろうか。

実はこれを解く鍵として気になっている文章がある。杢太郎が渡満後茂吉宛に書き、大正五年「アララギ」十一月号に掲載された満州通信「第一信」（全集第九巻）にある次の記述である。

わたくしが支那へ来たのは例の異国趣味《エキゾオチスム》を好いて来たのか。さう云う筈《ママ》ではなかつたではないか。余りに煩はしい、いらいらする、無用の刺戟の多い東京を——又と機会のない、かう云ふ機会で打ち切つて、そして今迄唯惝怳してゐた「独りつきりで在《ゐ》る」といふ生活の中へ没入しようと思つたのではないか。

（中略）

わたくしにも意志本位の生活を求むる心があつた、が然しそれをばわたくしの趣味的の外生活が邪魔をした。

わたくしが支那に来たのは、そんな邪魔から遁れようと欲する為めでもあつた。

これを読むと杢太郎はあまり抵抗せずに満州行きを承諾していることが分かる。その原因として東京においてあまり好ましくないことがあったと察することができる。ではここに言う東京に多い「余りに煩はしい、いらいらする、無用の刺戟」あるいは意志本位の生活を求むる心を「邪魔」するものとは何なのだろうか。対象として思い当たるのは文人仲間、医局の仲間、家人、世間の評判などである。日記などを読むとそれぞれ思い当たるところはあるわけだが、このうち特に重視して考えなければならないのは、家人と世間の評判ではないだろうか。

家人とはかつて画家を志したとき夢を砕き、ドイツ文学を専攻しようとしたとき阻止し、医学の道を強要した人々である。またパンの会の時代にもその目を気にする杢太郎は他の仲間が外泊をしてもそれを断って一人家に帰ったこともあった。

大正五年の渡満前の杢太郎の日記を読むと家人に対する不満などが多く見受けられる。ではその不満とはどのようなものだったのだろうか。『木下杢太郎日記　外国語の翻訳』第二巻から家人に対する杢太郎の心情を探ってみよう。各文末の（　）内の記述は筆者の注である。

・二月五日　御殿町の兄へ電話。私が名誉と富にむかって正しい道を見出していないことについて、絶えず不機嫌である。（中略）家にあっても憂鬱な退屈。（「御殿町の兄」は次兄・圓三）

・四月四日　郷里の兄に返事を書いた。兄は二・三日前に私にとって愉快でない手紙をよこした。（「郷里の兄」とは長兄・賢治郎）

・五月十三日　御殿町の兄の家で夜食。物兵衛の話については、私はそれを断った。しかしその時にいくぶんの教えというような感情のあったのは、私の自覚から逃れなかった。（中略）今、下では、人々の話声がする。それが耳についてこれも不愉快である。当家の時計が一二時を打った。戸を閉ざす音と声とで下の騒ぎはいっそうざわざわしくなった。私が最も嫌うところの声を揃えた笑いさえ聞こえる。私は今のこういう不愉快な状況からどうして脱することができるか？家を借りて老女一人を雇うべくは、月々どうしても三〇円はいる。五〇円が上を除いただけの菜食生活のあじけなさにならねばならぬ。（「物兵衛」は長姉・よしの夫）

・五月二十一日　何故私は、私の愛する姉とその夫（その人を私は子どもの時に本当の父親だと思った）が郷里から東京に来て、私に暖かい好意を示しているのに、快適で親身でないのだろうか。昨夜、その前も何回か彼等に出会い会食し、今日の午後は姉が私を訪ねてきた。それでも私は憂鬱で不機嫌である。（「愛する姉とその夫」とは長姉・よし及びよしの夫・物兵衛）

・五月二十八日　郷里の姉からの手紙。それを私は二時頃家で読んだが、それが私を不快にした。その悪い気分が夜まで私を押さえつけた。（「郷里の姉」とは長姉・よし）

ここに記されている電話の内容は不明である。また該当する手紙類についても『木下杢太郎宛知友書簡集』上巻に掲載されていないので、その内容を知ることはできない。いずれにせよこの日記から杢太郎にとっては思わしくない内容であり、非常に不機嫌になっていることが分かる。

家人の厳しい目にがんじがらめになっていた杢太郎が「邪魔」だと感じ、そこから逃れたいという気持ちになったであろうことは想像に難くない。

またもう一つ「余りに煩はしい、いらいらする、無用の刺戟」の対象として考えられるのは、執筆活動等に対する世間の評価ではないだろうか。

明治四十二年「スバル」二月号に掲載された杢太郎初の戯曲「南蛮寺門前」は大正三年戯曲集『南蛮寺門前』として刊行されるとともに、同年十一月、市村座において狂言座によって上演された。十一月二十三日の「読売新聞」に「狂言座公演」という見出しで次のような劇評が掲載された。

「南蛮寺門前」は木下杢太郎氏の作、この題材は一寸面白いものである。が南蛮寺に依てその時代を現はさうとした作者は、この脚本を書くのに、何故モツト用意をしなかつたのであらう。仏教と伴天連宗門に対する研究も足りてゐない、登場人物の言葉に時代の統一がなく、数世紀前の言葉と数世紀後の言葉とを一人の人が平気で用ゐてゐる。作者の書かうと思つたといふ深い意味（筋書を借りて）はこの一幕を見終つても私にはチツとも解らない。

▲菊五郎の所化《しよけ》長順も、楽之助の伊留満喜三郎も、その役の性根が解らないで演じてゐるやうに見える。新しい試みには、遼べて相当の準備が必要である。準備の不熟な場合には斯うした結果になるのである。舞台面と楽奏とは可なり時代と調和した、それだけは賞めてやつている。

（ルビは必要最小限にとどめた）

すなわち題材は面白いとしながらも、作品の構成などについて、かなり厳しい指摘がなされているのである。これは「読売新聞」だけの問題ではなく、当時多くの評者がこのような見方をしたものと思われる。この上演を作者のために喜んだという友人・小山内薫でさえ、「絵巻物形式に書かれた戯曲を、シムフォニとして上演すべきレジイの欠乏を指摘し、『私の目に映じた舞台は作者の尊い空想の痛ましい蹂躙であった』と嘆じた」（藤木宏幸筆「『南蛮寺門前』と『和泉屋染物店』」「悲劇喜劇」昭和六十年三月号）という。「南蛮寺門前」は杢太郎会心の戯曲であり、このような評価が快いはずがなかった。

さらにその直後の十二月、杢太郎宛に中傷するような匿名の手紙が届いたことが、『木下杢太郎宛知友書簡集』上巻から分かる。

・十二月二十九日（消印）　読者

太陽等に執筆する以上も少し洗練したる論説を書かずや彼記にては全然早稲田あたりの書生さん達が読む文学概論以下ならずや、今后尚ほも筆を執るに於いては読者同盟を作り汝を文壇より去らしむるが如何に。

・十二月三十日（消印）

狂漢杢太郎に告ぐ

天下天下しやくに障るのは森林と貴様と婦人の友だ、ガラに無い太陽の文芸評論は中止し

て読者に迷惑をかけるなよ、自分の能力を省みよ、高山先生は泣てるだらふ　手前の態度もしやくにさわるし面《つら》もしやくに障らあ
・十二月三十一日（消印）　福島県憤慨生
汝の如きが太陽の文芸評論するとは僭越ならずや、汝には四流たる文士と云ふ自覚なきや、自己を知らざる者はいつも失敗すると云ふ事を知らざるや　右忠告まで

中傷の対象は時期的に見て大正四年「太陽」一月号に掲載された文芸評論「文芸の批評に就て」ではないかと思われる。さらに引き続いて杢太郎が「太陽」に文芸評論を連載することが自然主義派の面々には面白くなかったのであろう。三通とも同じ人物からの手紙だと思われるが品位のない文章であり、杢太郎にしてみれば不本意であったに違いない。

参考までに述べると、杢太郎は大正十四年の「改造」四月号に掲載された「口腹の小説」が批判にさらされた時には、小説の筆を折っている。記事の内容は次のようなものであった。

木下杢太郎氏の「口腹の小説」（改造）とは、成程題の示す通りの口腹の小説で、その料理通に、珍奇を矜らうとしたものであらう。医学博士が小説を書くとか、故森鷗外さんの真似をするとか云ふことは、今の世では、著者の崇拝する芥川龍之介氏あたりだけならいゝであらうと思ふが、もう流行せん著者が先づ医学博士になる為めに満州あたりに行つてゐた間に世は変つた。「口腹の小説」は文壇あたりに持つて来ないで、代議士木下謙次郎氏の「美味求真」な

ど〻競つたらどうか。

（「時事新報」大正十四年四月四日）

この新聞を読んだ杢太郎は昭和九年に出版された随筆集『雪櫚集』に「口腹の小説」を収めた時、末尾に次のように記している。

この小説は後まだほぼ同じ長さの続が有る筈であつた。一日所用が有つて名古屋から東京に上る時、汽車の中で、いつもは見ぬ時事新報を買つて読んだ。すると一批評家が（多分堀木克三氏であつたと思ふ）口ぎたなくこの小説を罵倒してゐた。僕は小説などを書くからこんな不快な目に会ふのだと思ひ、稿を続くるのを廃めたのであつた。

後に堀木克三と親しかった野田宇太郎が会って確かめたところ、「実は太田さんのものは、私はあの時代、評論屋だったものだから、みんな読みもせず、たゞ悪口を書いたと記憶します」（太田慶太郎編「木下杢太郎の周辺」杢太郎記念館シリーズ第二号　昭和四十四年）とのことであったという。ひどい話であるがこれがもとで杢太郎は二度と小説を書くことはなかった。

このようなことを考えると、大正初期の杢太郎に対する誹謗中傷が彼の心を傷つけたことは確かであろう。そのことだけが原因ではないであろうが、医学の仕事が本格化するとともに、大正五年の渡満を境に日本の文壇とも距離を置くことになり、杢太郎の創作活動は激減していく。

二　茂吉と杢太郎

大正初期の杢太郎は医学者としての一歩を踏み出すとともに、「観潮楼歌会の仲間たち」の一人である斎藤茂吉と懇意になり、新たな表現の場として「アララギ」を得た。

杢太郎と茂吉が初めて出会ったのは明治四十二年一月九日の観潮楼歌会だと思われる。歌会では計三回顔を合わせているが、茂吉が当時から杢太郎に惹かれていたことはすでに述べた通りである。

とはいえ耽美派のメンバーを中心にした集まりであったパンの会に茂吉は当然出席していない。そこでの交流はなかったものと思われる。もちろん交流が見られないことが互いに関心がなかったということにはならない。後に詳しく述べるがパンの会の時代の杢太郎の詩に茂吉は大きな影響を受けていたのであり、「僕の歌が大正のはじめ頃に動揺変化したが、それには君の詩の影響があった」（「追憶」『斎藤茂吉全集』第七巻）と述べている。

以上のようなことを考えると明治末年において茂吉は杢太郎に尊敬の念とともに、強い関心を抱いていたことが分かる。

ではなぜここへ来て茂吉と杢太郎は親しくなったのだろうか。そこにはどのような事情があったのだろうか。

1 「アララギ」と杢太郎

実はかつて啄木がそうであったように、ここでも最初は茂吉が杢太郎に近づいていったのである。茂吉は「アララギ」誌上に杢太郎の作品発表を乞うたのであった。杢太郎の作品が初めて「アララギ」誌上に掲載されたのは、明治四十五年一月号であり、「北郷村の強奪―村里伝説集の一」という小説であった。その後同年三月号に「珈琲壺と林檎」という散文詩を発表している。同号の「消息」欄に古泉千樫が次のように述べている。

前々号に於てアラヽギのために北郷村の掠奪を書き下され候木下杢太郎氏はまた再度の我等の依頼を快諾されて本号にも感想文を寄せられ候段、偏に感謝申し上げ候。尚ほ北郷村の強奪は未完の所何れその内続きを草し下さる由に候へば楽しんで相まち居り候。

千樫は杢太郎の作品を掲載できたことをたいへん喜んでいることが分かる。千樫もまた「観潮楼歌会の仲間たち」の一人であるが、杢太郎とのかかわりを示す記録は極めて少ない。だがこれを読むと多少は社交辞令が含まれているかもしれないが、千樫もまた杢太郎を高く評価していることが分かる。

ではなぜ茂吉は杢太郎に原稿を依頼したのであろうか。茂吉は昭和十三年に発表された随筆

「友を語る」（『斎藤茂吉全集』第三十六巻）において次のように述べている。

アララギを中心とする諸友は、先輩のことは措いて、岩波茂雄、橋本福松、阿部次郎、小宮豊隆、安倍能成、池崎忠孝、和辻哲郎、木下杢太郎の諸氏は友といふよりは、恩人とか師友とかいふべきであらうか。

この文章には医学上の友人も挙げているが、茂吉は杢太郎をその中には入れず、「アララギを中心とする……恩人とか師友」として挙げているのである。

そしてこの文章をさらに詳しく補っているのが、大正二年一月発行の「アララギ」の「編集所便」（『斎藤茂吉全集』第二十五巻）である。

今月号はアララギもなかなか立派な雑誌であると存じ候。同人諸氏の勉強と他の先輩諸氏の御同情の結果に御座候。二月号はまだまだ立派な雑誌に相成り申すべく候。二月には阿部次郎氏、木下杢太郎氏にお願ひ致し内容の充実した雑誌を発行致したき願望に候。小生等のアララギ発行はどちらかと云へば小生等同人の為めに御座候。先輩諸氏に御執筆をお願するのもどちらかと云へば小生等同人の為に御座候。ほかの雑誌なり著書なりで読んでも同じやうなものの、それでは矢張り親みが足らず候。自分の雑誌に書いて頂いてしみじみと読み味ひて暗示を得たいと存ずる次第に御座候。

これら二つの文章を総合してみると、二つの重要なことが見えてくる。

一つは茂吉が杢太郎を阿部次郎などと並べて「先輩諸氏」の中に入れていることである。年齢は茂吉の方が三歳上であり、東京帝国大学の卒業も茂吉の方が一年早い。つまり茂吉は杢太郎の先輩に当たるわけである。にもかかわらず茂吉は杢太郎に敬意を表し、極めて鄭重に扱っていると言えよう。

もう一つは他の雑誌に掲載された文章を読んだのでは親しみが湧かないので、自分の雑誌に書いてもらって「しみじみと読み味ひて暗示を得たいと存ずる次第に御座候」と言っていることである。すなわち茂吉は「アララギ」の編集担当者として阿部次郎、木下杢太郎に働きかけて、二人の原稿から言わば「暗示を得る」ことを目的として、掲載するに至ったということが分かる。当時の「アララギ」に杢太郎や阿部次郎のような外部の人物の血を導入する必要があったからに違いない。

ではそれはどのような事情なのだろうか。

茂吉は大正八年八月、長崎にて著した「思出す事ども」(『斎藤茂吉全集』第五巻)にその事情を明確に述べている。


僕は余程の後輩で、歌がどうしても進歩せず、長い間うろついてゐたが、明治四十四年ごろは、今までの根岸派流に安住してゐてはいけないといふ事に気がついてゐた。そこで僕が編輯を担当するやうになつたとき、阿部次郎氏、木下杢太郎氏などに懇願して、原稿を頂戴した。さうすると地方の某々氏からさかんに先生（筆者注・伊藤左千夫）のところに手紙を寄せて、アララギに邪道が這入つたといふ。それから僕等を『異趣味者』だといふ。そんなら某々氏等は少しく作歌に苦力してゐたかといふと、蠟でも嚙むやうな歌が陳々相因つてゐるに過ぎなかつたのである。けれども先生はどんなものでも心の抱擁を欲する先天の気稟からして、さういふ唆かし訴へにも動かされて行つた。僕はさういふ手紙の一二通を先生から見せられた時『先生も地方の同人などから祭り上げられて納まつてゐる様では駄目です』といつて、家に帰つてから詫びのハガキを出したことがある。さうすると『お互に我を張らずに反省をせねばならぬ』といふ意味の返事が来て、僕は室にすわつて一人で泣いてゐたことがあつた。

この文章によれば杢太郎の原稿を載せるに至ったのは茂吉の懇願に基づくことが明らかである。茂吉は「今までの根岸派流に安住してゐてはいけないといふことに気がついて」「アララギ」とは異なる杢太郎という優れた人物の作品等を掲載することによって「アララギ」に新しい血を導入し、活性化を図ることを目論んだのである。しかしそのような茂吉のねらいは、偏狭な考えしか持たぬ地方の同人たちから反対された。いや師である左千夫からも全面的賛成を得るには至らなかったのである。「僕は室にすわつて一人で泣いてゐたことがあつた」というところに、同人の無理解に対する茂吉の無念が込められている。茂吉がいかに進取の気性あふれる人物であったかを窺うことができる。

2　「アララギ」に掲載された李太郎の作品

だが茂吉はそのような周囲の無理解にもめげず、李太郎の作品を次々と「アララギ」に掲載した。

ではどのような作品が掲載されたのだろうか。そこで「アララギ」（復刻版）から掲載されたページを割り出し【表十二】のとおり一覧を作成してみた。この表で筆者が特に注目したいのは李太郎の作品が「アララギ」の何ページに掲載されたのかということである。

この表から分かるのは、李太郎の作品はほとんどが巻頭を飾るか、それに近い扱いを受けているということである。特に茂吉が編集に携わっていた時期はそれが顕著である。執筆を依頼した外部執筆者に敬意を表したこともあろうが、阿部次郎、北原白秋等錚錚たるメンバーが名を連ねており、茂吉の李太郎への期待がいかに大きかったかをうかがい知ることができる。

以上述べてきたように、「アララギ」に外部の新しい血を注入することによって意識改革を図ろうとした茂吉の懇願に応えて李太郎は「アララギ」に寄稿を始めた。だがこれは李太郎にとっても得るところは大きかったと言えよう。この寄稿によって「アララギ」は、李太郎にとってその文学・思想を発表する新たな場の一つとなったからである。そしてこのことによって茂吉との友情が芽生え、この後さらに深められていくこととなるのである。

【表十二】「アララギ」に掲載された杢太郎の作品一覧（明治末年～大正年間）

巻・号	発行年月	作品名	署名	掲載ページ	編集発行人	備考
5・1	M45・1	北郷村の強奪（小説）	木下杢太郎	2（巻頭）	伊藤左千夫	
5・3	M45・2	珈琲壺と林檎（散文詩）	〃	3	〃	
5・4	M45・4	お夏清十郎（長詩）	きしのあかしや	20	〃	
5・9	T元・9	書翰（茂吉宛）	木下杢太郎	12	〃	
6・2	T2・2	海国の葬礼（書簡）	〃	2（巻頭）	〃	巻頭にまとめて5編掲載されている。
		輓歌四章（詩）	〃	5（巻頭）		
		冬の日光と枯草（詩）	〃	7（巻頭）		
		狂人の遊歩（詩）	〃	10（巻頭）		
		秋の紺糸（詩）	〃	11（巻頭）		
6・3	T2・3	暖炉のそば（長詩）	〃	2（巻頭）	〃	
6・4	T2・4	「桐の花」に就て（書評）	〃	25	〃	
7・1	T3・1	曇りの日の魯西亜更紗（詩）	きしのあかしや	2（巻頭）	古泉千樫	
7・5	T3・6	或る夜の事（小品）	木下杢太郎	8	斎藤茂吉	
7・6	T3・7	断片（詩）	〃	2（巻頭）	〃	巻頭にまとめて2編掲載されている。
		初夏の道化役者（詩）	〃	7（巻頭）		
7・9	T3・10	高原の秋（日記）	〃	2（巻頭）	〃	

8・3	T4・3	歌集赤光（書評）	木下杢太郎	附録1（巻頭）	島木赤彦	特別付録
8・8	T4・8	淡緑悲哀（詩） 硝子のひび（詩）	木下杢太郎	2（巻頭）	〃	巻頭にまとめて2編掲載されている。
8・11	T4・11	平福百穂作『朝露』合評	〃	3（巻頭）	〃	合評の5人目
9・1	T5・1	書翰（茂吉宛）	〃	9（2番目）	〃	
9・3	T5・3	耽美主義の復活（詩6編）	〃	8（3番目）	〃	
9・11	T5・11	第一書（書簡・茂吉宛）	〃	7（2番目）	〃	
10・4	T6・4	第二～四書（〃）	〃	4（2番目）	〃	
10・7	T6・7	第五～八書（〃）	〃	2（巻頭）	〃	目次に「満洲書信」
10・10	T6・10	第九～十一書（〃）	〃	6（2番目）	〃	目次に「満洲通信」とある。編集者が記したものと思われる。
11・2	T7・2	第十二信～第十七信（〃）	〃	2（巻頭）	〃	
11・6	T7・6	第十八～二十一信（〃）	〃	4（2番目）	〃	
11・12	T7・12	第二十一～第二十七信（〃）	〃	2（巻頭）	〃	
12・2	T8・2	「食後の唄」序	〃	2（巻頭）	〃	T8・12詩集『食後の唄』出版（アララギ）
12・3	T9・3	「食後の唄」正誤表		99	〃	
19・12	T15・12	仙台便（書簡・茂吉宛）	木下杢太郎	131	斎藤茂吉	

3 「満州通信」

【表十二】にある作品の中で特徴的なものとして大正五年十月から大正七年五月二十五日まで、七回に亘って掲載された「第一書」から「第二十七信」を挙げることができる。ただし「第二十一信」が重複しているので、合計すると二十八通の書簡である。目次には第五〜八書には「満洲書信」、第九信以降は「満洲通信」と命名されているが、本文には書かれていないので、編集者が書いたものと思われる。なお大正十五年に『支那南北記』（改造社刊）に二十六信までが収録された際には著者自身により「満州通信」と名付けられている（『木下杢太郎全集』第九巻はこの『支那南北記』を底本としているので、本論も以下それに従いたい）。第十七信が「和辻哲郎君に」となっている他は全て斎藤茂吉宛のものである。

内容については一言で述べるのは難しいが、その概要について「アララギ」の同人、落合京太郎は次のように言う。

一口に言へば満洲赴任以後の杢太郎の心の中に去来し浮動し揺曳する芸術的感興と影像、反省と自己批判、芸術的な目論見・鑑賞とこれに関連する研究等を報ずる形を取つてゐる。勿論、満洲の風土と住民とその都市に於ける市民生活の描写をも混じへてゐる。また故国を離れた杢太郎が故国の姿（その自然と文化とを籠めて）をふり返り比較し、大観し客観してゐることも言ふまでもない。

（「杢太郎とアララギ」「アララギ」昭和五十年四月号）

また杉山二郎は『木下杢太郎―ユマニテの系譜―』において、杢太郎の渡満の意義を踏まえ、「満州通信」を次のように絶賛している。

杢太郎のユマニテ育成史の上から眺めた時、大正五年の渡満から大正十年の渡欧、そして大正十三年愛知医科大学赴任までは、生涯のきわめて重要な時期であり、東洋のユマニテと西欧ユマニテの、発見と摂取の時代として注目される。杢太郎の精神史の第二期の開幕であった。彼の精神史第一期を象徴する疾風怒濤《シュトルム・ウント・ドランク》、ディオニソス的狂乱、「パンの会」の饗宴による喧騒擾乱の乱痴気騒ぎの興奮から醒めたのちにくる、あの苦い悔恨と苦責にさいなまれ、孤独をたまらなく欲する時期に入ったといえる。彼は騒壇を退いて、自己内面の複雑な精神の動きを、一人静かにみつめつつ詩作する機会を、期せずして恵まれたといってよい。

大正五年から五年間に亘る満州生活は、東京の無用の刺激から去って、自家苦責にさいなまれた苦悩の表出と、創造と観照のため、東洋的ユマニテという対象を、模索把握する努力に費やされた。そして、その対象の把握研究の報告がはじまる。（中略）とくに「満州通信」は（中略）注目すべき、滞満における杢太郎心緒の秘密を解くドキュマンである。

筆者は前章に「時代の相に左右されない価値観の探究は、この後杢太郎自身の思索や生き方の問題として検討されていくことになると言えよう」と記したが、その胎動がここに始まったと言えるのではないだろうか。杢太郎にとって「はじめに」で述べたような「ユマニテ」と言われる価値観が確立されていくのは欧州留学後のことであるが、留学から帰って急に変わるわけではないであろう。杉山の指摘によれば「東洋のユマニテの発見と摂取」という意味において、「自己内面の複雑な精神の動きを、一人静かにみつめ」る機会となった満州滞在は重要な意味を持っていたと言えよう。

そしてその心緒を探る上での「ドキュマン」として重要な意味を持つ著作として「満州通信」が挙げられている。「満州通信」についての克明な検討は杉山二郎の『木下杢太郎―ユマニテの系譜―』、あるいは岡井隆の『鷗外・茂吉・杢太郎―テエベス百門の夕映え』、『木下杢太郎を読む日』などに詳しいので、ここでは杢太郎の精神史から見て、内面に大きな変化が見られる二つの重要な点について述べてみよう。

一つは「第四信」(大正五年十二月二十三日)(全集第九巻)にある次のような告白である。

自分は大学に居た時分は学校を怠けて文学や美術の偏愛にふけつた。が然し今時分自分の旧い小説や戯曲を読んで見ても一向身に沁みない。成程他人が面白く思はないのも無理はないことである。(中略)

蓋し自分の文章も狭い「東京」の或る一部の生活が Optimum であつたので、それから脱すれば「必然的需要」のないものであつた。即ちやはり対他的のもので、本当の自分の要求から出たものではなかつたのであつたに相違ない。

（中略）

さてさて、自分の医学もどうやらさうらしい。自分の今の境遇は自分の医学には最も適当である。東京では自分は両頭の蛇であつたが、今や真個の一頭である。自分が学生時代をこんな所（文学遊戯などのなき）で送つたら、今より好い医学者になつてゐたのに相違ない。

ここに杢太郎は東京での文学や美術への傾倒が自らの要求から出たものではなく、贅沢な遊びから出たものであると告白している。静寂と孤独の中で自己の内面をみつめ、真の内省ができればこその告白であると言えよう。一方医学においても同様であり、もはや自分は医学と芸術を追い求めていた「両頭の蛇」ではなく「一頭の蛇」であることを表明し、「こんな所（文学遊戯などのなき）で送つたら、今より好い医学者になつてゐたのに相違ない」と言っている。「（筆者注・鷗外がそうであったように）杢太郎の『両頭の蛇』も、決して彼のいうように両頭ではなかった。両頭のごとく錯覚したにすぎない。ユマニストとしての精進をする者の、必然的な現象の一つといえよう。（中略）すぐれた医学者になろうとする自覚、嫌々ながら医者にさせられたとする考えから脱皮 sich häuten したのも、ちょうどこのころだったと考えられる」（『木下杢太郎―ユマニテの系譜―』）という杉山二郎の指摘は、このことが杢太郎の精神史にとって重要な意味を持っていることを示していると言えよう。

もう一つは「第五信」及び「第八信」（全集第九巻）に見られる次のような記述である。

わたくしの頭は今支那西域に対する空想で一杯になつて居ます。二三年以内に——少くとも五六年以内に、一度、あのえらい玄奘三蔵が通つた道を通つて、北京から印度へ抜けて見たいといふ考へです。印度まで出られなければ、せめて西域諸国の遍歴だけでも可いと思ひます。

（中略）

わたくしは少くとも、自分のこの夢を便りない弱弱しいものにしないで、夢でありながら、現実の強いものよりも強いものにしたいといふ願望を持つてゐるのです。

この「第五信」を読むと李太郎は「支那西域に対する空想で一杯に」なっていること、さらに西域への旅の実現について強い願望を持っていることを訴えている。

さらに「第八信」には次のようなことが書かれている。

予は今オオレル・スタインの本を買つて中央亜細亜熱を激成してゐる。志賀氏が探検を始めるなら一緒について行きたい位に思つてゐる。（中略）スタインの本を見ると写真板でよくは分らぬが、わが奈良博物館の乾漆佛に、優るとも劣らざるめ《ママ》る、同傾向の佛像がある。

佛教の瞑想と希臘的釣合の人体と、高貴豊満の面貌と凡て人間に取つて、第一級の価値に属するあらゆる性質を融合して、渾然たる芸術になした「心」は即ち予の大願の本体である。

ここに述べられている仏像への関心はさらに仏教美術の鑑賞・研究へと発展し、我が国の飛鳥や天平の諸仏にまで及んで行く。また支那の古典尊重、故国日本の古典回顧への念を深めることにもなっていく。それらについては、「満州通信」だけで語ることはできない。雑誌「帝国文学」に発表された書簡体の通信「故国」（大正七年）、雑誌「太陽」に発表された「朝鮮風物記」（大正九年）等々に詳しいが、ここではあくまでも茂吉に宛てた「満州通信」の範囲に留めたい。いずれにせよ「東洋のユマニテ」の萌芽をここに見いだすことができると言えよう。

ではこの「満州通信」を茂吉はどう受けとめたのだろうか。茂吉が満州滞在中の杢太郎に宛てた手紙は『木下杢太郎宛知友書簡集』上巻に計十通掲載されている。

・大正五年（一九一六）十月二十日　このたび、「第一書」御めぐみ下され候こと感謝のほか無之微小なる歌の雑誌のアララギには物体なきほどにて皆々感謝いたし申候。（中略）何卒、第二書、第三書（これは一月号分に候）たまはりたく懇願奉候

・大正六年（一九一七）六月二十九日　御通信忝く拝受仕り候
つひ御礼おくれ申し失礼仕り候　きのふ校正一とほり相すみ申候
おかげにて七月号には実のあるもの出来感謝たてまつり候
（中略）
御通信いたゞくごとに文章かいて見たく相なり申候　小説はもう書けずとあきらめ候もあゝいふ文章かけるやうニ相成りたく存じ居り候

引用は二通にとどめたが「満州通信」に関する手紙において茂吉は極めて鄭重にお礼と感謝の意を述べている。また杢太郎に触発されて「あゝいふ文章かけるやうニ相成りたく存じ申し候」と述べるとともに、度々続編の執筆を依頼している。これらのことからこの作品を茂吉が高く評価していたことが窺える。

しかしすでに掲載した【表十二】を見ると、ささいなことだが一つ気になることがある。茂吉が杢太郎に執筆を懇願した大正初年から、「アララギ」の編集発行人であった大正三年、さらには四年にかけて杢太郎の作品はほとんどが巻頭を飾っていた。もちろん外部執筆者が杢太郎のみの場合は当然だが、白秋（大正三年一月号）や阿部次郎（大正四年八月号）が作品を寄せている場合でも、巻頭は杢太郎の作品であった。しかし大正五年から掲載された「満州通信」は必ずしも巻頭ではない。外部執筆者として阿部次郎（四回）などが寄稿している場合、その後に掲載されている。「満州通信」が単に茂吉宛の書簡であったからとも考えられるが、その質はどうだったのだろうか。受取人である茂吉の立場はどうだったのだろうか。

岡井隆は「満州通信」の質と茂吉の立場の変化について次のような指摘をしている。

「満州通信」には、その中の詩も含めて、手紙の内容や文体に、当時の茂吉を圧倒するような力はもはやなかった。茂吉も『あらたま』後期である。大正五年はじめの「祖母」連作を最後にして、だんだんと作歌の力もおとろえて行く。文学への気乗りもしなくなって行く。

(『鷗外・茂吉・杢太郎――「テエベス百門」の夕映え』)

「満州通信」の内容や文体に対して厳しい見方が示されているが、その頃茂吉もまた「作歌の力もおとろえ(中略)、文学への気乗りもしなくなって行く」時期にあたっており、大正六年の始めには東京帝大の医局も退職してしまった。またその頃から歌壇の主流的位置を占めるようになったアララギ派は「極度に影響云々に敏感になり、他の影響などは受けなかったと言い出したのである」(古玉従子著『木俣修　自画像百景』青磁社　平成二十六年)。すなわち「満州通信」が書かれた時期は、茂吉にとっても、杢太郎にとっても、そして「アララギ」にとっても大きな転換点にあったと言えよう。そのようなことが編集上のわずかな変化となったと見るのは考え過ぎだろうか。

4　詩集『食後の唄』

【表十二】の中でもう一つ気になる記事が「『食後の唄』序」及び「『食後の唄』正誤表」である。なぜ杢太郎唯一の単独詩集『食後の唄』の序と正誤表が「アララギ」に掲載されたのだろうか。

『食後の唄』は白秋の『東京景物詩及其他』などとともに、パンの会の時代を代表する詩集と言ってよい。この詩集について野田宇太郎は次のように言う。

『食後の唄』は当時の彼の文語体象徴詩風から一躍口語調的な新らしい小唫竹枝風の新詩体を創造した注目すべき詩集といふことが出来る。（中略）

詩集はその前年（筆者注・杢太郎渡満の前年、つまり大正四年）に一応整理されてゐたが、それが具体的に一本になることに決つたのは大正七年の夏であつた。

（中略）

収められた詩は明治四十二年（一九〇九）から大正五年（一九一六）までの作で（中略）大体著者がパンの会の時代もしくは、その時代の詩と同じジャンルと自認した詩だけと云つてよい。

（中略）

『食後の唄』が出版されたのは（中略）大正八年であつて、（中略）南満医学堂の若き皮膚科教授として医学の研鑽に努力する科学者であつた。然し詩人としての彼の業績は白秋の『邪宗門』や『思ひ出』や『東京景物詩及其他』にいささかも劣るものではなかつた。

（『日本耽美派文学の誕生』）

このように野田は『食後の唄』を高く評価しているが、杢太郎自身は出版を躊躇していた感がある。同書の長い自身による「序」（全集第二巻）の中で、次のように述べている。

今予は此小冊子を刊行しようとして、心に慚ぢて躊躇する。予がわかき日の酔はもう全く醒めてしまつて、その時の歌には、唯空虚な騒擾の迹と、放逸な饒舌の響とが残つてゐるのみであるのを知るからである。その歓喜も、その悲愁も、殆どただ心の外膜に洶き現はれ、波紋を画き、響を立て、乱れ、またちりぢりに散り失せたる、気まぐれな情緒に過ぎないし、その格調にしても——さう云ふ内容を、その時の場あたりの調子と言葉とで写したものゆゑに——今から顧みて顔を顰めるほどの鄙さがある。

ああ、ああ、過去と云ふものの、外看上豊饒であつた蓄積は一体どこに消えて行つてしまつたのか。幕が締まる。音楽が止む。——そして今までの緊張とは裏はらに、頓と馬鹿らしいと云つたやうな、軽い腹立しさが心に残る。過去は畢竟幕の締まつた舞台だ。あんまり弄《いぢく》らないで、無くなるものなら無くしてしまふが可い。

この「序」が書かれたのは大正七年である。野田によれば大正四年には出版に向けて整理されていたが、一本になることに具体化したのは大正七年の夏であり、出版は大正八年十二月であったという。その間に杢太郎の心境が大きく変化していったことは、すでに「満州通信」を検討する中で見てきたとおりであり、気乗りしなくなったことが窺える。『食後の唄』に収められた詩の多くが作られたのはおよそ十年前のことであり、旬を逸した詩集であることは、杢太郎自身が誰よりも分かっていたと言えよう。

「満州通信」は特に後半茂吉への私信的要素が強くなっていく感があるが、『食後の唄』出版に係る事務的な連絡もこの書簡に見えるようになる。初めて『食後の唄』の記事が出てくるのは大正七年の「第二十信」であるが、以下主な関連記事を抜粋してみよう。

○「第二十信」（一月三十一日夜）

昨夜は久しぶりに、いつかお話した詩集「食後の唄」を整理し、そしてその序を五枚ほど書いて見ました。例になく気がはずんで、（中略）わかわかしき悲哀の情緒に、自分ながら独りたんなうしたのでした。

が然しわたくしの心の中には、いまやそれらの戯れを否定する方向があります。

○「第二十一信」（三月三十日）

「食後の唄」の原稿を送ります。是れは随分古くから整理して置いたのですが、かう云ふものを今更公刊すべきかといふ疑念の為めに躊躇したのです。

（中略）内の紙はやや厚く、且出来るだけ粗末なもので結構、色があまり白くなく、寧ろ黒つぽければいよいよ結構です。

○「第二十三信」（五月十二日）

三月下旬、わたくしの北京に立つ前日小包郵便で差上げた「食後の唄」の原稿全部と二三の公開的の通信文とが或は途中で紛失したのではないかと云ふ感じが多少わたくしの心を悲しませます。が万一それが紛失したのならば、わたくしはかの「食後の唄」の出版を見合はせませう。ああ云ふ過去情緒の中からの群像を再び公開の舞台の上に出すにも当らないでせうから。

○「第二十六信」

「女の首」といふ題の鉛筆画をかきました。是れは「食後の唄」の挿絵にしようと思つてゐるのです。

（中略）過日差上げた序文は、如何にも砂糖が利き過ぎ、さすがの貴君も顔を顰めたことと思ひます。

○「第二十七信」（十一月九日）

過日差し上げた詩集「食後の唄」の序は、若し差支がなければ、彼の書の刊行前にアララギに載せてください。

紙質・挿絵などの事務的な内容についてまで思いを述べているが、前掲の「序」同様、出版に気乗りがしない様子が窺える。一方茂吉は杢太郎の要望に応えて作業を進めたことが分かる。「第二十七信」で杢太郎が要望したとおり、「序文」は「アララギ」大正八年二月号巻頭に掲載された。

こうして茂吉の尽力によって『食後の唄』は出版の運びとなっていくが、もう一人、「アララギ」の島木赤彦の存在もあった。茂吉は次のように語っている。

僕は大正六年に君の詩集「食後の唄」の発行を引受けたが、その年の暮に長崎に赴任したため、事を島木赤彦君に托し、満州にゐる君との連絡が手間どつたりして大正八、九年あたりになつてやうやく出来あがつた。

（「追憶」『斎藤茂吉全集』第七巻）

これを読むと茂吉が出版を引き受けたのは杢太郎が満州へ渡った翌大正六年であり、同年長崎に赴任した茂吉は「事」を赤彦に託したことが分かる。杢太郎の死後、昭和二十一年に出版された『葱南雑稿』に「島木赤彦が校正してくれた」と書いており、この「事」は校正のことだと思われる。また「満州にゐる君との連絡が手間どつた」と言っているが、その一端を示す杢太郎宛の大正七年七月七日付け書簡が『木下杢太郎知友書簡集』上巻に掲載されている。

○拝啓　「食後の歌《ママ》」植字に取りかかり申し候ニつき序文跋などご送附ニあづかりたく此段願上げ候
○序か跋のなかに「光風館主、四海多実三君とアララギの島木赤彦君尽力した事」を一寸御書き下さらばありがたく候　四海君は書肆ゆゑ、雑務してもらふのに便利ニ御座候
○挿絵、表紙図案も願上げ候
○九月発行の運びにいたしたく候。小生この夏は上京出来がたく候

発行に向けてのやりとりであり、茂吉が「序文、跋」「挿絵、表紙図案」などの送付を依頼しているが、内容にも細かく配慮している。この手紙にもあるように、杢太郎は遠く満州に滞在し

ていたため、茂吉と赤彦が出版の世話をしたわけであり、特に茂吉と杢太郎の友情の深さを窺うことができる。

5　茂吉が杢太郎から受けた影響

では杢太郎の作品を高く評価し、敬愛の念すら抱いていた茂吉は杢太郎からどのような影響を受けたのだろうか。その影響を生かしどのように自分の作品を豊かにしていったのだろうか。そのことについて茂吉は様々な著作で語っているが、藤岡武雄は次のように言う。

> 杢太郎は、象徴派の手法を学び、ある種のムードある象徴詩を作ったりしたが、茂吉もこれら杢太郎の詩のムードや新鮮な語句などを自らの短歌の世界にとり入れていったのである。
> （中略）
> 杢太郎の詩に、茂吉は、感覚的な面に、情趣的な面に、語句の面に、構図の面において影響をうけたのであった。
> （『斎藤茂吉とその周辺』清水弘文館　昭和五十年）

では具体的に言うとどういうことなのだろうか。茂吉は「追憶」（『斎藤茂吉全集』第七巻）において次のように言う。

君は「きしのあかしや」と号して、詩を作つたことは遍く人の知るところであるが、君の詩は極めて新鮮なものであり、佛蘭西印象派、上田敏訳詩「海潮音」、永井荷風あたりから出発して、徳川小唄、南蛮物的エキゾチズムを加味して、近代神経過敏症的象徴主義などに通ずるものを作つた。詩壇の評論家はそれをネオ・ロマンチシズムだと云つて居る。僕の歌が大正のはじめ頃に動揺変化したが、それには君の詩の影響があつた。君の詩の「硝子《ママ》問屋」は多分雑誌スバルに載つたと記憶してゐるが、僕の歌にある「侏儒ひとり」などといふ連作は君のこのへんの詩の影響であつたと看倣していいだらう。

李太郎の影響を受けたことを素直に認めている。「侏儒ひとり」というのは、「アララギ」大正三年六月特別号に掲載された茂吉の一連十八首に付けられた見出しだが、その中から七首を挙げてみよう。

うつそみの吃逆ぐすり売りどころ黄《きい》ろき侏儒《こびと》あらはれてゐる
まんまるき世界のなかに生《うま》れゐる頭《あたま》がちなる侏儒《しゆじゆ》をこそ見め
ありあけの点《とも》すあぶらは菜種《なたね》とぞ童顔《わうがん》の侏儒《しゆじゆ》ゆきにけるかも
光明《くわうみやう》に子守女《め》わらべ男《を》のわらべ侏儒をかこんでをどり立ち立つ
眉剃りしをみないそ行き通《とほ》り一たび侏儒《しゆじゆ》をかへり見にけり
侏儒ひとり陣羽織きて行きにけり行くへに春のほこり立ち見ゆ

入り日ぞら頭がちなる侏儒《しゆじゆ》ひとりながなが渡る鉄橋《かねはし》わたる

一首ごとにどこが杢太郎の影響かと問われると困るが、これらの一連は、「侏儒」という素材に特徴があるのではないだろうか。「侏儒」というひときわ背の低い人を称する言葉が使われているが、その「侏儒」が町の人々から好奇の目を持って見られている中を通りすぎていく場面が詠われている。これは杢太郎の詩「玻璃問屋」の材料や雰囲気に共通したところがみられ、たしかに杢太郎の詩の影響が窺われる一連と言えよう。この「玻璃問屋」は『食後の唄』の「街頭風景」（全集第二巻）に掲載されているが、後述するように茂吉がこの詩から影響を受けたと言っている歌が他にもあるので、長い詩だが紹介しよう。現在では差別語として使用を禁じられている言葉が使われているが文学作品として許容いただきたい。

玻璃問屋

空気銀緑《ぎんりよく》にしていと冷《ひや》き
五月の薄暮《はくぼ》、ぎやまんの
数数《かずかず》ならぶ横町《よこちやう》の玻璃問屋《はりどんや》の店先に
盲目《めくら》が来《きた》りて笛《ふえ》を吹《ふ》く。
その笛《ふえ》のとろり、ひやらと鳴《な》りゆけば、

青《あを》き玉《たま》、水色《みづいろ》の玉《たま》、珊瑚珠《さんごだま》、
管《くだ》の先《さき》より吹《ふ》き出《い》づる水《みづ》のいろいろ
（一瞬《いつしゆん》の胸《むね》より胸《むね》の情緒《さんちまん》）。

流《なが》れ流《なが》れてうち淀《よど》む
流《なが》れを引《ひ》いてびいどろの細《ほそ》き口《くち》より飛《と》ぶ泡《あわ》の
車輪《しやりん》まはせば風鈴《ふうりん》もりんりんりんとなりさわぐ。
われは君《きみ》ゆゑ胸《むね》さわぐ。

おどけたる旋律《めろぢあ》きけど、さはあれど、
雨後《うご》の空気《くうき》のしつとりと、
うちしめりたる五月《ぐわつ》の暮《く》れしがた、
びいどろ簾《すだれ》懸《か》けわたす玻璃問屋《はりどんや》の店先《みせさき》に、

雲《くも》を漏《も》れたる落日《らくじつ》の
その一閃《いつせん》の縦笛《おおぼえ》の銀《ぎん》の一矢《ひとや》が、
ぎやまんの群《むれ》より目《め》ざめ
ゆらゆらとあえかに立《た》てる玻璃《はり》の少女《をとめ》、

（ああ人間《にんげん》のわかき日《ひ》の
唯《たゞ》一瞬《しゆん》のさんちまん）
それを照《てら》してまた消《き》ゆる影《かげ》を見《み》るゆゑ、

われはそれ故《ゆゑ》涙《なみだ》する。
君《きみ》もそれゆゑ涙《なみだ》する。

落《お》ちし涙《なみだ》が水盤《すゐばん》に小波《さゞなみ》を立て、
くるくると赤《あか》き車《くるま》ぞうちめぐる。
車《くるま》は廻《めぐ》れ、波《なみ》おこれ、
波起《なみおこ》すべう風来《かぜきた》れ、
風《かぜ》は来《きた》りてりんりんと風鈴《ふうりん》鳴《な》らし、
細君《さいくん》は酸漿《ほゝづき》鳴《な》らす玻璃問屋《はりどんや》の店先《みせさき》に
盲目《めくら》が来《きた》りて笛《ふえ》を吹《ふ》く。

また茂吉はこれ以外に影響を受けた事例として、自身の作歌の変遷の経緯を述べた「斎藤茂吉集『巻末の記』」（『斎藤茂吉全集』第十二巻）において次のようにも言っている。

大正二年になり、北原氏の歌集「桐の花」が出た。これより先き、阿部次郎、木下杢太郎二氏との交際により、西洋の文学美術について教示をあふいだ。（中略）私の大正元年、大正二年あたりの歌の調子に木下杢太郎氏の詩の句の影響のあるものが幾つかある。「宮益坂」とか、「青山の鉄砲山」とか、「根岸の里」などの構図は木下杢太郎氏の詩の影響である。後、歌壇の批評家が、かういふ歌を北原白秋氏の歌の影響のやうに簡単に云つてしまひ、若山牧水氏あたりまでさういふ口吻を漏らしてゐたが、それは歌壇の人々は心が簡単平気で、木下杢太郎氏の詩のことを委しく知らぬことに原因してゐたものである。

歌壇の批評家ばかりでなく、牧水までもが、茂吉は白秋の短歌の影響を受けたと簡単に言っているが、そうではなくてここに取り上げたような作品について自分が影響を受けたのは木下杢太郎だと言っているわけである。しかもその理由が興味深い。歌壇の人々が「木下杢太郎氏の詩のことを委しく知らぬことに原因してゐたものである」と指摘しているのだ。杢太郎の詩が当時も地味な存在であったことが分かる。

茂吉が指摘している「宮益坂」「青山の鉄砲山」「根岸の里」は大正元年から二年の作品である。いずれも一連に付けられた見出しであり初版『赤光』に収められている。では杢太郎のどのような影響が見られるのだろうか。実はこのうち「根岸の里」について、茂吉自身が「アララギ二十五年史」（『斎藤茂吉全集』第二十一巻）の中で、「『笛の音』の歌は杢太郎氏の玻璃問屋の長詩の影響であることは直ぐ分かるのである」と証言している。それは次のような歌である。

笛の音《ね》のとろりほろろと鳴りたれば紅色《こうしょく》の獅子あらはれにけり

確かに「とろりほろろと鳴りたれば」は、前掲の杢太郎の詩「玻璃問屋」の「その笛のとろり、ひやらと鳴りゆけば」の句に似ていると思うがどうだろう。きっと詩の調べを模倣したのであろう。

なお茂吉は「あらたま編輯手記」（『斎藤茂吉全集』第一巻）において自作八首について改作例を記した後に、次のように述べている。

今これらの歌を見ると、大正三年大正四年の作が多い。大正二年から掛けて大正三年四年は、僕の歌が一転化を来さうとして、いろいろの事をやつて居る。内容も外形も共にさうであるが、今目立つのは重に外形のやうである。さうして是等の変化は、自発的のものが多いが、読書により絵画彫刻などを鑑賞したことにより友との交流によつて所働的にもなされてゐる。さういふものは、大正五年にはもうだんだん減じて行つて、大正六年には自作の歌に対しながら既に厭で厭でならなくなつたものである。（中略）

徒らに他人の模倣をせず、自力で新機軸を出さうといふのは余程むづかしいことである。創造力の乏しい僕などが身分不相応に幾分さういふことを企てても、直ぐ厭味に陥つてしまつたのは、陥るところに陥つた感がある。ただ大正三年四年ごろの歌が厭味であつても少し活気があつて作歌に熱中して居たことが回顧されるから、僕自身にとつてはやはり興味がふかい。また縦ひ失敗に終つても、僕の骨折つた表現や看方が、何かの形となつて歌壇の中に滅びずにゐるやうな気がしてならない。

この「友との交流」の中には当然杢太郎との交流も含まれていると解釈して差し支えないであろう。そして作品が「一転化」を来たし、内容はもとより特に「外形」について影響を受けたことを述べている。そして茂吉のような大歌人であっても、「徒らに他人の模倣をせず、自力で新機軸を出さうといふのは余程むづかしいことである」と言っているのは興味深い。とはいえ茂吉は茂吉であり、その作品にみられる味わいが杢太郎の詩とは違ったものであることは言うまでもない。

6　歌集『赤光』についての杢太郎の評

では杢太郎は茂吉のことをどう思い、みずからの影響をどのように捉えていたのだろうか。杢太郎は茂吉の『赤光』に対し次のような批評を寄せている。

斎藤茂吉の歌には、ふる女房に見出でたる新らしき愛ぎやうのやうな品がある。どこにいままで隠れてゐたか分らぬながらの品である。素朴と見えて艶がある。単純と見えてあやがある。一国《いっこく》と見えて洒落がある。

啼くこゑは　悲しけれども　ゆふ鳥は　木にねむるなり　われは寝なくに

などは、さして情深からねども実に精煉せられたる趣味からの興趣である。之を諧謔と断ずるのは浅い。あそびと取るのも誤である。是れ人間心理の虚実相交錯する底の、即かず、離れず、ある如く、また無きごとく、いま在りて、いま消ぬかのにゆあんすの味である。

（中略）

赤光は我愛する集である。之を茂吉が目前に、遠き友に、或は衆人稠座の時にしかく公言してやましく無いのである。

（「歌集赤光」全集第八巻）

『赤光』を「我愛する集である。之を茂吉が目前に、遠き友に、或は衆人稠座の時にしかく公言してやましく無いのである」と讃え、「品がある」「艶がある」「あやがある」「洒落がある」と誉め言葉を並べ、「にゆあんすの味」をとらえて賞讃しているところが興味深い。それは杢太郎自身が自らの詩に課してきた感覚的・印象的なものの具体を茂吉の歌にも見出したからではないだろうか。茂吉が杢太郎を敬愛していたと同様、杢太郎もまた『『赤光』の歌人」として茂吉を高く評価していたことが窺われる。

7　歌集『赤光』『あらたま』の挿絵

吉井勇の『酒ほがひ』の挿絵を杢太郎が描いたことはすでに述べたが、絵の巧みな杢太郎は友達から多くの装幀や挿絵を頼まれた。茂吉の第一歌集『赤光』、第二歌集『あらたま』の挿絵も実は杢太郎が描いているのだ。これらについて茂吉は次のように語っている。

僕は処女歌集「赤光」を出したとき、その口絵を依頼し、「蜜柑の収穫」といふ彩色絵をもらつた。（中略）それから小川町に居た伊上凡骨氏に彫刻印刷を依頼し、その校正やら何やらのために幾たびか足を運んだのであつた。

（「追憶」『斎藤茂吉全集』第七巻）

また次のようにも言っている。

木下杢太郎氏の仏頭図は明治四十三年十月三田文学に出た時分から密かに心に思つて居たものである。このたび予の心願かなつて到頭予のものになつたのである。

（「『赤光』の初版跋」『斎藤茂吉全集』第一巻）

すなわち茂吉は『赤光』の口絵として「蜜柑の収穫」という彩色画をもらったばかりでなく、

杢太郎の写生した「仏頭」がたいそう気に入っていて、この絵をもらって挿絵としたことが分かる。

また第二歌集『あらたま』の挿絵については次のように言う。

木下杢太郎氏の「五月末」は絵葉書にして僕に呉れたのを伊上凡骨氏に依頼して刷つてもらつた。

（「あらたま編輯手記」『斎藤茂吉全集』第一巻）

茂吉も絵をよく描いたと言われるが、自らの代表作には杢太郎の絵が欲しかったのであり、杢太郎への傾倒ぶりを窺うことができる。

三　欧州留学

杢太郎は大正十年五月二十六日、医学研究のため日本を出発してヨーロッパへ渡った。アメリカ経由でキューバなども見学してイギリスへ、さらにフランスへ渡った。五月二十七日の日記には当日会った人々や見送りに来てくれた人々の名を克明に記録している。観潮楼歌会で出会った人の名を拾ってみると鷗外・信綱・与謝野夫妻などの先輩の名が見える。またパンの会の盟友である石井柏亭・伊上凡骨・長田秀雄・山本鼎、さらには鈴木三重吉・日夏耿之介・和辻哲郎なども名を連ねている。しかし「観潮楼歌会の仲間たち」である白秋・勇・萬里・茂吉などの名前は見えない。

1　李太郎と茂吉の留学先

しかしこの後、「仲間」のうちでほぼ同時期に欧州留学を果たしたのが斎藤茂吉である。茂吉は李太郎に少し後れて同年十月、日本を出発してヨーロッパへ渡った。印度航路を利用しスエズ・マルセイユを通ってオーストリア・ドイツへ渡った。茂吉の留学にはどのような事情があったのだろうか。小泉博明は次のように言う。

茂吉の留学の目的は、ドイツの精神医学を研鑽し、学位論文を作成することが第一義であった。茂吉の同僚の多くは、すでに学位を取得し、かつ当時は海外留学も盛んであり、まさに、論文作成に邁進するための待望の留学であった。しかし、何としても論文を仕上げねばならない焦燥感と悲壮感を併せもっていた。

茂吉は、文部省在外研究員という名義であったが、自費の留学であった。留学前に久保田俊彦（島木赤彦）に宛てた大正9年11月11日付け書簡では、「名儀は文部省の留学生といふなれど自費なり」「茂吉は医学上の事が到々出来ずに死んだといはれるのが男として、それから専門家として残念でならぬ」と言い、「業余のすさび」である作歌も断念する決意でのぞもうと

した。（中略）

このように官費での留学を待たずに、一日でも早く留学したいという覚悟があった。

（「斎藤茂吉と欧州留学(1) ―ウィーン大学神経学研究所―」「日本大学大学院総合社会情報研究科紀要No.10」平成二十二年）

一方杢太郎はどうだったのだろうか。杢太郎もまた茂吉同様官費を待たずしての私費留学であった。とはいえ普通に考えるならば留学先は茂吉のようにドイツやオーストリアにしそうなものだが、なぜフランスに渡ったのだろうか。第一次世界大戦の敗戦国であり疲弊したドイツを避けたことは想像に難くないが、より積極的な理由があったに違いない。パリから長兄・賢治郎に宛てた書簡（全集第二十三巻）に次のように記されている。

・大正十一年三月十八日　十月末ニ巴里ニ着し候も一月下旬まで八言葉の稽古を要し、二月始めより始めて研究ニ従事候次第ニ候その故ハこの学問は仏国（殊に巴里）ニ於て最も研究の便宜を有する故に御座候

・大正十一年三月二十四日　小生の巴里ニ来りたるは、主として植物性の寄生病学の研究ニ候。この学問は仏国が尤も盛ニ候。

すでに述べたように南満医学堂教授として医学に目覚めた杢太郎が自分の探究したい分野につ

いて研鑽を積むことを考えての留学であったことは明らかである。このことについて山口英世は次のように具体的な指摘をしている。

その最大の目的が当時パリのサン・ルイ病院にあって白癬菌をはじめとする病原真菌の研究の第一人者といわれたレイモン・サブロー（Raimond Saburaud）博士に学ぶことにあったと考えられます。サブロー博士の研究成果は、「Les Teignes（白癬）」と題する有名な著書に集大成されております。そのなかにみられる皮膚や毛髪の白癬病巣の記載は詳細をきわめ、今でも科学的観察のモデルと賞賛されるほどです。とりわけ、従来の知見に自分自身の観察結果を加えて、独自の白癬菌分類体系をつくったことは、画期的な業績として世界の医真菌学者の注目を集めました。したがって太田先生も当然「Les Teignes」のことは知っていたはずですし、サブロー博士に直接教えを乞いたいと考えたとしても決して不思議ではありません。

（『わが国医真菌学の祖—太田正雄先生』杢太郎会シリーズ第十六号　平成十二年）

杢太郎の問題意識を探究するためにはフランスでなければならなかった事情がここに見て取れるのである。杢太郎のパリ滞在中の日記にはサブロー博士の元を度々訪れたことが記されている。

2 留学先にて

ところで杢太郎と茂吉は留学先で幾度か会ったり交信したりしている様子である。大正十三年一月二十二日、ミュンヘンから宛てた茂吉の手紙がそれを物語っている。

御ハガキは正ニ拝見いたし、久しぶりにて御あひせし如くなつかしく存じ上げ候。ウインですりにあひのよし御こまりのこと丶存じ上げ候　小生も西洋に来たばかりの時ハンブルグにてすりにあひ大ニこまり申候（中略）

○ドイツは勉学には仰せのとほり、愉快には候ハず、どうもいやな日をおくり居り候　○五月末には巴里にまゐりいのちの洗濯してそれから帰朝するつもりに御座候　○ひよつとせば、巴里にて御あひ出来ること丶存じ、楽しミ居り候。

（『木下杢太郎知友書簡集』下巻）

こうして大正十三年五月、二人はパリで出会っている。そのときのことを茂吉は次のように語っている。

大正十三年の夏から冬にかけ、僕はパリに於ていろいろと君の厚情に接した。例へば、僕は独逸ミユンヘンを引上げてパリに至るや、間もなく歯齦炎を患つて、連日微熱があり、不愉快な日をおくつた。君は知合の歯科医を紹介案内してくれる。然るに時期が夏なので、歯科医の多くはアルプスの方に避暑してしまつてゐる。やうやくにして一人の老歯科医をたづね当てたが、治療途中で、その老医はアルザス出身で独逸語を話すことが分かり、君は『それなら安心だ』といふ一語を言ひ残して、いそいで大学の研究室に帰つて行つたことがあつた。即ち、僕は帝大教授、医博士の君をパリでの通弁兼案内者にしたわけであつた。

（「追憶」『斎藤茂吉全集』第七巻）

茂吉の旅先での歯齦炎に対して杢太郎は親身になって対応したわけであり、二人の友情が感じられる。ドイツ語の会話も得意な杢太郎ならではのエピソードと言えよう。

3　杢太郎・茂吉の留学の成果

(1)　真菌（糸状菌）分類法の確立

さてサブロー博士に憧れて留学したにもかかわらず、杢太郎は博士の研究に満足せず新たな真菌分類の研究に取り組んだが、なぜだろうか。山口英世は次のように言う。

サブロー博士の分類は、当時としては画期的なものでしたが、現在の専門家の眼から見ると、白癬菌の本来の発育形態の特徴よりも感染組織内で観察される形態を重視し過ぎているという点が疑問視されています。太田先生はこの問題に逸速く気がつき、リヨン大学の植物分類学者モーリス・ランジェロン（Mauris Langeron）博士と共同で生物学的により正統な分類体系を作り上げたのです。詳細は省略しますが、一九二三年に発表されたその名も「Nouvelle Classication de Dermatophytes（皮膚糸状菌の新分類）」と題する共著論文がいかに高い国際的評価を受けたか、それはこの輝かしい業績に対して、一九四一年（昭和一六年）、時のフランス政府からレジョン・ド・ヌール章を授けられた一事からも明白です。

（『わが国医真菌学の祖―太田正雄先生』杢太郎会シリーズ第十六号）

このような見事な評価を受けているわけだが、「今でもカビの分類法として、基礎になっているのは、ランジェロン・太田分類法だといわれます。カビ類の形態学的分類です。それは杢太郎＝太田正雄の医学的貢献でしょう」（「近代日本の文学者の型」『加藤周一著作集』十八　平凡社　平成二十二年）と言われている。ここに杢太郎の鋭い批評眼とか先見性を見ることができるのではないだろうか。またこのような業績を挙げることができた背景には卓越した語学力があったことを見逃すことはできない。

(2)　西洋ユマニテの発見

だが杢太郎の関心はそのような医学上のことにとどまらなかった。

彼は、比較文化的な問題を大変鋭く意識していました。杢太郎がヨーロッパで発見したことは、その文化には歴史的な厚みがあるということ、ヨーロッパが近代から始ったのではない、ということです。その背景には中世があり、その中世のなかにはキリスト教とともに古代ギリシア・ラテン文明が流れ込んでいたということ、そのことに、彼は気づく。フランス語の背景にはラテン語がある、と杢太郎は考えました。杢太郎のこの洞察は鋭かったと思います。

（「近代日本の文学者の型」『加藤周一著作集』十八）

すなわちここに杢太郎が滞在中に身をもって体験した切実な問題として、二つの重要なことが指摘されているのである。

一つは杢太郎が「ユマニテの人」と言われる根拠となる古典の重要性、文明の淵源・源泉を研究することの大切さを自覚したということである。杢太郎は大正十二年七月四日の日記に「自分には起源の分からぬものが好きになれぬ」と記しているが、「与謝野様御夫妻に」と添え書きのある「巴里より」（全集第十一巻）において次のように語っている。

何といつても、我我の西洋に来たのは遅過ぎました。もつと若く、世間の事を顧る必要のない学生として此処に来り、少くとも四五年居なくては欧洲文明を味ふことは出来ません。やつと此頃わたくしも仏蘭西の近時の事が解りかけたのです。もはや此冬は仏蘭西を去らなければなりません。若し夫れ其起源にまで遡らうとするには（伊太利、羅甸、希臘）浅くとも古典の研究に指を染めなくてはなりません。

支那の古代文化を研究すること無く、日本の絵画、茶道、造園術などを論ずる西洋人があるとしても、その鑑識には我我は中中感服しません。羅甸語一つ知らないで、それで仏蘭西の文化が解ると思つたら、それこそ大それた事です。

(3) キリシタン史への関心

もう一つはキリシタン史への関心である。ヨーロッパ文化の歴史の厚みに気づいた杢太郎は、その背景にあるキリスト教にも目を向けたのである。そして十六世紀にキリスト教が日本に伝来したとき、日本人、ヨーロッパ人が互いにどう反応したかということを中心とするキリシタン史をめぐる問題は、この後彼の大きな関心事となっていくのであった。

とはいえ杢太郎がキリシタンに興味を抱いたのはこのときが初めてではない。杢太郎がキリシタンに興味を持ち、それを文学作品のテーマとしたことはこれまでも度々述べてきた。特に「五足の靴」の旅で白秋らと九州を旅行しエキゾチックな感興を味わい詩などに結実させ、いわゆる南蛮文学の萌芽を見たことはすでに述べた通りである。しかしそれはあくまでも異国趣味というレベルのあこがれに似たものであった。しかしヨーロッパに来て直にキリスト教文化に接して、認識は大きく変わったに違いない。「キリシタン史」の問題として日本とヨーロッパとの最初の接触を明らかにしようとしたのである。すなわち青年時代とは「全くアプローチのし方がちがう。もはや異国趣味という次元ではなくて、歴史的な問題として日本とヨーロッパとの最初の接触のなかに、何が含まれていたかを、はっきりと見極めようとする姿勢」(「近代日本の文学者の型」『加藤周一著作集』十八)だった。李太郎はイタリアでその種の文献を集めるとともに、帰国の予定を延ばしてまでもスペイン・ポルトガルに行って調査したのである。

スペイン・ポルトガルに旅立つのに先立ち、李太郎は妻、正子に手紙を出している(全集第二十三巻)。それは次のように記している。

・大正十三年三月十一日　西班牙の本をよまねばならぬ必要上西班牙語を始めたがこれは佛蘭西語よりやさしい。(中略)五月中西班牙と葡萄牙へゆく。時間があつたら葡語も十五時間ばかりレッスンを取りたいと思ふ。

・大正十三年五月二十二日　兼ねてからの宿願であつた西班牙葡萄牙いよいよ数日のうちに立つ。(中略)今度の旅行は、小生の日本への土産の一つとなるであらう。又物質的にもこれより報酬が得られるであらう。

こうして同年五月二十六日、李太郎はイベリア半島に向かったのである。スペインに向かうにあたり、レッスンを受けてスペイン語を修得していることが分かる。「これは仏蘭西語よりやさしい」などと述べているあたりはいかにも語学に堪能な李太郎らしいところである。また「今度の旅行は、小生の日本への土産の一つとなるであらう」と述べているところも注目に値する。李太郎はこの旅を通して当時の日本人の知らなかった多くのキリシタン資料を発見し、それらを複写して、大正十三年九月、日本に持ち帰った。それが後述するキリシタン史研究として花開くこととなるのである。

(4) 茂吉の場合

一方茂吉はどうだったのだろうか。加藤周一は次のように言う。

茂吉はウィーンの研究室で医学上の研究を一所懸命にやって、長い時間をかけて、やっとのことでそれを完成させます。完成した頃に細君がヨーロッパに訪ねてくるのです。そこで、細君を同道していろいろなところを見てまわります。これは観光旅行です。(中略)

茂吉は、杢太郎のように歴史的な存在としてのヨーロッパを見抜いていなかったのではないか。文化の中心問題として、異文化とはいったい何だということの根本問題に迫ろうということにはならなかった。ヨーロッパはあまりに遠くて、つまるところ、どうでもいいものだったのです。

(「近代日本の文学者の型」『加藤周一著作集』十八)

すなわち茂吉の留学生活は医学研究にせよ旅行にせよあくまで彼の個人感情に基づくものであったのであり、異質な文化との深いかかわりは避けたところに特徴があったと言えるのではないだろうか。同時期にヨーロッパに留学したとはいえ、杢太郎と茂吉の異文化体験はきわめて対照的なものであった。杢太郎にはフランス語・ドイツ語はもとより、イタリア語・スペイン語・ポルトガル語に至るまで、卓越した語学力があったこととともに、滞在中に児島喜久雄やグラザー夫妻を始め多くの友人と交流できたことも大きかったのではないだろうか。

第四章　ユマニテの確立

一　留学後の李太郎

大正十三年九月に帰国した李太郎は、その後思索的に大きく変貌を遂げていく。ヨーロッパでの体験を通し、祖国日本、さらには日本の文化を見直し、今後どのような方向を取るべきかについて考えを深めていったのである。ユマニストと言われる森鷗外の研究なども深めつつ、まさに「ユマニテの人・李太郎」が誕生していく。それはあたかもかつて「和泉屋染物店」において主人公・幸一に託された「真にえらい人」の探究に自ら身をもって挑んでいる姿にも思えてくる。ところで「ユマニテ」については「はじめに」において辞書的な意味を記したが、ここで改めて李太郎の「ユマニテ」について述べてみよう。

李太郎は大正十四年の「明星」二月号に「仮名遣改定案抗議」という文章を寄せているが、その中で白樺派の文学者たちの態度について、特に仮名遣いを取り上げ、「ユマニテ」という視点から批判している。

今は人道主義といふのが日本文学の主潮でありますが、この人道主義といふものは、佛蘭西などで云ふ、ユマニテエ、ユマニスムなどゝいふ意味とは余程違ひ、甚だ国際的であり、社会主義的であり、且つ偶像（伝統）破壊主義的であります。従つて内容（思想）主義で形式に重きを置きません。それで文章が乱暴であるなどゝ云ふことに何等の顧慮を費さないのでありますす。其派の文学者はずつと前から仮名遣などは勝手でありましたし、又画の少しむづかしい漢字をば片仮名で書いて居ました。

このような主張からみても杢太郎のユマニテがどのような根底をなしているのかが分かるであろう。成田稔は杢太郎のこのような指摘を踏まえ、『ユマニテの人　木下杢太郎とハンセン病』（日本医事新報社　平成十六年）において次のように言う。

「ユマニテ」（humanité）とは「ヒューマニティー」（humanity）とも違う。真の自由への人間解放を目指し、古典研究（それにはその国の言語に通じて原著を精読すること）によって教養を高め、人間愛に基づく人間の尊厳の確立を図るなどといった広い意味を持つ。

この価値観はその後の杢太郎の生き方に大きく反映されていくわけだが、欧州留学から帰った杢太郎が探求することとなった象徴的な研究テーマを二つ挙げよう。

1　日本文明の未来

満州はもとよりヨーロッパでの海外生活における貴重な体験・思索は日本に帰ってから大正十四年七月二十九日、名古屋での講演「日本文明の未来」として明らかにされることとなった。これは名古屋銀行倶楽部から依頼され、晩餐会席上において実業家を前に話した講演である。依頼者が期待したのは詩人・木下杢太郎にかかわる文学などの内容だったと思われるが、杢太郎はそれを無視して日本文明の進むべき道について語ったのだ。実業家たちにどうしても語っておきたかったことに違いない。まさに七年半にも及ぶ海外生活で培った思索上の総決算が行われたのである。『木下杢太郎全集』第十二巻に掲載されている講演録をもとにその概要を次に示そう。

まず当時、前年十二月、文部省の臨時国語調査会が提案していた漢字制限や新仮名遣いに対して、「新聞や雑誌や教科書から知識を受くる事が出来ても、もつと深くその知識の源泉を極める力は段々減退する」と批判し、「人格の修養の為めにはやはり多少古い時代のものを読む必要がある」と古典の重要性を強調した。文部省の意図はすぐに役立つ実学重視にあったことは明らかであり、そのような便利さや能率のよさに目がくらみ、創造力の源であり、人類の知恵の集積である古典を放棄することは極めて愚かなことであることを主張したのである。

次に文明の淵源・源泉を研究することが大切であるが、日本にはそれが最も欠けていること、現代の日本文明の行き詰まりを打開するには、日本独創の文明を作らなければならないことを強調した。とはいえ「独創といふものは、決して無から生ずる所の有ではない」ので「既存のものから導きだすべき」であると説いた。そのためには「文明の源泉の研究に力を尽すより他の方法はない」のであり「東洋の文明を根本的に研究し直す」ことの必要性を主張した。

このような杢太郎の指摘は今でも通用するような内容であり、東洋・西洋両文化の中で直に七年半も生活し、異国から日本を眺めた知識人の指摘として極めて重いものがあると言えよう。

2　キリシタン史研究

杢太郎はヨーロッパ滞在中、スペイン・ポルトガルにまで足を伸ばして資料を収集したが、これは帰国後キリシタン史研究あるいはキリシタン詩・劇等の創作活動として結実していった。

・戯曲「常長」発表　昭和三年
・切支丹史研究『えすぱにや・ぽるつがる記』出版　昭和四年
・翻訳『ルイス・フロイス　一五九一年・九二年　日本書簡』出版　昭和六年
・翻訳『日本遣欧使者記』出版　昭和八年
・詩「天正の御代にロオマに遣はされたる使者を憶ふ歌」発表　昭和十七年
・詩「鉄砲伝来の歌」発表　昭和十七年
・切支丹史研究『日本切支丹史鈔』出版　昭和十八年

等々枚挙にいとまがない。「おそらく彼が生涯にわたってもっとも情熱を傾けたものはキリシタン研究だったのではないでしょうか」（畠中美奈子『杢太郎と留学』杢太郎会シリーズ第十四号　平成十年）という指摘もあるほどである。

なお杢太郎がキリシタン史研究に取り組むきっかけの一つとして、留学中に起こった関東大震災の影響を見逃すことはできない。後年出版された『木下杢太郎選集』の「序」（全集第二十三巻）において次のように言う。

大正十年の五月から三年半の間アメリカ、ヨオロッパに遊び、其間に東京の震災で、神田の親類の家に預けて置いた蔵書をすつかり焼いてしまつた。それ以来支那の学問とは縁を切り、ヨオロッパで少しばかり書き写したキリシタン文学を傍らの研究の題目とした。（中略）初めは創作の種子として漁つたが、後にはつまらぬ創作にゆがめるよりは物そのものを伝へる方が世の利益になると考へ、少しばかり翻訳や考証を試みた。

もし関東大震災がなかったら杢太郎のキリシタン史研究はどうなっていたのだろうか。

二　かつての盟友との留学後の交流

これまで述べてきたように「観潮楼歌会の仲間たち」のうち、杢太郎が留学中に交流があったのは茂吉のみであった。では帰国後、白秋・勇・茂吉・萬里とはどうだったのだろうか。これについて『木下杢太郎日記』第三・四・五巻及び『木下杢太郎宛知友書簡集』下巻をもとに、大正十四年から杢太郎が死去する昭和二十年までの二十年間の記録を調べてみると、掲出回数は次の通りである。

【表十三】かつての盟友との留学後の交流の記録

	白秋	勇	茂吉	萬里	啄木
杢太郎日記	2	2	9	5	2
知友書簡集	2	5	23	1	

杢太郎は受け取った手紙の類の多くはきちんと保存してあり、自宅にあったものは後年遺族によって神奈川近代文学館及び東京大学医学図書館に寄贈された。人と会ったことなどもかなり几帳面に日記に記している。したがってこの数字は実際とは大きくかけ離れたものではないであろう。

1　白秋・勇との交流

それにしても白秋と勇についての記録が少ないのではないだろうか。要するに医学に比重が置かれた生活の中にあって、白秋や勇との交流はほとんど途絶えてしまっていたと言えよう。帰国後は名古屋に二年、仙台に十二年と東京を長く離れていたことも影響していたであろう。書簡にしても、ほとんどは原稿依頼や礼状の類である。その中で直接会ったことが分かるのは、次のとおりそれぞれ一、二回のみである。

【白秋】

・昭和八年九月十日の「日記」　昨夜は失礼、北原など幾年ぶり目か忘れたほどであつたから非常に愉快であつた（前日の日記に「都川、石井。長田。山本。北原。永森、？」と記載がある）。

・昭和十七年十一月三日の「東京日日新聞」（朝刊）　最近には一、二年前偶然東海道の電車の中で会つたばかりである。
（「白秋君を悼む」全集第十八巻）

【勇】

・昭和十六年七月二十八日付け「書簡」　久しぶりの邂逅、愉快でした。

　戯れに一首

へるめつとかぶれる友とゆくときは京の大路も安南に似る

2　茂吉・萬里との交流

茂吉と萬里については、岩波書店の『鷗外全集』の編集者という点において共通点がある。昭和十一年四月四日の日記に「午后一時二十分岩波。已に平野君、小島政二郎君、佐藤□□君有り。斎藤茂吉君少し後れて来る。別用にて安倍能成君在り」とあり、杢太郎・茂吉・萬里が同席したことが分かる。それ以外に両者が杢太郎と会ったことが分かる記事・書簡は次の通りであり、決して多くはないが交流の跡が見られる。

【茂吉】

・昭和三年五月三十一日付け「書簡」　御地ニ参上の節は非常ニ御世話様ニ相成り萬謝奉り候　又御多用中アララギの会にも御出席玉はり会員一同感謝仕り居り候　あれは時ゝ開きたき念願ゆゑ御ひまの節は御出席玉はりたく御願奉り候

・昭和三年十一月十一日付け「書簡」　先般長田氏と御一しよにて御馳走さまニ相成り御礼も不出来失敬仕り候

【萬里】

・昭和十四年三月二十五日の「日記」　十二月二十四日追加分……平野久保……

・昭和十四年十月三日の「日記」　夜六時上野精養軒で与謝野夫人の新々訳源氏物語の完成

の祝賀の会があつた。正宗、石井柏亭夫人、平野、高村君等あふ

・昭和十五年七月十三日の「日記」　森鷗外記念事業の為めの会に出席、……平野萬里……

・昭和十六年二月十一日の「日記」　ひるホテルにて食ふ、午時一時《ママ》帰宅。その留守中、平野萬里来りたり、

これらの日記から分かるのは、萬里と杢太郎は昭和十年代には明らかに交流があったということである。「五足の靴」の仲間のうち昭和十年代の杢太郎の日記に最も多く登場してくるのは何と萬里なのである。白秋とも勇ともほとんど付き合いはない中で、萬里との交流が生まれたのはどうしてなのだろうか。杢太郎は明治四十一年に新詩社を脱退した一人であるが、その後も与謝野夫妻との深い交流があり、また森鷗外の『全集』作成にあたっては編集者を務めている。新詩社を脱退しなかった萬里も同様のかかわりがあり、そのような接点が生まれた中で二人は再会したのではないだろうか。このことについて、筆者が萬里の次男・千里氏から戴いた、平成二十三年十月十七日付けの手紙には次のように記されていた。

大正時代には互いに外国生活が長く、外遊の送別会や帰国の歓迎会以外にはあまり顔を合わせることは無かったようですが、昭和になり冬柏が発行されてからは再びつきあいが再開し、とくに昭和10年の与謝野寛の死の前後、あるいは晶子の病気療養中などしきりに連絡を取り合っていたようで、氏からの書簡も多少残っています。

大学卒業後はそれぞれ別の道に進み海外生活も長く、文壇とも距離を置いた二人に接点があるとは考えられなかった。しかし前述のように昭和十年代に杢太郎と最も直接交流のあったのが萬里であったことは確かである。

3　萬里と杢太郎の生地・伊東

平成十六年特筆すべき一冊の歌集が刊行された。『平野萬里全歌集』（砂子屋書房）である。萬里の次男・千里氏が『わかき日』に収められた歌はもちろん、雑誌などに発表された歌や未発表の歌など三千五百三十九首を編纂・発行したものである。

平成二十三年、筆者はその歌集を読んでいて驚愕を禁じえなかった。なぜならば集中に杢太郎の生地・伊東に関連のある地名を折り込み、その情景を詠った歌が多数見出されたからである。特に「尚文亭春雨」一連三十五首中に十四首、「秋月尚文亭」一連六十九首中に二十二首があり注目した。その中から伊東に関連ある地名が読み込まれた歌を十首抄出してみよう。地名等への波線は筆者による。

風出でて春の寒さを吹きつくる大室山の頂きの雪
がたがたと障子を鳴らし風進み天城も海も冷雨に浸たる

燈台も物見の松も大室も初島もみな消ゆる五月雨
うぐひすや尚文亭に小雨降り下の伊東の森に靄這ふ
初島《はしま》より秋風吹きていさぎよし伊東の山の限なき月夜
松川の二ところほど月光を照り返し田は山より白し
しづかなる月夜なれども秋風の柏峠を行く音はあり
相模灘霧立ち迷ひ初島の軍艦らしく浮く秋の朝
長き雲遠笠山の上にあり悠々として自適する冬
わがごとく昔伊東の入道も明暮見けん初島さへ冬

萬里は昭和十六年、伊豆伊東市の水道山に山荘、尚文亭を構えている。では萬里が詠ったこれらの地名はそこから本当に見えるのだろうか。とはいえ「水道山」だけでは場所を特定できない。ところが幸いにも既に廃棄処分となった伊東町の「土地台帳」が、同市の文化財管理センターに保存されており、「昭和十八年十月十三日所有権移転　東京都杉並区西田町一丁目五六四平野久保」、地番「字水落千参百九拾壱番の弐拾六」と記されていた。

筆者は尚文亭のあった地番を訪ねてみた。ちょうどハトヤホテルの裏側に位置する高台であり、絶景の地であった。相模灘に浮かぶ初島はもちろん真鶴岬から三浦半島さらには房総半島まで一望できる。また大室山・小室山・矢筈山はもちろん遠笠山を含む天城連山も一望できた。場所さえ知っていれば、眼下には伊東の松川・物見の松なども確認できる。もちろん今は別人の所有となっているが、そこには古い建物があり、まぎれもなく尚文亭がこの地であることを確信した。

千里氏に調べた資料や写真などをお送りしたところ、鄭重なお手紙をいただき、その中に次のように記されていた。

おぼろげな記憶によれば、水道山中腹の東向き（海向き）斜面を北から南に向かって登る道路の右側が高い石垣になっており、家はその上に建っていました。門は、道路が右にカーブして間もなくの右側でした。

これは、ほぼ現地の状況と一致しており、同封した写真も「浴室」であろうことが確認された。何と尚文亭は現存していたのである。

だがここでまた疑問が湧いてくる。『平野萬里全歌集』の巻末にある萬里の略年譜によれば、尚文亭を構えたのが「昭和十六年」とあるにもかかわらず、伊東町の「土地台帳」では「昭和十八年」に土地を購入したとなっていることである。この二年のズレはどうして起こったのだろうか。町役場が二年も記述を間違えることは考えられないので、単なる「略年譜」の間違いなのだろうか。だが間違いではなかった。萬里が主宰を務めていた「冬柏」の昭和十六年一月号の「消息」欄に次のように記されていた。

小生の伊東の隠宅が漸く八分通り出来上りました。時も時、時局の進展は小生の如き老骨をも駆り出して再び第一線に立たせることになりました。仍つて健康保持の必要上週末には必ずその方に行つて居る筈です。同地へ遊ばれるお序もあらば御立ち寄り下され度く御待ち申します。修善寺街道に添うた最初の丘陵（かにや旅館のある所で通称水道山）上にある上から二番目の日本建の小屋で直ぐ分ります。仮に尚文亭と名づけました。眺望は真珠庵には及びませんが温泉のある家としては先づ宜しい方でせう。（一月十六日萬里）

その後千里氏とお会いし、当時の購入の経緯を記した文書を拝見させていただいた。それによると萬里は昭和十四年に五年ローンで東横電鉄から分譲地を購入し、四年で返済していることが分かった。したがって正式に台帳に登録されたのが昭和十八年だったわけである。なかなか興味深い事実である。

また、次のような歌にも注目してみた。

温泉も春の寒さを消し難く雨さへ添ひて北風強し
植立ての紅梅の枝松の枝つつじの枝を今日は風もむ
百本の藷苗を植ゑ今日は雨温泉に入りものを思はず
わが植ゑし松も蜜柑も濡れたるに不思議と今朝はほととぎす来ず
わが蒔きし豌豆の畑乾きはて砂漠に似たる岡の冬かな

ほとんどが風景を詠んだ歌の中にあって、わずかに生活を窺うことのできる歌である。「植立ての紅梅」「百本の藷苗を植ゑ」「わが植ゑし松も蜜柑も」「わが蒔きし豌豆」などから、萬里が庭の手入れを熱心に行っていた様子が分かる。また尚文亭に引かれていた「温泉」に入って癒しを味わっている様子も分かる。実際現地を訪れてみると、庭には見事な松を多数見ることができる。あるいは萬里の歌にあるお手植えの松なのかもしれない。

ではなぜ萬里は伊東に山荘を設けたのであろうか。伊東は新詩社、「五足の靴」の旅、観潮楼歌会、「スバル」、パンの会などを通じて交流のあった杢太郎の生地である。その杢太郎が東京帝大在学中薬物学の試験日を間違えたとき、追試の口利き役として鷗外を紹介し同行したのは萬里であった。さらに観潮楼歌会に杢太郎を連れていったのも萬里であった。杢太郎が生涯尊敬して止まなかった鷗外との出会いを取り持ったのが、他でもない萬里だったことは特筆すべきことといえよう。杢太郎にとって単なる友達というよりは、人生の岐路において深いかかわりを持った盟友なのである。しかもすでに述べたように昭和十年代には二人の間には交流も見られた。

だがそれ故萬里が伊東に山荘を構えたと捉えるのは早計である。杢太郎の日記や文章にも、萬里の文章にも、萬里が杢太郎との関連で伊東に山荘を構えたという記述は見られない。千里氏の手紙には次のように記されていた。

温泉好きの父が伊東に関心をもったのは、昭和初年のころから与謝野夫妻とともに伊豆の温泉地の一つとして訪れ、気に入ったからだと思います。（中略）伊東に泊まるようになったそもそものきっかけは、当時だれ一人住んでいなかった大室山麓の一碧湖畔に、新詩社同人の島谷亮輔夫妻が家を建て、抛書山荘と名づけて与謝野夫妻らをしばしば招いていたことにあると思います。

萬里が伊東に山荘を構えた経緯は、伊東を度々訪れ気に入ったからに他ならないが、それは杢太郎というより与謝野夫妻及び新詩社同人島谷亮輔夫妻との関係が深いと言えそうである。いずれにせよ、萬里はこれまで杢太郎の生地・伊東の文学史において全く注目されていなかった。しかし萬里の別荘が同地に現存することが分かり、そこで詠まれた短歌を多数発掘できたことは、同地の文学史にとって大きな意義があるのではないだろうか。

4　杢太郎の啄木回想

啄木は早逝してしまったので、昭和十年代に交流のあろうはずはない。しかし杢太郎の人生にとって啄木はいつまでも気になる存在だったのであろう。啄木との出会いからおよそ三十年を経て、東京帝国大学医学部教授になった杢太郎が、同僚や学生に啄木のことを語ったことがいくつか記録として残されている。

伝染病研究所の同僚・日戸修一は次のように語っている。

伝研の研究室におちついているとほつとするらしかつた。そんな時夕ぐれになると窓から見える椿をいつもスケッチしていた。ふと「あの時啄木に五十銭借したつけなあ」とも言い、「無茶な男だつた」とも言つた。文学青年への時代のノスタルヂャはどこかで太田教授を杢太郎に一転させ一つの幻想に追いやつた。

（「茂吉・杢太郎―斬馬無題録―(二)」「東京医事新誌」昭和三十一年九月号）

また太田教授を囲む医学生の会合「時習会」で杢太郎の薫陶を受けた学生・加藤義憲は後年次のように語っている。

ある「時習会」の席で、先生は感無量のていで、「啄木が、現代これ程有名になるなどとは、思いもよらなかった」と言われたことがある。詩人杢太郎として各方面にけんらんたるエリートコースを歩んでこられた先生の目に、啄木の姿は実生活の貧困に加える無学歴の、みすぼらしい一介の文学青年としかうつっていなかったのであろう。

（「太田先生（杢太郎）の思い出」『太田正雄先生（木下杢太郎）生誕百年記念文集』昭和六十一年）

これらは杢太郎自身が記述したものではなく著者の主観も交じっているが、極めて近くにいた人の言葉なので信頼できる内容である。

また東京帝大教授時代の『木下杢太郎日記』第四巻を繙いてみると、啄木のことが二度出ている。昭和十二年十一月七日の日記には次のような件がある。

とても憂鬱なる一日。この年になりてかゝる心持を経ることは全く堪へ難いところである。先月の収入は二百八十円と十円。支出は九十五円家賃、七十円まかなひ、五円寄付、六円五十銭戊戌会、十一円五十銭晩餐馳走代、十円食券、百円正子渡し。（中略）今になつて石川啄木の歌の気持を味ふなど困つたものである。それで東京の招聘に応じたといふことが、大失敗であつたことがいよいよ明瞭になる。さて今更辞職するわけにも行かぬ。

杢太郎にしては珍しくお金のことに困っている様子である。生活諸経費や交際費、仙台に残してきた妻への送金などを計算するとお金が足りないことを記し、東大に異動したことが大失敗であったことを歎いている。その時思い出したのが貧しかった啄木であることが分かる。

また昭和十四年二月三日の日記には次のような記述が見られる。

また食堂にて金田一氏啄木の好ましからぬ手紙婦人公論とかに出たよし話す。

特に重要と思われるようなことではないが、金田一から雑誌で見た啄木のこと、しかも「好ましからぬこと」を聞いたことが備忘録的に記されている。
これら関係者の話や日記を総合して考えてみるとき、杢太郎は啄木に対して親しみを感じつつも、あまりよい印象は抱いていなかったのではないだろうか。

5　白秋の死

昭和十七年十一月、「観潮楼歌会の仲間たち」の中でも若き日に最も親交を深めた北原白秋が死去した。十一月二日、月曜日の杢太郎の日記には次のように記されている。

伝研。いままでの研究記録を整理す。午后二時日々《ママ》より電話かゝる。北原白秋の訃なり。その新聞の為めニ弔詞を書く。四時社の人とりに来る。六時目黒駅の階上にて食事し、阿佐ヶ谷の白秋の家をたづぬ。鉄雄在り。白秋の面上の布をとり永訣す。

十一月二日は月曜日であった。杢太郎は毎週月曜日にハンセン病研究のために伝染病研究所(伝研)に通うのが常であった。この日記から、午後二時に電話で白秋の訃報がもたらされたことがわかる。文末に「白秋の面上の布をとり永訣す」と簡潔に記されているが、この引き締まった一文に杢太郎の思いを察することができよう。
この日「新聞の為めニ」杢太郎が書いた弔辞は翌十一月三日の「東京日日新聞」朝刊に掲載さ

れた。「白秋君を悼む　彼の鋭敏な感受性」（全集第十八巻）というタイトルであった。両者の友情を窺うことができるので、長くなるが全文を引用しよう。


今電話で北原白秋君の訃を知つて傷心に堪へない。最近には一、二年前偶然東海道の電車の中で会つたばかりである。去年もとのスバル、方寸社などの諸君の集まるやうな話があつたが、時節柄なのとお互にいそがしいのでついその機会がなかつた。

白秋君とつき合ひしはじめたのは明治四十年からである。その夏与謝野寛先生、北原白秋、平野萬里、吉井勇の諸君と一月ばかり九州を旅行し、その結果として日本の詩壇に南蛮趣味というものが起つた。白秋君の旧い詩集「邪宗門」などにはその傾向が濃厚に現はれてゐる。

白秋君は初め上田敏氏の「海潮音」蒲原有明氏の「春鳥集」などから影響を受けた。当時の日本の文壇は詩の方面ではフランスのパルナシアンや象徴主義、洋画の方では印象主義及び後期印象主義、小説では自然主義と並んで、徳川文化に対する回顧といふやうなものに興味を持つてゐた時代で、その頃の白秋君の詩にもまたさういふ風な傾向が交錯してゐた。その後文壇も思想界も日本の古典、日本の魂を再認識するやうになり、白秋君の詩も歌もずんずんとおとなびて行つた。僕は久しく東京を離れ、白秋君の文学上の活動にも余り注意を拂はぬやうになつてゐるうち、白秋君は巍然としてその道の大匠になつてしまつた。

白秋君は文学的の感受性が極めて鋭敏であつたから、凡ての萌芽を早く発見してそれを自家の園囿に移し、それぞれの大を致させてゐる。又文字を駆馳すること囿人の鳥獣を馴らすが如くであつた。同君は極めて多作であつたから作品の質に幾分の甲乙はあるが、その半数は無縫の天衣、金石の声といふべきものである。明治末年以来の詩歌の壇に一大記念塔を建立したものので、後来この時代を回想する時先づ目につく徴となるであらう。そのはやき死は人をして痛惜せしめる。（二日午後二時記）

日記によれば白秋の訃報を受信したのが午後二時、この追悼文も「二日午後二時記」となっている。すなわち訃報を聞いた直後にこの原稿を物したことが分かる。

なお杢太郎はこの弔辞以外に、二篇の追悼文を記している。一つは「北原白秋のおもかげ」（「改造」昭和十七年十二月号　全集第十八巻）であり、もう一つは「北原白秋君」（「多磨」昭和十八年六月号　全集第十八巻）である。杢太郎が同一人物の死を悼み追悼の文章を三点も残しているということは他に例のないことであり、当時会うことはほとんどなかったとはいえ、杢太郎にとって白秋は盟友中の盟友であった証と言えよう。

三　杢太郎作詞の校歌

1　伊東小学校々歌

杢太郎は詩人として名を馳せたのだから、白秋のように作詞をした校歌も多いことだろうと思うかもしれない。だが杢太郎が作詞し実際に歌われている校歌は、梁田貞作曲による母校「伊東小学校々歌」（現伊東市立西小学校校歌）一曲のみである（全集第二巻）。

西に山、東に海、
美しいかな、この岡、われらが里。
あれあれあれあれ、朝日子登る。
あれあれあれあれ、船出の叫び。
さればわれ等も親々の如く、
力めむかな、いざ、はらからよ、友よ。
力めて更に歩武を進めむ。
額に汗、
腕に力、
意志強く、質実に、されどやさしく、
いざ、はらからよ、同窓の友よ。
あなあなあなあな、幸ある御国。
あなあなあなあな、楽しきつどひ。

（昭和三年八月作）

杢太郎が昭和三年に校歌を作詞した伊東尋常高等小学校は、その後昭和十四年六月、分教場が高等科を中心とする伊東東尋常高等小学校として独立し、校歌は本校（伊東西尋常小学校）が引き継いだ。そこで「東校」も杢太郎に作詞をしてもらおうと長兄賢治郎を介して働きかけたことが、昭和十四年十一月三日付けの賢治郎の手紙（『木下杢太郎宛知友書簡集』下巻）から知ることができる。

伊東町は八年前に分校を一本松の側ニ建てましたがいよいよ今度独立しました（中略）東のために新しく校歌が欲しい正雄先生の御許ニ出るから紹介してくれと申してをります（中略）東校の校訓は至誠（まこと）ださうでして、校歌のうちにそれを明示したく又歌詞は西のが長歌一章ぎりだが新しいのは三章位ニ欲しいといはれます

だが杢太郎が「東校」の校歌を作詞することはなかった。どのような理由で作らなかったのか定かではないが、忙しかったこと、あるいは注文を付け過ぎたことなどが原因ではないかと思われる。

2　青島東亜医科学院ヽ歌―茂吉の仲介

しかしその四年後の昭和十八年、杢太郎は「青島東亜医科学院ヽ歌」を作詞している。『木下

杢太郎知友書簡集』下巻、及び『木下杢太郎全集』第二十五巻には、杢太郎が作詞した「青島東亜医科学院〻歌」が掲載されている。忙しさという点では以前より忙しいはずなのに、また後述するように注文も沢山付けられたにもかかわらず作詞をしたのである。杢太郎はなぜ作詞をしたのだろうか。何か断れない理由があったに違いない。

茂吉から杢太郎に同年十二月十五日付けの次のような手紙が届いた。

　拝啓御多忙中、大学校哥御作り下され御芳情大謝いたします。非常に立派だと存じます。特に、、、の点を僣越にも打ちしところが立派と存じます、
――のところの消極を、積極ニ郎《ママ》かに御言葉を換へ下さらばなほ忝いと存じます。何卒もう一遍御推敲のほど御願いたします、　頓首

茂吉の仲介により「青島東亜医科学院〻歌」の作詞を依頼された杢太郎が作った初稿に対して、茂吉が推敲を依頼してきた手紙である。この手紙には杢太郎自筆の院歌に茂吉が朱を入れて添削を加えた次のような草稿が添付されている。ポイントを落としたゴシック体の部分及び傍点・線の類が茂吉の朱筆である。朱筆は神奈川近代文学館に所蔵されている草稿によって確認した。

（欄外ニ茂吉筆――**の処、別な、積極的な、明朗な御言葉に御願叶ハばもつと希し（学生に中国人ゐ**

ると少ゝ工合わるき概念あり〕

……少し変ト思フガ如何……

蒼茫旧き大国も尚古にふけり実学の
鍛へ怠り近つ世の競に後れ荒れむとす。
善隣のよしみ師を興し暴戻の賊追ひ去れば
東の空に茜さし旧国ここに蘇る
　いざ諸共に手を挙げて
　亜細亜の栄ことほがむ

〔欄外ニ〕師ヲ興シ　よしみト連リ口調アシ／暴戻ノ賊ノイヒマワ《ママ》シガサツ也

〔欄外ニ〕日人民国人同学ナラバ手ヲ取リてトスル　〔以下茂吉筆〕**挙げてにて上等と存ます**

瘠せたる土を豊にし、病みつかれたる民草に
与へむ、富とすこやかさ。黄河のほとり生れ出で——
医科学院の友垣よ。たゆまず倦まず日に新た
日に新たなる学を窮め、此大願を貫かむ。
　いざ諸共にうちはげみ
　此大願を貫かむ。

〔二節四行ノ「此大願を貫かむ。」ノ欄外に茂吉筆〕**終の「此大願を貫かむ」あるにより、此処は別の御言葉の方よしと愚考す**

〔欄外二〕医学ノコトヲ言フコト稀薄ニ過グルカ
〔欄外二〕少しお座なりながら、実際自分がその局中ニ在らねバ情激するニ至らず候

茂吉は全体として「非常に立派だと存じます」と誉め、特に「、、」の箇所を「僭越にも（中略）立派と存じます」と誉めている。しかし「────」の箇所は推敲をしてほしいと注文を付けている。

こうして初稿を修正し草稿を返送した杢太郎のところへ、同月十八日付けで茂吉から次のような手紙が届いた。

拝啓　校哥御迷惑の御事、何とも申わけ無之候が、白秋没後は御願いたす方無之候ため御無理御願し恐縮仕候〇小金井教授迄御推敲の分直接御送り下され、又作曲家の御意見もあるべきニつき、若干は御訂正と相成るかとも存上候　東京に直接接触する者居れば好都合ニ候が小金井博士も不馴のため御難儀かけ相すミ不申候

この日の手紙で茂吉は詫びを入れるとともに、杢太郎の御機嫌を取りつつさらなる修正をほのめかしている。そしてその翌日、十九日付けで早速茂吉から修正を依頼する次のような手紙が届いた。

拝啓　青島大学校哥拝受
非常に立派にて感謝のほか無之候
一二愚案申上候が、これは無論、たゞの参考迄也
御目録の御文、感激に充ちて拝読、これは永く家宝たるべし　拝眉萬々　頓首

初稿の修正依頼からこの二次修正依頼まで四日間しかないわけであり、随分急いでいた様子を窺うことができる。この手紙に添えられた別紙草稿は次のとおりであり、これもポイントを落としたゴシック体の部分及び傍点・線・枠・ルビの類が茂吉の朱筆である。

〔欄外ニ茂吉筆、以下欄外全テ茂吉筆〕**モ一度お考へを乞ふ**

青島東亜医科学院〻歌

礼文旧《れいぶんふる》き此国《このくに》の古道《こだう》の他《はか》に日に新《あら》た、
日に新たなる実学の芽を育《はぐく》まむ、そを阻む
暴戻の仇追ひ去りて、かの日の升《のぼ》り、月満つる
(1)望みに心(2)うち勇み、はたらきの野に急がばや。
　いざ諸共に手を挙げて

亜細亜の栄ことほがむ。

（1欄外ニ）**「希望に心勇みつつ」ぐらゐハ如何　後に「うち励み」あるからここの「うち」をけづる。**

（2欄外ニ）**（ここ御推敲ねがひます）参考迄に「希望に心勇みつつ、建設の業を急がばや」の句をかきました**

瘠せたる土を豊かにし、(3)麦のさ緑民草の
富《とみ》すこやかさ祈りなむ(4)。青島の岡、わが東亜
医科学院の友垣よ、たゆまず、倦まず、日に新た、
日に新たなる学を窮め、常世の国を現はさむ。
　いざ諸共にうち励み
　此大願を貫かむ。

（3欄外ニ）**「麦のさ緑」の処、稍弱きやう感じ候、「此大国の民草の」位はいかゞニや、**

（4欄外ニ）**○祈らなむ　祈ツテ呉レ**
祈ツテ欲シイ

○青島に御送りの節はルビ附で御願いたします

茂吉の依頼により杢太郎の作った第二稿である。初稿に茂吉が添削を加えた修正案を杢太郎はほとんど受け入れてこの第二稿を仕上げたことが分かる。茂吉はこれに対して「感激に充ちて拝読、これは永く家宝たるべし」と感謝の意を表するとともに、「モ一度お考へを乞ふ」として杢

太郎の第二稿に添削を加え、再度の推敲を依頼している。このことは何を意味するのであろうか。かつて茂吉は杢太郎に尊敬の念を抱き、手紙の文体も極めて鄭重であった。その鄭重さは変わらないとは言え、杢太郎の詩に対して意見を述べ、訂正を指示しているのである。このような高圧的とも思える対応は、かつて「アララギ」に寄稿を懇願した頃の茂吉からは考えられないことである。茂吉自身戦争を煽るような短歌を沢山作って世間からもてはやされる中で自らを買い被った感も窺える。文壇からは遠のき医学者として多忙な日々を送っていた杢太郎に比べ、文学者としての茂吉の立場が高かったことは言うまでもないであろう。

だがそれだけで杢太郎が作詞をしたとは考えられない。もっと大きな何らかの力が働いていたに違いない。前掲の十二月十八日付けの茂吉の手紙に出ている「小金井教授（博士）」こそ、その人物ではないだろうか。『木下杢太郎日記』第五巻によれば昭和二十年二月二十五日に次のような記述が見られる。

ひる少し前小金井良一君が立ちよられ、青島医学校の校歌の謝礼として金三百円を齎らした

この日記を読むと、謝礼三百円を支払ったのが小金井良一であることが分かる。茂吉がかかわっていたとはいえ、依頼者として背後に小金井良一がいたとすると、杢太郎も拒否することはできなかったに違いない。小金井良一は東京帝国大学医科大学時代の恩師・小金井良精教授の長男であり、森鷗外の甥に当たる。海軍軍医少将の内科学者であり当時青島東亜医科学院教授を務め

ていた人物である。
そのことを裏付ける資料として、『木下杢太郎全集』第二十五巻に「無題」として次のような草稿が掲載されている。これは作詞した翌年八月書かれたものである。

（欄外二）昭和十九年八月十九日土

青島医科学院は青島医学専門学校と改称せられたとか、或は改称せられるとか云ふことである。去年の五月其教授小金井良一君の懇望辞し難くその校歌を作ることを諾してしまつた。あとで此事の甚だ難いことを悟つた。

青島のこの医学校の学生は日本人と支那人とである。その人達が日本語でその校歌をうたう《ママ》のであらう。両国人が果して同じ心持でそれを歌ふことが出来るであらうか。

今日本人学生の立場から考へて見る。彼等は、中国の地に来て医学教育を受ける。それは中国に於ては古学が久しい歴史を有してゐるが、実学の葉はまだ中〻繁茂しない。之れ無くては近世国家は興隆することが出来ない。それ故に助けて之を興してやらうと云ふのが其抱負の一で無ければならぬ。

所が此処は英米の乗ずる所であり、支那は英米の植民地化しようとした。大東亜の自主の為めで立つたのが日本である。そして第一段としては英米人を中国から追ひ拂つた。日本と中国と提携して東亜を興す大業が着々として進捗した。これが一昨年昨年ごろの状況である。

昨年はこの心持で歌詞の前半を作つた。それ故に「暴戻の仇うち追へば、東の空に茜さし、旧国ここに蘇る」の句が出来たわけである。

今年は事情が異つてゐる。蔣介石を助けると称して、米軍は中国の西方に入り来つてゐる。故更に之を追ひ却けなければならぬ。それ故に「近世の科学を武器に貪婪の醜の夷をうちひしぎ亜細亜に魂を吹き入れむ」と改めた。

この草稿からは悩みに悩んで作詞を手がけた李太郎の心境が伝わってくる。李太郎は青島東亜医科学院の小金井良一教授の懇願を辞し難く、仕方なく引き受けたことを吐露している。そして「あとで此事の甚だ難いことを悟つた」と言う。この院歌を歌うのが日本人と中国人の学生であり、果たして同じ心持で歌うことが出来るかどうかに気を揉んでいることが分かる。さらに作詞をした昭和十八年と今、翌十九年とでは戦況が変わってしまったため、歌詞を変えざるをえなくなり、一部を変更したことを述べている。

とはいえその改めた草稿は見つかっておらず、どのようなものであったのか不明である。当時の戦況、さらにはやがて終戦を迎えたことを考慮すると、この曲が作曲されたとは思えない。現にその形跡は全くなく、幻の「院歌」となったのではないだろうか。

四　最晩年の杢太郎

すでに述べたように、ヨーロッパ留学から帰った杢太郎が名古屋で行った講演は、「ユマニスト杢太郎」を象徴するような内容であった。杢太郎はその後、東北帝大、東京帝大と籍を移すが、名古屋での講演の内容は、その後も杢太郎が度々主張していったところであり、ユマニテの精神は一貫して杢太郎の思索・行動の核となっていったと考えられる。東北帝大で鷗外のヒューマニズムを取り上げ、左翼系学生の善導を目的として開催した「鷗外の会」、東京帝大で学生を薫陶した「時習会」等々ももちろんユマニテの精神に則るものであろう。これらはどれも大事なことに違いないが、本書の主旨を踏まえ、ここでは晩年の杢太郎を取り上げ、観潮楼歌会を通って行った盟友、白秋や茂吉などとどう違うのかについて検討したい。

1　昭和二十年の「日記」から

杢太郎は昭和二十年十月十五日に死去したが、戦争という極限状態の中で、また病気のため死を覚悟したであろうその年、何を訴え、どのように行動したのだろうか。そこに「ユマニスト」と呼ばれるにふさわしい杢太郎の人道的な姿が見えるのではないかと考えられる。日記の主な記

事を次の【表十四】のようにまとめてみた、

【表十四】昭和二十年の日記より（主な記事）

月日	記事
1/25	戦に勝ち抜かなくてはならぬ。然し人力を竭して利ならざるに至ることも有り得る。その時はどうするか。毒箭の譬の如く、過去を怨んではならぬ。国民の連帯責任として国を枕にして討死すべきである。
2/17	大東亜戦争は其勝敗に対する危惧よりも其発端の理由が明かでなかつたことを痛むものである。
2/19	人々の顔に沈痛の色あり。或人は既にあきらめてゐる故何ともなしといふ。
2/21	「古典の真の重要なる用は夜郎自大をさけることだ」「もつと外国を知らなければならぬ。（中略）もつと前からもつと沢山の留学生を送つてもつと世界を見聞した人を多くしてをく《ママ》可きであつた」
2/22	二月十六七日の延千六百機の敵艦載機の本土襲来が東京市民の上に沈痛な印象を与へたことは争ふことが出来ない。食堂に行つても人々の顔には悲壮の相貌が現はれてゐる。わかい看護婦の群れる所以外に笑顔がしない。（中略）政府も軍部もたよりにならないやうな気がする。（中略）誰が何と云つて力をつけようが、今度の戦争にはもはや勝味はない。やがて敵の本土上陸となつて、国が大敗するのではないかと思ふ。
2/25	疑ふことは、この戦争は先の見込が有る戦争かといふことである。
2/27	日本の政治家に信頼すべきえらいやつが居ないと云つたら、軍人の社会も同じだと云った。（中略）論語の「朝聞道夕死可矣」といふ言葉は眷々服膺してゐるが、それに劣らず心を搏つのは

	「士而懐居不足以為士矣」（憲問篇）の一句だ。ぢつくりと書斎や研究室に構え込《ママ》んでゐるばかりが男の能ではない。またそれでは勇気も出ない。
3 5	東部郡管区の一参謀大佐大学に来り、戦局について講演せり。（中略）これらの話を伝へ聞く人々の顔には、被ふべからざる危惧の色あり。軍部に対する信頼は全く失はれたるに庶幾し。（中略）学生の唱ふる（壮行会にて）万歳の声には絶望の響ありと感ぜる人あり。
3 7	今回の大戦は、世界の大勢を審判して、利害を打算して始めたものでなく、その点には粗大な考察力しか持たぬ軍部が、専ら武士道的精神から始めたものである。
3 10	（※東京大空襲の様子を克明に記録している。）帝都をかくも惨憺たる目に会はせるなど、軍部の見込は疎く大戦の準備はヘマであったことは誰しも考へる所である。（中略）この戦争に負けるやうなら、それは民族として力が無いからだから国が滅びたつて為方がない。その《ママ》な国に生きるのなら命など無い方がいい。自分の命などにかゝはらず勝利を希望すべきだ。
3 11	会ふ人は皆ためいきで話をする。乞食のやうにおちぶれた罹災者が道を歩いてゐる。
3 17	国家及び一身一家の危険甚だ近しと感ぜられるのである。
3 28	陸軍腑甲斐なしと思ふ。（軍医学校は山形に疎開せりといふ）〔欄外〕都下敗戦気分也。
3 30	政府も軍部も、深い霧の前に何物が有るかを知らさずに、進め進めといふ。（中略）然しわれわれは予め前方に何物が有るかを見て足を進めるといふ習慣を得てゐるのである。けふの心の穏かさが、一種の「敗戦予感」であらうか。
4 5	国民皆死の覚悟を要すと観ず。
4 14	戦争は破壊事であり、今の戦争は総力戦なることは人の常に説くところで、よく理解することが出来る。然し大都の又小都の、非戦闘員の多きところに、空より爆弾、焼夷弾を落して家を焚き、人を殺すといふことは、昔の通念からいふと、戦時と雖も鬼畜の業である。

5	3	一日にはボルネオのタラカン島に敵が上陸した。新聞の報道は心を痛むることばかりである。
5	12	一年の学生の為め、医学概論序説（前半）を講ず。
6	4	少時して水瀉、腹痛。ナルコポン二錠のむ。※初めて癌の自覚症状を記載。
6	8	こたびの戦の軍部の一部の冒険心に出で、失敗に近づきつつあるの事実は心ある人の夙く悟れる所也
6	10	目覚めて胃部に疼痛あり。（中略）少し注意と覚悟とを要するぞと。※この日、戦争の道義性について書いている。
6	14	胃充満感有れど疼痛なし。
6	19	柿沼教授の勧めにより今日より一週間ばかり伊東に休養することにする。
6	23	終日胃痛殆どなし、唯壁の緊張ありしのみ。
6	25	午前桔梗の花茎を写す。午後枇杷を半折に画く。（中略）夜篠原□雄君に腹部をパルピイレンせしむ。新個の硬結一両個を模索し得たり。※この日のような「百花譜」を描いたことの記載は随所に見られる。
6	30	午食後教授会議に出る。（中略）途中コリック起り、中坐して帰り、ナルコポンを服して横はる。痛やがて去る。
7	4	血球検査、胃液検査等をなす。
7	7	昨夜半より今晩にかけて警戒警報長くつづけり。（中略）芥川龍之介全集第二巻をよむ。物質的に制限有ることは已むを得ぬ故、それを他の能力で補ふとした。それが特攻精神である。命は鴻毛より軽しといふことが揚言せられる。そして人の子を犬の子、いなごの如く殺した。命をあまり軽く見ることが、防ぐのみならず攻める武器の発達をも阻害した。

7/10	静脈血を採る。（中略）歩行はややたしかになれり。
7/14	易（泰、否、同人）、病理学総論（萎縮、壊死）、宗祇（伊語《（勢）》物語学）を読む。けふの朝日に荒尾軍事課長の義勇軍の解説あり。恐ろしき世になりたりと思ふ。今日は全体よほど具合好きやうなり。通じ少しゆるめり。
7/16	坂口、柿沼両氏診。慢性膵炎ならむと云ふ。尤も然るべし。明日退院に決す。
7/26	昨夜半より三時ごろまで警報、警亦空。川崎爆撃（小型機の外にB29五十ばかり）、其他地方。洋服をきかへたれども壕には入らず。午后三時ごろまで眠る。後起く。大槻、高橋、大越。Du Bois をよむ。夜十時四十七分またサイレン。 ※脈々と続いてきた杢太郎の日記はこの日を最後に終わっている。

日記や近くにいた人々の証言などから、主なこととして次のようなことをあげることができる。

・空襲の様子を日記に克明に記録している。
・そのような中にあっても読書をし、執筆をし、「百花譜」の絵等を描いている。
・そのような中にあっても大学の講義・研究を行っている。
・「論語」こそ東洋の道徳的原理であるとの確信を強くし、「朝聞道夕死可矣」（朝に道を聞かば、夕に死すとも可なり）、「士而懐居不足以為士矣」（士にして居を懐う。以て士と為すに足らず）などの教えを日記に度々引用している。

・国家存亡の危機にあって、愛国的一面も見られるが、戦争に勝ち味のないことは分かっており、日記に軍部批判を展開している。

まさに時代の相に左右されない、軸足のぶれない巨人の姿を見る思いがする。

(1)　破局の予感と軍部批判

杢太郎が若き日に「海郷風物記」において軍国主義に対する社会批判を表明したことは、第三章で述べたが、視野の広いヒューマニストであるから、一斉に右を向けと言われて右を向くような軍隊に馴染めるはずがない。杢太郎は太平洋戦争が勝ち目のない戦いであることは、当初から分かっていた様子である。昭和十七年五月に死去した与謝野晶子の百ヶ日法要に参列した正宗得三郎は次のように言う。

追悼会が上野の寛永寺で催されその後で神田の学士会館に晩餐会があったので、二人つれ立って出懸けその途中、木下君が私に
アメリカの様な金持の国と戦争なぞして勝てるのかい、
その言葉が私の耳朶に残っている。
（「木下杢太郎の思い出」全集第十巻　月報）

昭和十八年末の日記を読むと、帝都襲撃の予感、さらには最終的に破局を迎えるであろうこと

を暗示するような記述が見られる。戦局は昭和十九年になるといよいよ悪化の一途をたどるが、李太郎の痛烈な軍部や政府に対する批判が、文明批評的見地からなされるようになる。さらに昭和二十年の日記には、軍部の不甲斐なさを指摘する次のような記述が見られる。

・二月十七日　大東亜戦争は其勝敗に対する危惧よりも其発端の理由が明かでなかつたことを痛む。

・二月二十二日　政府も軍部もたよりにならないやうな気がする。

・三月五日　軍部に対する信頼は全く失はれたるに庶幾し。

・三月七日　今回の大戦は、（中略）粗大な考察力しか持たぬ軍部が、専ら武士道的精神から始めたものである。

・三月二十八日　陸軍腑甲斐なしと思ふ。（軍医学校は山形に疎開せりといふ。）

そして当初より「勝てるのかい」と言っていた考えが、実際の空襲を経ることによって実感あるものとなっていった。

・二月二十五日　この戦争は先の見込が有る戦争かといふことである。

・三月十七日　国家及び一身一家の危険甚だ近しと感ぜられるのである。

・三月三十日　けふの心の穏さが、一種の「敗戦予感」であらうか。

・四月五日　国民皆死の覚悟を要すと観す。

以上のように見てくると、杢太郎の軍部批判は決して感情的ではないことが分かる。あくまでも理性的であり、論理的である。それだけに苦渋にまみれたものであることは否めない。徹底的に戦争反対の立場を貫くことができた一部の人々とは違うと言えよう。「小学生時代から忠君愛国の教育勅語を最高の価値規範として育てられた戦前の日本人は、知識人と否とを問わず〝愛国心〟に訴えられると非常に弱く、わけもなく挙国一致のスローガンに押し流されていきました」（栗木芳雄『杢太郎日記と太平洋戦争』杢太郎記念館シリーズ第十三号）。杢太郎とて決して例外ではなかったであろう。昭和十九年二月十日の日記に「日本人として国を思はざるはなし。逆境に在つても身を殺して、国を思ふこそ是れ誠なり」と述べているのは、それを象徴している。

また昭和十七年「文芸」十一月号に発表された詩「十二月八日の日記」（全集第二巻）には次のような一節がある。長い詩なので最後のほうのみ紹介しよう。

午後、わかき人が軍装に身を固めて
これから往きますと挨拶に来た。
「ああ、君も征《ゆ》くか」　わたくしは答へた、
一年以来一緒に癩の為事《しごと》をした医官に。
「君はわかい、そしてそのわかさで

二度とは来ないこの機会に遭遇した。
個人は短く、民族は長い、
往つてさうして御国の為めに、
現在と未来の幾億の同胞《はらから》の為めに
戦ひたまへ」と、口ではさうは言はなかつたが、
心でさう云つて相別れた。

戦争を煽っているわけではないが、「御国の為めに……戦ひたまへ」と思ったが口には出せなかったと言っている。杢太郎の苦悩が読み取れる詩ではないだろうか。

(2) 病の自覚症状の中での軍部批判

しかしその頃病が杢太郎の体をむしばんでいた。日記に胃癌の自覚症状と思われる記述が初めて見られるのは、昭和二十年六月四日、月曜日である。「少時して水瀉、腹痛。ナルコポン二錠のむ」とあり、この日から日記は胃痛のことや検査のことなどが主になっていき、六月十日には「少し注意と覚悟とを要するぞ」と書いている。しかし「癌」という言葉は一言も出てこない。医師である杢太郎が本当に分からなかったのかどうかは疑問であるが、東京帝大の坂口、柿沼両教授は七月十六日に「慢性膵炎ならむ」という診断を下したことが日記から分かる。しかし平成十七年、伊東市で開催された「第五十回杢太郎祭対談」(杢太郎会編『杢太郎の素顔』杢太郎会シリ

ーズ第二十一号　平成十八年）の中で、長女・昭子氏は「父の病気が悪くなって最後に入院した時のことです。『お父様は癌だって、もう助からないかもしれない』と、お医者様に言われた母は家に戻ってへたへたと座り込んでおりました」と語っており、家人には癌であることが告げられていたのである。

そのように体調がすぐれないにもかかわらず、李太郎の軍部批判はゆるがない。

・六月八日　○こたびの戦の軍部の一部の冒険心に出で、失敗に近づきつつあるの事実は心ある人の夙く悟れる所也

・七月七日　○物質的に制限有ることは已むを得ぬ故、それを他の能力で補ふとした。それが特攻精神である。
○命は鴻毛より軽しといふことが揚言せられる。そして人の子を犬の子、いなごの如く殺した。命をあまり軽く見ることが、防ぐのみならず攻める武器の発達をも阻害した。

こうして「軍の暴走」や「特攻精神」、さらには「命を軽く見ること」への批判を展開している。

(3)　空襲下の授業と読書・絵画

そのような危機的状況の中にあっても、李太郎は大学の授業を続けた。五月十二日の日記に

「一年の学生の為め、医学概論序説（前半）を講ず」とあり、他にも授業のことが書かれている日がある。雑誌「文芸」の編集者としてその場に遭遇した野田宇太郎は次のように言っている。

先生の勇気といへば勇気ですけれども、これは私の経験として一つの教訓になつてゐる事でございます。（中略）爆撃中は大学は講義ができないわけです。みんな疎開したり学生もゐなくなつて医学部も非常に少なくなつてゐました。空襲警戒警報の中で講義を始められまして、私がちやうど行つてゐる時にひどい爆撃になりました。とにかく東大は無事で先生も助かつたわけですが、講義が終つて出てこられた先生は、私の姿を見るといきなり「君、やつたよ」と顔を紅潮させていはれました。（中略）颯爽として空襲解除のサイレンとともに向かうから歩かれてくる先生の銀髪の姿がいまでも思ひ出されます。

（『木下杢太郎の教訓』杢太郎記念館シリーズ第五号　昭和四十九年）

そのように空襲下でも授業を続けた杢太郎は、私的な面においても、学ぶことをやめなかった。日記の抜粋である【表十四】の中にも読書の記録や「百花譜」を描いたことの記載が随所に見られる。まさに自ら「朝聞道夕死可也矣」を貫いたと言えよう。

(4)　古典尊重の姿勢

昭和二十年の杢太郎の日記には「論語」のことがよく出てくるが、二月二十一日の日記にその根拠が記されている。「日本人—東洋人の道徳の根本原理は論語の朝聞道夕死可也矣に在る」と述べ、「古典の真の重要なる用は夜郎自大をさけることだ」と言っている。日記にしばしば出てくる「朝聞道夕死可也矣」「士而懐居不足以為士矣」などは、まさに戦争という極限状態の中で李太郎が悟った箴言ではないだろうか。

この古典尊重の姿勢について、東京帝大生・萬年甫《はじめ》の回想を取り上げ、立花隆は次のように言う。

萬年が医局回りをしていたときのこと、空襲警報が鳴った。すぐに近くの防空壕へ避難した。

「私のすぐ隣に、のそのそ、と座った人がいる。痩せた身体の割りに頭が大きく、それに合わせて大きな防空頭巾をかぶり、国民服の上に白衣を羽織って、ゲートルを巻いている。すぐに、太田先生だ、とわかりました。（中略）」

警報が解除されて、萬年が、やれやれと皮膚科の医局へ戻ると、李太郎も戻ってきて、どっかと椅子に腰をおろした。そして、萬年たち八人の学生に向かって、

「君たちは、勉強しているか」

と、聞いた。萬年は連日の空襲に晒《さら》され、学校に通うだけでも大変なので、勉強どころではなかった。みんなうな垂れていると、李太郎は、

「こういう時局だからこそ、勉強しなくちゃいけない、朝《あした》に道を聞かば、夕べに死すとも可

なり。いま、まさに否応なしにその状況に置かれているんだ」

と言って、さらにこう続けた。

「君たちは知識と智恵を区別しなくてはならない。知識は、人間が知的活動を続ければ続けるほど無限に増えてゆく。でもいくら知識を積み重ねても、それでは知識の化け物になるだけだ。それではいかん。人間のためになるようにするには、智恵が必要だ。では智恵を学ぶにはどうすればよいか。古典に親しむことだ。古典には人類の智恵が詰まっている」

そう言うと、李太郎は立ち上がり、風のようにさあっと去って行った。

(『天皇と東大』文春文庫　平成二十五年)


萬年は「私の学生時代で、もっとも感銘を受け、その後の人生でも啓示となった出来事でした」と言い、それ以来、どんなに忙しくても古典を読み続けているとこたえている。まさにユマニスト李太郎を髣髴とさせるエピソードではないだろうか。

(5)　軍部を追い返した李太郎

同書にはさらに次のような萬年の追憶が書かれている。

そんなある日、李太郎先生が、木造二階建ての医学部東講堂に、なんだか興奮したようすで入ってくるなり、何も言わず、黒板に、

上医医国　中医医人　下医医病

と大書された。

『上医は国を医し（いやし、ではなく、いしと発音したと記憶）、中医は人を医し、下医は病を医す。国を医すには制度などがあって、難しい面もある。でも君たちは、少なくとも人を医す中医を目標にしなくてはいかん。現在の世の中は、下医ばかりだ』

と、吐き捨てるように言った。日頃、冷静で、ときにシニカルでさえある先生にしては珍しい態度でした。後で判明したのですが、その時は、なんでも陸軍省のだれかが東大医学部教授陣に対して、

『講義や実習、理論など医学生に難しいことを教える必要などない。とりあえず、皮下注射と静脈注射ができればいいから、さっさと卒業させて、前線へ送り込め』

と、言ったとか。それに杢太郎先生は憤慨したわけです。

（『天皇と東大』）

当時ハンセン病の隔離政策に異を唱え、医学者の使命として薬の開発に尽力するとともに、読書や海外出張などを通して世界の進歩の状況を理解していた杢太郎にとって、医師は国を医す「上医」であるべきなのに、敢えて下医、いやそれ以下の医師の養成をするよう注文を付けた軍部の短絡的な言動に我慢ならなかったのであろう。

2　現代語狂言「わらひ蕈」

では杢太郎は最晩年の昭和二十年にどんな作品を書いたのであろうか。随筆等は少しあるが、いわゆる創作的な作品はほとんどない。その中で唯一「わらひ蕈」（全集第四巻）という現代語狂言の台本が注目に値する。狂言というと面白そうだが、笑えるような内容ではない。この作品は狂言という形をとりながら、実は杢太郎が当時訴えたかったことが詰まっている作品と言っても過言ではないであろう。あらすじは次の通りである。

戦争中のことゆえあらゆる物資が乏しい中、主人・侯爵の家に、正月二日、同家の家扶・橘から頼まれて、漢方医・村松がやってくる。村松は橘からここ数日主人の機嫌がすこぶる悪いことを聞かされる。それを聞いた村松は偶然持ってきた新発明の「屠蘇散」を披露する。それは機嫌が悪くてもすぐ治り、笑いながら高話をするようになる薬だという。早速毒味ということで二人は無警戒に飲み始め次々と杯を重ねていく。やがて主人も酒宴に加わり話が弾んでいく。やがて三人には「天狗のやうな顔をした」者たちが見え始めお出でお出でをしているという幻覚症状が表れる。好いところに連れていってあげる、ご馳走もある、お酒もあるという誘いに、三人は行こう行こうと陽気にはやし立て、楽しく歌いながら舞台を去っていく。

日記によれば「文芸」の依頼により、李太郎は二月十八日に「わらひ蕈」を書き始め、三月二日に野田宇太郎に原稿を渡している。その間に何があったかは、【表十四】を見れば一目瞭然である。二月二十二日の日記には次のようにある。

二月十六七日の延千六百機の敵艦載機の本土来襲が東京市民の上に沈痛な印象を与へたことは争ふことが出来ない。食堂に行つても人々の顔には悲壮の相貌が現はれてゐる。わかい看護婦の群れる所以外に笑顔がしない。

（中略）

政府も軍部もたよりにならないやうな気がする。

（中略）

誰が何と云つて力をつけようが、今度の戦争にはもはや勝味はない。やがて敵の本土上陸となつて、国が大敗するのではないかと思ふ。

このように日々爆撃が繰り返され人々が疲弊していく中で、李太郎は「今度の戦争にはもはや勝味はない」と喝破し、「国が大敗する」ことを予感しつつこの作品を書いたのである。それが単なる笑い話であるはずがない。李太郎は三月七日の日記に「今回の大戦は、世界の大勢を審判して、利害を打算して始めたものでなく、その点には粗大な考察力しか持たぬ軍部が、専ら武士道的精神から始めたものである」と記している。「粗大な考察力しか持た」ず与えられた薬を無批判・無警戒に飲み、破滅に突き進んでいく三人の登場人物を風刺することを通して、絶望的な敗戦に向かう日本の将来を暗示しているとみることができるのではないだろうか。正面きって軍部や政府を批判しているわけではないが、李太郎の抵抗を読み取ることができると言えよう。

盟友の白秋や茂吉はもとより多くの文人たちが戦争を讃美し煽りたてるような作品を書いたことは知られているが、李太郎はそのようなことに手を染めることはなかった。それを象徴する佐藤佐太郎の語るこんな話がある。

広い葉の油ぎつた雑草を見た日、先生は歩きながら突然のように、「佐藤君、愛国歌は作らない方がいいね。斎藤君でもああいうのになるとよくないな」と言われた。この言葉に先生の芸術に対する信念があつたし、私はこの高貴な精神にうたれた。私自身もそのころはそのように信じていたから先生の言葉は共感を以て聞くことができた。後のことだが、私の第三歌集「しろたへ」には戦争関係の歌も交じるようになつた。その一本を謹呈したとき、先生はわざわざ礼状を寄せられ、はじめの方の一首を引いて、このような穏やかな歌がよいと思うと言われた。

（『枇杷の花』短歌新聞社　昭和四十二年）

佐藤佐太郎は当時、岩波書店で『鷗外全集』の編集担当者をしており、編集に当たった李太郎とは懇意であったとのことである。これもユマニスト・李太郎の生き方が偲ばれるエピソードではないだろうか。

3　杢太郎死す

杢太郎は昭和二十年十月十五日、六十歳の生涯を閉じるが、伝染病研究所の同僚であった日戸修一は臨終の病床でのことを次のように言う。

民族浮沈の戦争の勝敗の前途を彼ほど早く判断していたものはなかつたろう。総ゆるものを読み世界の進歩を知つていた。彼は一流の世界レベルの文化人であつた。臨終となつた病床で戦争終結をきゝ、「よかつた」とほつとして言つた彼は、実にそれを一年前から、或いはもつと前から言いたかつたのである。

（「茂吉・杢太郎―斬馬無題録―(二)」）

ユマニテの精神を貫いた杢太郎の最期を証言した引き締まった一言と言えよう。

その剖検記録は『太田正雄先生（木下杢太郎）生誕百年記念文集』（昭和六十一年三月）に「病理解剖学的診断の記録」が採録されており、教え子であり剖検に立ち会った医師・福代良一は次のように述べている。

十月十五日、先生の剖検が行われた。病理解剖の室は故障のため水が出ず、皮泌科の手術室の手術台上で実施された。病理の三田村教授が病欠のため、松本・諏訪両助手が執刀した。先生の体重は三八kg、脳重量は一四〇〇g＋Xであった。胃癌は直径五cmもあるかと思われる円盤状の硬いもので、割面を入れようとしたハサミが折れた。肉眼的には、どこにも転移はないようであった。大動脈に外見上硬化の兆は全くなかった。「手術をやっておれば……」という声が立会のひとの中にあった。

惜しまれる最期であったが、その脳は傑出した人物の脳として、漱石・茂吉などとともに、今なお東京大学医学部に保存されている。

おわりに

さて本書のタイトルは「不可思議国の探求者・木下杢太郎」であるが、杢太郎にとって「不可思議国」とは何だったのだろうか。白秋が『邪宗門』を上梓した直後、杢太郎は白秋の「不可思議国」について、次のように述べている。

其第一は「古酒」「青き花」「天艸雅歌」に見るが如き、羅曼的《ロマンチツシユ》の瞳に映じたる他国の生活である。羅曼底《ロオマンチツク》の尤もプリミチイヴなる「少年旅行者の情調」である。始めて見たる国の市街、海、人間の活動は、御伽噺、のぞき機関《からくり》、郷土伝説《リイジエンド》にはぐくまれたる少年のみづみづしき空想を刺戟して、甘《あま》く憂鬱なる一種の哀調を惹起したのである。（中略）其第二は絵画的方面に抽象せられたる現代東京の生活である。作者は現代東京の紛糾せる時代錯誤の現象に即いて、其何故に然るかを原《たづ》ねようとは欲しない。却つてそれを一つの不可思議《ミステリイ》と見做し、其心《こころ》

持《もち》を絵画的方面に抽象し、叙述して現さうと欲したのである。（中略）
所謂「不可思議」の第三は「長崎」!!!である。日本の歴史上、長崎程興味のある土地は他《ほか》にあるか。儒教と南蛮の邪宗、南蛮外科と漢方医術、愛国心と他国の憧憬、麻上下《あさがみしも》と、皂縵《ソフマン》悒《エクン》、ちんたの酒と茴香酒《ういきやうしゆ》……是等の甚《はなは》だしき相反が雑然として交錯せりし古への長崎は、真に日本人の情緒生活の最大なる刺戟、最大なるファナチック、最大なるエクスタシイ、最大なる誘惑の源では無かつたか。

（「詩集『邪宗門』を評す」全集第七巻）

このように杢太郎は白秋の「不可思議国」を三点から分析している。しかしこれは白秋のみならず、杢太郎の「不可思議国」にも当てはまると言って過言ではないであろう。その具体は、本書にこれまで取り上げてきたことが示していると言えよう。杢太郎文学について言うならば、第一と第三は異国情調につながることであり、南蛮詩・戯曲等にその特徴が見られる。また第二は『食後の唄』に見られる竹枝等として結実した江戸趣味に通じるところである。

だがこれは決して文学だけの問題ではない。矢野峰人は「杢太郎の不可思議国」を「古き世界に対する回顧と未知の国に対するあこがれ」であると分類し、「学者太田正雄文学者木下杢太郎の生涯は、実にこの不可思議国の探検—自己の周囲に不可思議を発見し、その実体の説明に費やされたと言へる」（『日本現代詩体系』第四巻「解説」河出書房　昭和二十五年）と分析している。杢太郎の生涯は、まさにそのような「不可思議国」の探求に費やされた生涯であったと言えよう。

本書の内容でその足跡を語り尽くすことなど到底できないが、稀に見る多才な人物であり、観潮楼歌会での仲間たちとの出会いが「不可思議国の探求者・木下杢太郎」の生涯に少なからず影響していたことを分かっていただければうれしく思う。

あとがき

本書は短歌結社誌「星雲」に平成二十三年五月号から平成二十八年九月号まで、計三十三回に亘って連載した「不可思議国の探求者・木下杢太郎—観潮楼歌会を通って行った仲間たちとのかかわり—」に加除修正を加えたものである。

筆者が小学生の頃使っていた郷土学習の副読本『わたしたちの郷土伊東』の冒頭を飾っていたのが、本書にも取り上げた杢太郎の詩「海の入日」であった。また母校伊東市立西小学校の校歌「伊東小学校々歌」は杢太郎の作詞であった。住まいも杢太郎の生家に比較的近い所にあり、木下杢太郎という名は子供の頃から筆者の心の中に宿っていたように思う。

教職を退いた後、縁あって伊東市立木下杢太郎記念館に勤務することになったが、同館を訪れるお客様は、医学・文学・美術などの分野で偉大な業績を残した木下杢太郎を知らない人が多い。しかし館を後にするとき、「こんなすごい人が日本にいたなんて知りませんでした。もっともっと評価されてよい人ではないでしょうか」という声を多くの方々からうかがう。それはきっと李太郎の生き方とか考え方が、今日なお古くないからではないだろうか。

本書のタイトルは『不可思議国の探求者・木下杢太郎』だが、杢太郎の「不可思議国」については、白秋や啄木などの盟友も言及しているところである。しかし、本書の「おわりに」に記したように、それは単に文学だけの問題ではない。「絶えず自己の周囲に不可思議を発見し、その実体の説明に費やされた」（矢野峰人『日本現代詩体系』第四巻「解説」河出書房）という、杢太郎の生涯そのものが不可思議国の探求であったと言えるのではないだろうか。本書ではその解明の切り口として「観潮楼歌会の仲間たち」を設定した。同歌会で出会った白秋・啄木・萬里・勇・茂吉など、同年代の仲間たちとのかかわりが、杢太郎の不可思議国の探求に大きな意味を持っていたと考えたからである。ある時は切磋琢磨し、ある時は対立し、また疎遠にもなった。しかし彼らと密度の濃い交流をしたこと、あるいは彼らと異なる生き方をしたところに杢太郎の不可思議国探求の魅力を見ることができるように思う。

その杢太郎という大きな存在に対して、私のできることは、日記・書簡あるいは作品に地道に真向かうとともに、論の構築、及び裏付けのための実物や研究資料の発掘に努めることであった。とはいえ杢太郎の研究は思っていた以上になされており、専門家の先行研究は目を見はるばかりであった。参考文献あるいは引用文献として多くの先達に胸を借りながらの執筆であった。それゆえ本書を執筆するにあたり、杢太郎の著作名はもとより、出典は極力明記するように努めた。

最後に、五年半の長きに亘り「星雲」誌上に連載の場を与えてくださるとともに、本書を「星雲叢書」に加えてくださった「星雲」代表の林田恒浩先生には心より感謝申し上げたい。また快く帯文をしたためてくださった坂井修一先生、装幀してくださった間村俊一様には心より御礼申し上げたい。さらに本書の刊行をお引き受けくださり丁寧にお世話をしてくださった短歌研究社の堀山和子様始めスタッフの皆様に心よりのお礼を申し上げたい。

平成二十九年六月

丸井　重孝

『木下杢太郎全集』第一巻〜第二十五巻　岩波書店　昭和五十六年〜五十八年（一九八一〜一九八三）
『木下杢太郎日記』第一巻〜第五巻　岩波書店　昭和五十四年〜五十五年（一九七九〜一九八〇）
『木下杢太郎知友書簡集』上巻・下巻　岩波書店　昭和五十九年（一九八四）
『木下杢太郎選集』中央公論社　昭和十七年（一九四二）
『木下杢太郎詩集』第一書房　昭和五年（一九三〇）
『日本現代詩体系　第四巻』河出書房　昭和二十五年（一九五〇）
五人づれ『五足の靴』岩波文庫　平成十九年（二〇〇七）
『鷗外全集』第三十五巻　岩波書店　昭和五十年（一九七五）
『白秋全集』21・39　岩波書店　昭和六十一年〜六十三年（一九八六〜一九八八）
伊藤整他編『日本現代文学全集十五　石川啄木集』講談社　昭和四十四年（一九六九）
石川正雄編『石川啄木日記』藤森書店　昭和二十三年（一九四八）
『定本　吉井勇全集』第八巻　番町書房　昭和五十三年（一九七八）
『斎藤茂吉全集』第一・五・七・十二・二十一・二十五・三十六巻　岩波書店　昭和四十八年〜五十年（一九七三〜一九七五）
平野千里編『平野萬里全歌集』砂子屋書房　平成十六年（二〇〇四）
平野千里編『平野萬里評論集』砂子屋書房　平成十八年（二〇〇六）
野田宇太郎『日本耽美派文学の誕生』河出書房新社　昭和五十年（一九七五）
野田宇太郎『木下杢太郎の生涯と芸術』平凡社　昭和五十五年（一九八〇）
野田宇太郎『きしのあかしや』学風書院　昭和三十年（一九五五）
杉山二郎『木下杢太郎—ユマニテの系譜—』平凡社　昭和四十九年（一九七四）
高田瑞穂『近代文学の明暗』清水弘文堂書房　昭和四十六年（一九七一）

高田瑞穂『反自然主義文学』明治書院　昭和三十八年（一九六三）
池田功『啄木日記を読む』新日本出版社　平成二十三年（二〇一一）
池田功他編『木下杢太郎の世界へ』おうふう　平成二十四年（二〇一二）
木股知史『石川啄木・一九〇九年』創文社　昭和五十九年（一九八四）
加藤周一『加藤周一著作集』十八「近代日本の文学者の型」平凡社　平成二十二年（二〇一〇）
佐藤佐太郎『枇杷の花』短歌新聞社　昭和四十三年（一九六八）
藤岡武雄『斎藤茂吉とその周辺』清水弘文館　昭和五十年（一九七五）
岡井隆『鷗外・茂吉・杢太郎―「テエベス百門」の夕映え』書肆山田　平成二十年（二〇〇八）
岡井隆『木下杢太郎を読む日』幻戯書房　平成二十六年（二〇一四）
渡英子『メロディアの笛―白秋とその時代』ながらみ書房　平成二十三年（二〇一一）
『私の履歴書』第八巻　日本経済新聞社　昭和三十四年（一九五九）
池内紀『文学フシギ帖』岩波新書　平成二十二年（二〇一〇）
立花隆『天皇と東大』文春文庫　平成二十五年（二〇一三）
玉城徹『北原白秋』短歌新聞社　平成二十二年（二〇一〇）
俵万智『短歌の旅』文春文庫　平成七年（一九九五）
濱名志松編『五足の靴と熊本・天草』国書刊行会　昭和五十八年（一九八三）
鶴田文史『西海の南蛮文化探訪「天草　五足の靴　物語」』近代文芸社　平成十九年（二〇〇七）
成田稔『ユマニテの人　木下杢太郎とハンセン病』日本医事新報社　平成十六年（二〇〇四）
『太田正雄先生（木下杢太郎）生誕百年記念会文集』（非売品）昭和六十一年（一九八六）
『目で見る木下杢太郎の生涯』木下杢太郎記念館　昭和五十六年（一九八一）
『木下杢太郎―郷土から世界人へ―』杢太郎会　平成七年（一九九五）
太田慶太郎・太田哲二訳『木下杢太郎日記　外国語の翻訳』第一巻～第五巻　杢太郎記念館　昭和五十五年（一九八〇年～）

「杢太郎記念館シリーズ」第一号～第十六号　杢太郎記念館　昭和四十三年～五十九年（一九六八～一九八四）
「杢太郎会シリーズ」第一号～第三十号　杢太郎会　昭和六十年～平成二十六年（一九八五～二〇一四）
「野田宇太郎文学資料館ブックレット／二〇〇七・七」平成十九年（二〇〇七）
八角真「観潮楼歌会の全貌」角川「短歌」昭和三十三年（一九五八）十月号
八角真「観潮楼歌会の全貌（二）」角川「短歌」昭和三十三年（一九五八）十二月号
八角真「観潮楼歌会の全貌―その成立と展開をめぐって―」「明治大学人文科学研究所紀要」第一冊　昭和三十七年（一九六二）
八角真「『観潮楼歌会』の資料二、三」「明治大学教養論集」第一四六巻　昭和五十六年（一九八一）
八角真「観潮楼歌会の新資料―平出禾氏所蔵の草稿について―」「明治大学人文科学研究所紀要」第三巻四号　昭和四十一年（一九六六）
権藤愛順「木下杢太郎と石川啄木―大逆事件を契機とする両者の再接近について―」「国際啄木学会研究年報」通号13　平成二十一年（二〇〇九）
落合京太郎「杢太郎とアララギ」「アララギ」アララギ発行所　昭和五十年（一九七五）一月号・三～四月号
伊藤整「パンの会と木下杢太郎」「群像」講談社　昭和三十九年（一九六四）十二月号『日本文壇史』13「頽唐派の人たち」講談社　昭和五十三年（一九七八）
原田正巳「晴天の暗闘―『海の入日』をめぐって―」「すかんぽ」二十八号　杢太郎会　平成十一年（一九九九）
重松泰雄「『邪宗門』の南蛮詩と杢太郎」九州大学国文学会「語文研究」第四・五号　昭和三十一年（一九五六）
日戸修一「茂吉・杢太郎―斬馬無題録―」「東京医事新誌」昭和三十一年（一九五六）九月号

長田秀雄「屋上庭園の刊行」「ルネサンス」暁書房　昭和二十一年（一九四六）第三号

＊その他の書籍・雑誌・紀要・年報等からの引用については本文中に明記した。

太田家の系譜（木下杢太郎の親・兄弟等）

＊参考「木下杢太郎—その略歴と生家と杢太郎碑」杢太郎記念館シリーズ第一号

初代
太田惣五郎
文化13年（一八一六）生月日不明

湯川村（現伊東市）の帆船回漕業太田惣八の三男、天保6年（一八三五）分家して米屋を開き、屋号を「米惣」とした。

りと
文政元年（一八一八）11月2日生

宇佐美村（現伊東市）の米穀商荻野武八の長女。宇佐美の相当な家から求婚されたが、それよりも新しく一家を興すことに興味を感じ、太田家に来たという。生来読書を好んだ。

二代目
惣五郎　天保9年（一八三八）10月5日生

初代・惣五郎の長男。母の影響で読書を好む。勤勉で身上を作る。

いと　天保14年（一八四三）12月5日生

三島宿の「魚半」の娘。母が韮山の江川邸に勤めていたこともあり教養が豊か。

徳三郎　天保12年（一八四一）11月4日生

分家して雑貨商「福田屋」を開く。義太夫節を語るのを好んだ。

常七　天保14年（一八四三）生月日不明

網代（現熱海市）の仝喜地武兵衛に入婿。

かつ　嘉永2年（一八四九）4月4日生

岡村（現伊東市）の井原家の三男良平と結婚。田中村吉田（現伊豆の国市）の穂積家より巨作を婿とする。

物兵衛　安政4年（一八五七）8月2日生
・現函南町軽井沢の大井家より婿入。
※子が無かったため長男賢治郎を養子に迎える。

よし　元治元年（一八六四）4月10日生
・家督を継ぐ。

きん　明治元年（一八六八）1月8日生
・明治女学校に学ぶ。
・建築家河合浩蔵の後妻

たけ　明治3年（一八七〇）11月9日生
・明治女学校に学ぶ。
・樋口一葉の友人
・裁判官斎藤十一郎の妻

くに　明治7年（一八七四）2月10日生
・井原家（医師）養女

賢治郎　明治10年（一八七七）2月27日生
・伊東町長
・静岡県議会議長
・第二代伊東市長

圓三　明治14年（一八八一）3月10日生
・東京帝国大学工科大学卒
・鉄道技術者として天才的と言われた。
・関東大震災後、帝都復興院土木局長に抜擢された。
（大正15年3月21日自ら命を絶つ）

正雄（杢太郎）　明治18年（一八八五）8月1日生
・東京帝国大学医科大学卒
・医学者、文学者等々として優れた業績を残す。

正子　明治29年（一八九六）1月13日生
・神戸の建築家・河合浩蔵と先妻きくの一人娘。

木下杢太郎略年譜

明治18年（一八八五）八月一日　静岡県賀茂郡湯川村（現伊東市）の商家「米惣」に生まれる。父太田惣五郎・母いと。四姉二兄の末子。本名太田正雄。

明治25年（一八九二）7歳　東浦尋常小学校に入学。

明治28年（一八九五）10歳　伊東尋常高等小学校に進学。

明治31年（一八九八）13歳　伊東尋常高等小学校を修了。東京の独逸学協会中学に入学。在学中から文集「地下一尺集」を執筆。

明治36年（一九〇三）18歳　第一高等学校第三部に入学。英語教授は夏目漱石。三宅克己に絵を学ぶ。

明治39年（一九〇六）21歳　東京帝国大学医科大学に入学。

明治40年（一九〇七）22歳　与謝野寛の新詩社に加わり、北原白秋・吉井勇・平野萬里らと九州旅行に参加。詩を「明星」に発表し耽美派詩人として注目される。

明治41年（一九〇八）23歳　白秋・勇らとともに新詩社を連袂脱退。十月、森鷗外邸で開かれていた観潮楼歌会に初めて出席し、石川啄木などを知る。この年薬物学の試験日を間違え、鷗外の追試依頼も不調に終わり留年となる。十二月、パンの会を興す。

明治42年（一九〇九）24歳　白秋らと「スバル」（一月）、「屋上庭園」（十月）を創刊。

明治44年（一九一一）26歳　医科大学を卒業。「スバル」「三田文学」等に寄稿。美術評論を多数発表する。

明治45年（一九一二）27歳　鷗外の勧めにより土肥慶蔵教授の皮膚科学教室に入る。第一戯曲集『和泉屋染物店』を刊行。

大正2年（一九一三）28歳　医籍を登録。

大正3年（一九一四）29歳　「アララギ」等に詩、小説、戯曲、美術批評を精力的に発表。戯曲集『南蛮寺門前』を刊行。執筆活動盛ん。

大正4年（一九一五）30歳　第一の小説集『唐草表紙』を刊行。

大正5年（一九一六）31歳　鈴木三重吉編集で「穀倉」を刊行。

満州に渡り南満医学堂教授兼奉天病院皮膚科部長に就任。

大正6年（一九一七）32歳　翻訳・美術論集『印象派以後』を刊行。

大正8年（一九一九）34歳　次姉きんの嫁ぎ先河合浩蔵の先妻の娘・正子と結婚。

斎藤茂吉らの尽力で詩集『食後の唄』を刊行。

大正9年（一九二〇）35歳　翻訳『十九世紀仏国絵画史』を刊行。南満医学堂を退職。画家・木村荘八と朝鮮・中国各地を旅行。

大正10年（一九二一）36歳　フランス留学に旅立つ。

大正11年（一九二二）37歳　評論集『地下一尺集』、翻訳『支那伝説集』、小説集『空地裏の殺人』を刊行。

木村荘八との共著『大同石仏寺』を刊行。

大正12年（一九二三）38歳　「癜風菌の研究」により医学博士となる。

イタリア・エジプトを旅行。

大正13年（一九二四）39歳　「真菌（糸状菌）分類法」を確立し、世界的業績となる。

パリを発ちスペイン・ポルトガルに足を延ばし、キリシタン関係の文献を調査する。

大正15年（一九二六）41歳
欧州から帰国し、愛知県立医科大学（現・名古屋大学医学部）教授に就任する。

昭和3年（一九二八）43歳
東北帝国大学医学部皮膚科教授に就任。

昭和4年（一九二九）44歳
『支那南北記』『厥後集』を刊行。キリシタン史研究進む。

昭和5年（一九三〇）45歳
「伊東小学校々歌」を作詞。

昭和6年（一九三一）46歳
『えすぱにや・ぽるつがる記』を刊行。

詩集『木下杢太郎詩集』を刊行。バンコクでの学会に出席。

マニラで開催された国際らい会議に出席。

翻訳『ルイス・フロイス日本書簡一五九一年、九二年』を刊行。

昭和8年（一九三三）48歳翻訳『日本遣欧使者記』を刊行。

昭和9年（一九三四）49歳随筆集『雪櫚集』を刊行。

昭和11年（一九三六）51歳紀行・評論集『芸林閒歩』を刊行。国語国字問題を論じる。

「むかしの仲間」が国民歌謡として愛唱される。

昭和12年（一九三七）52歳東京帝国大学医学部教授（皮膚科学担当）に就任。

伝染病研究所でハンセン病の研究を行う。

昭和13年（一九三八）53歳

「太田母斑」（眼上顎部褐青色母斑）を発表。

昭和14年（一九三九）53歳中国へ出張（北支衛生調査）。『其国其俗記』を刊行。

昭和16年（一九四一）56歳フランス政府よりレジオン・ドヌール勲章を授与される。

日仏交換教授として仏印で医学講演。

昭和17年（一九四二）57歳

『木下杢太郎選集』を刊行。

昭和18年（一九四三）58歳　大同石仏寺を再訪する。

三月十日より草花の写生を始める。後の『百花譜』（昭和二十年七月二十七日までに八百七十二葉を描く）。

昭和19年（一九四四）59歳　『日本吉利支丹史鈔』を刊行。

上海・南京で開かれた東亜医学会に出席。

昭和20年（一九四五）60歳　十月十五日、胃癌のため六十歳の生涯を閉じる。

墓所は多磨霊園十六区一種十二側三番

戒名は「斐文院指学葱南居士」

＊参考　伊東市立木下杢太郎記念館の「パンフレット」及び「展示資料」

著者略歴　　丸井重孝

　昭和24年（1949）5月、静岡県伊東市に生まれる。昭和48年（1973）3月、千葉大学教育学部卒業。同年4月より静岡県（伊東市）公立学校教員として勤務。昭和63年（1988）3月、静岡県教育委員会の派遣により兵庫教育大学大学院修士課程修了。行政職（出向）・学校長などを歴任し、平成22年（2010）3月をもって退職。同年4月より伊東市立木下杢太郎記念館に勤務し現在に至る（社会教育指導員）。日本書道芸術専門学校非常勤講師（国語国文学）。

　平成17年（2005）「星雲」創刊に参加。現在星雲短歌会選者、現代歌人協会会員、日本歌人クラブ東海ブロック静岡県幹事、静岡県歌人協会常任委員。著書に歌集『ラフマニノフの太鼓』（短歌研究社）などがある。

検印省略

星雲叢書第四十四篇

二〇一七年十月十五日　印刷発行

不可思議国の探求者・木下杢太郎
—観潮楼歌会の仲間たち—

定価　本体二七〇〇円（税別）

著　者　丸《まる》井《い》重《しげ》孝《たか》

発行者　國兼秀二

発行所　短歌研究社

郵便番号一一二—〇〇一三
東京都文京区音羽一—一七—一四　音羽YKビル
電話〇三（三九四四）四八二二・四八三三
振替〇〇一九〇—九—二四三七五番

印刷者　豊国印刷
製本者　牧製本

ISBN 978-4-86272-560-8　C0095　¥2700E